LA PROMESSE DES SOURCES

L'œuvre de Christian Signol exprime une profonde réalité rurale. Il a connu d'emblée, avec *Les Cailloux bleus*, paru en 1984, un succès qui n'a cessé de croître de roman en roman. Sa trilogie, *La Rivière Espérance*, a encore élargi son public et a fait l'objet d'une grande série télévisée en 1995. Christian Signol est également l'auteur de la saga languedocienne des *Vignes de Sainte-Colombe* (Prix des Maisons de la presse 1997 et Prix des lecteurs du Livre de Poche 1998), de *La Lumière des collines*, de *Bonheurs d'enfance*, de *Bleus sont les étés* et des *Chênes d'or*.

CHRISTIAN SIGNOL

La Promesse
des sources

ROMAN

ALBIN MICHEL

À Martine, pour hier et pour demain.

« Ce qui a été perdu ne se retrouve pas, vaine quête de jadis, mais se reconstruit... »

Louis René DES FORÊTS.

1

C'est son père qui avait appris à Constance les
beautés de l'Aubrac, ses sentiers bordés
d'immenses rocs bleutés, ses prairies fleuries de
hautes graminées, l'eau claire de ses ruisseaux,
sa lumière aussi, pure, étincelante, avivée par le
soleil de juin, et le monde alors — ce monde-là,
du moins — lui paraissait indestructible, acquis
définitivement.

Elle était une enfant, quand, par cette même
route où elle roulait ce matin, ils gagnaient
Saint-Chély, Nasbinals, Laguiole, et les grandes
étendues où le bonheur était promis à chaque
détour, inscrit à jamais dans le bleu éternel d'un
ciel de porcelaine qui veillait sur eux — sur les
monts, certes, mais également sur son père, sur
sa mère, donnant à Constance la conviction que
rien en ce monde ne pouvait jamais disparaître.

Pourtant, elle avait tout perdu de cet uni-
vers-là. Pourquoi ? Parce qu'elle avait dû le fuir à
dix-huit ans, à cause de trop de vie dans le cœur,
dans le corps. À Paris, elle avait tout fait pour
oublier. Pour couper les ponts derrière elle,
comme ces échoués volontaires qui feignent
d'ignorer que les nuits seront longues sous les

étoiles. Et elle n'était jamais revenue là-bas, répondant rarement aux lettres de sa mère, qui avait fini par renoncer. Elle n'avait écouté que son orgueil, refusant de pardonner à ce père, qui, un soir, pour la première fois, l'avait frappée. Elle se rappelait pourquoi : une vieille histoire, dont elle avait longtemps souffert. Comment l'aurait-elle oubliée même si, souvent, elle chassait ce souvenir de sa mémoire comme on balaie, de la main, des objections sans intérêt ? La vie l'attendait.

Aujourd'hui, cependant, sur cette route du retour, elle se demandait si ce n'était pas elle qui avait vainement attendu la vie. La vraie vie. L'autre. Celle qu'elle avait manquée. Il avait suffi d'un télégramme reçu dans son bureau, cet après-midi même. Son père venait de mourir, rejoignant sa mère qui avait disparu dix ans plus tôt. Marie, la vieille servante, l'avait expédié de là-bas. Constance se souvenait très bien de l'instant où ses yeux avaient négligemment parcouru les deux lignes — elle était en conférence — et de cette impression d'accablante solitude qui l'avait assaillie. « Je suis seule », avait-elle songé. Elle avait à peine eu le temps de faire sortir ses collaborateurs que les larmes, malgré ses efforts pour les retenir, avaient envahi ses yeux.

Dans la rue, elle avait grillé un feu rouge, pesté contre Pierre qu'elle appelait sur son portable et qui ne répondait pas. Une habitude chez lui : Pierre avait toujours été ailleurs. Il était près de dix-huit heures quand elle était entrée dans son appartement où Vanessa rêvait en écoutant de la musique. Sa fille avait tout de suite compris qu'il s'était passé quelque chose de grave.

— Mon père est mort, avait dit Constance avant d'ajouter, tant ces mots l'avaient foudroyée : Il faut que j'y aille.

Le « je viens avec toi » de sa fille lui avait fait du bien mais, elle le savait, il fallait qu'elle fût seule pour parcourir en sens inverse le chemin de sa vie. On ne partage pas son enfance. « D'ailleurs, s'était dit Constance à cet instant, est-ce qu'on partage jamais quelque chose ? N'est-on pas seul, toujours, quoi qu'on fasse ? » Cette impression de solitude abominable ressentie dans son bureau, de nouveau, l'avait foudroyée. Elle avait chancelé, s'était réfugiée dans sa chambre pour y remplir hâtivement un sac de voyage, puis elle était ressortie, avait embrassé sa fille en disant :

— J'appellerai ton père de la voiture. Je lui expliquerai.

— Tu es sûre que ça va ? avait demandé Vanessa.

— Oui, ça va. Ne t'inquiète pas.

Constance avait emprunté le périphérique, très encombré à cette heure-là, et elle avait roulé pendant deux heures avant de réussir à joindre Pierre au téléphone. Dès lors, elle avait roulé plus vite, trop vite même, comme si, pour la première fois depuis vingt ans, elle était attendue quelque part.

Peu avant la nuit, elle avait aperçu les sommets arrondis de l'Auvergne, et quelque chose, doucement, s'était soulevé dans son cœur, la faisant respirer plus vite. « Je m'arrêterai à Clermont », avait-elle murmuré, mais tout avait tellement changé depuis vingt ans qu'elle avait manqué la bretelle et continué, une fois dans la plaine où les cultures paraissaient grillées sur pied, en direction d'autres montagnes, pas fâchée d'avoir dépassé la ville accablée de chaleur pour remonter en direction d'Issoire et s'approcher de la Lozère, à portée de regard de ce qu'elle ne pourrait aborder qu'avec le jour, elle le sentait, elle le devinait.

De grands pans de nuit s'accrochaient encore au vert sombre des forêts, alors qu'au-dessus d'eux l'étrange pâleur du ciel semblait vouloir rappeler quelque chose, mais quoi ? Une blessure ou une promesse ? Les deux sans doute. Constance s'était sentie bizarrement à la lisière de sa vie, non plus dans celle qu'elle menait depuis vingt ans, mais aux portes de cet autre monde dont elle redécouvrait la palpitation oubliée, d'une douceur terrible. Le vent qui sentait la résine et les aiguilles de pin lui avait fait du bien. Elle avait laissé la vitre ouverte pour accueillir ces parfums qui descendaient profondément en elle, arrachant sur leur passage tout ce qui y était accumulé depuis des années.

Et pourtant, il en était arrivé, des événements, depuis sa fuite ! Elle s'efforça de les récapituler mentalement pour soupeser ces années qui lui paraissaient soudain terriblement inutiles. Dès son arrivée à Paris, elle avait rencontré Pierre, mais, très vite, elle avait compris qu'il n'était pas fait pour elle. Un jour, elle en avait eu assez de ses projets grandioses d'architecte qu'il ne vendait jamais, de ses découverts bancaires, de cette inconsistance d'enfant gâté à qui tout était dû, même les autres femmes, même le droit de dénigrer son métier à elle, grâce auquel ils vivaient.

Ils avaient eu Vanessa, pourtant, ultime tentative pour sauver un navire qui faisait eau de toutes parts. Constance l'avait regretté, car Vanessa avait souffert de leurs déchirements, mais elle se disait, pour se rassurer, que sa fille, à quatorze ans, après avoir traversé ces tempêtes avec eux, était peut-être plus forte aujourd'hui.

Dans son travail, à force de nuits blanches et de week-ends sacrifiés, Constance avait gravi péniblement chacun des échelons qui l'avaient élevée à ce poste de responsabilité qui lui donnait maintenant la conviction d'être capable de tout vendre, y compris elle-même. Fax, portable, boîte vocale, à presque quarante ans elle était sans cesse reliée — branchée comme une agonisante, se disait-elle — à la société dont elle dépendait économiquement, certes, mais aussi, hélas, intellectuellement...

Elle s'était aperçue qu'elle pleurait quand, n'y voyant plus rien, elle s'était écartée de sa trajectoire, gênant une voiture qui allait la dépasser. Un coup de klaxon furieux l'avait ramenée à la réalité. Elle avait allumé la radio, puis l'avait éteinte aussitôt. Elle avait cherché un instant ses cassettes qu'elle avait oubliées. « Il faudrait que je m'arrête », avait-elle songé, mais elle avait continué de rouler comme si son père, là-bas, l'attendait avant de disparaître vraiment.

Quand sa mère était morte, elle se trouvait au Canada. Le tourbillon de sa vie ne lui avait même pas laissé le temps de s'arrêter, ou plutôt, l'avait aidée à ne pas s'arrêter. C'est à peine si elle avait souffert. Alors pourquoi, aujourd'hui, cette détresse ? Parce qu'il ne restait plus de témoin de ce qui avait représenté dix-huit ans de sa vie, les plus beaux, elle ne le savait que trop, ceux qui ressurgissaient parfois miraculeusement lors d'une réunion, d'une promenade, d'un repas, à cause d'un parfum de gâteau chaud, d'herbe humide, ou de la vue d'un laguiole sur un plateau de fromages ? Le souffle coupé, elle chassait vite de son esprit la certitude exquise et foudroyante que le plus grand bonheur de sa vie eût été de s'abandonner à ces odeurs, à ces sensations, et elle se réfugiait dans la région la plus secrète de son être, là où personne n'avait jamais pu la suivre, où les traces de ses pas s'effaçaient derrière elle.

Sur l'autoroute, elle n'avait pas reconnu grand-chose des paysages alentour, sinon la majesté sombre et sévère des bois qui émergeaient de la lueur des phares. « Il faut que je trouve un hôtel », avait-elle pensé, mais elle avait continué à rouler un long moment, jusqu'à ce qu'une nouvelle aire de repos apparaisse. Sur le parking, il n'y avait que quelques voitures et cinq ou six caravanes qui semblaient habitées. Constance avait garé sa voiture entre deux véhicules, songé que ce n'était pas prudent de s'arrêter ainsi, la nuit, sur une aire de repos, puis elle était passée à l'arrière, avait fermé les portières à clef, s'était roulée en boule et, aussitôt, s'était endormie.

Peu avant le jour, elle s'était éveillée brusquement en entendant claquer une portière, et elle avait eu froid, très froid. La pensée de son père mort et la sensation agréable de se trouver là, dans ce haut pays, à l'aube, avaient jailli en même temps dans son esprit. Dès qu'elle était sortie de sa voiture, l'odeur d'herbe mouillée par la rosée l'avait fait frissonner. Où se trouvait-elle ? Elle n'en avait aucune idée mais ce qu'elle savait c'était qu'elle devait se dépêcher d'arriver. « Je déjeunerai là-bas », s'était-elle dit. Elle avait fait une rapide toilette avec l'eau d'une bouteille, puis elle était repartie.

Elle avait compris qu'elle venait de passer Saint-Flour quand elle avait aperçu le viaduc de Garabit. Sur sa gauche, les collines boisées de la Margeride s'effrangeaient plus bas, vers le sud, en direction du causse de Sauveterre. « Je dois être en Lozère », avait-elle songé. Elle roulait très vite, avec en elle une bizarre palpitation qui la faisait trembler à mesure que les forêts s'étiolaient en une végétation maigre de quelques pins, de mélèzes, de genêts et de genévriers.

Le monde lui avait paru neuf sous les rayons d'un soleil de verre qui semblait réverbérer la lumière plutôt que de la faire naître. Elle avait pensé vaguement qu'il était encore trop tôt pour appeler chez elle, et Paris, Pierre, Vanessa lui avaient paru si lointains qu'elle s'était demandé s'ils avaient jamais existé. Peu après Marvejols, au lieu d'aller vers Mende, elle avait pris à droite, en direction de Millau, et elle avait été ralentie par les travaux de l'autoroute qui n'était pas encore terminée. Encore dix kilomètres et elle avait tourné de nouveau à droite, en direction d'Espalion. À Saint-Laurent-d'Olt, elle était en Aveyron.

Devant elle, les monts d'Aubrac semblaient défier le ciel d'un bleu pur, étincelant. C'était cette même route qu'elle empruntait avec son père, il y avait mille ans, et, à cette pensée, quelque chose en elle se déchira. Ce fut comme s'il était là, près d'elle, si près qu'en fermant une seconde les yeux, elle sentit son parfum d'eau de Cologne, si fort, si présent, qu'elle rouvrit les yeux très vite, affolée par ce saut dans le temps, ce vide à côté d'elle alors qu'elle avait tendu la main.

Elle prit sur sa gauche la départementale qui menait à Sauvagnac, son village natal. La route monta un peu en direction du causse, redescendit vers la rivière où Constance s'était baignée toute enfant, et dont elle apercevait l'éclair vif, là-bas, chaque fois qu'elle tournait à gauche. Une minute passa encore, durant laquelle elle se sentit absente, seule au monde, puis elle déboucha sur la place et s'arrêta sous l'un des grands platanes, face à l'église coiffée de tuiles grises, à la vieille halle couverte de lauzes, à ces magasins dont elle reconnaissait la couleur, les enseignes, les volets, même, comme si, en ces lieux, le temps n'avait pas de prise sur les choses.

2

La Retirade se trouvait de l'autre côté de Sauvagnac, à deux cents mètres seulement de la place, plus haut, à flanc de coteau. Constance y arriva plus vite qu'elle ne le souhaitait, sachant qu'elle n'était pas prête à affronter ce qui l'attendait. Elle ne s'était pas trompée : dès qu'elle déboucha devant le grand portail par où elle était entrée tant de fois chez elle — avec, chaque fois, la sensation de pénétrer au cœur de sa vie, surtout quand elle revenait du collège après un bref mais cruel exil de cinq jours — elle ne vit plus rien, soudain, et dut arrêter la voiture au milieu du passage. « Qu'est-ce que j'ai fait là ? » se demanda-t-elle, sans bien savoir si elle regrettait d'être revenue ou d'être partie. Elle demeura immobile un long moment, laissant se calmer son cœur devenu fou, puis ses yeux aperçurent enfin la maisonnette de l'entrée, celle d'Anselme et de Marie, l'homme et la femme de confiance de ses parents, qui habitaient là depuis toujours. Les volets avaient été repeints en bleu, mais c'était la même maison basse, avec deux marches à l'entrée, un crépi grisâtre qui s'écaillait par endroits, et qui donna à Constance l'impression désagréable d'une sorte d'abandon.

Plus loin, sur la droite, la Retirade, lourde, massive, à deux étages, plus carrée que rectangulaire, couverte de tuiles imitation lauzes du pays, semblait au contraire indestructible, et Constance se sentit étrangement rassurée. Ce n'était pas le cas de l'atelier, de l'autre côté de la cour, dont l'une des vitres de la verrière était cassée, et dont les portes métalliques laissaient apparaître des traces de rouille. Le gravier de la cour, lui, était le même, avec quelques nids-de-poules qui n'existaient pas, eux, au temps où Constance courait derrière le chien ou vers sa mère qui, sur les marches, l'appelait.

Dès que Constance remit en marche le moteur qu'elle avait coupé en pénétrant dans la cour, un chien, précisément, apparut, et se mit à aboyer. Il était identique à celui qui vivait là au moment où elle était partie, vingt ans auparavant. « Est-ce possible ? » murmura-t-elle en ouvrant la portière, désirant de toutes ses forces, comme si sa vie en dépendait, que ce chicn fût celui qu'elle avait connu.

— Bobi! fit-elle en tendant la main vers lui.

L'animal demeura méfiant, presque menaçant.

— On l'appelle Blacky, fit une voix en haut des marches. C'est le fils de Bobi.

Constance reconnut aisément la femme petite, ronde, portant un chignon gris et un tablier de paysanne comme elle aurait juré que l'on n'en trouvait plus aujourd'hui.

— Marie!

Elle s'approcha, l'embrassa, la tint un instant serrée contre elle, et ce fut comme un ébranlement si violent du temps que Constance, les yeux clos, dut les rouvrir précipitamment pour dissiper un vertige. Marie, souriante, la dévisageait.

— Tout ce temps! murmura-t-elle.

— Oui, dit Constance, ne sachant si cette constatation dissimulait un reproche.

Elle se souvint alors que les reproches n'étaient pas d'usage chez Marie et elle en fut réconfortée.

— Viens! Tu dois avoir faim.

— Un peu, oui.

Elles montèrent les trois marches qui donnaient accès à la grande maison, pénétrèrent dans le couloir où Constance sentit tout de suite l'odeur de cire d'abeille qui avait accompagné son enfance, de jour comme de nuit. Une nouvelle fois elle fut envahie par le flot tiède des souvenirs, qu'exaspéra, dans la cuisine, la fouace que Marie sortit du four. Assise, maintenant, mais toujours oppressée, Constance regardait autour d'elle et constatait avec effarement que rien, ici, n'avait changé depuis vingt ans. Les portes en bois massif des placards suspendus avaient gardé la même teinte un peu sévère, l'évier sa couleur caramel brûlé, et la casserole dans laquelle réchauffait le café était toujours crème avec des fleurs bleues.

Marie la servit, s'assit en face d'elle et demanda doucement :

— Veux-tu le voir ?

Constance eut un recul, répondit vivement :

— Non.

Puis elle ajouta, baissant les yeux :

— Pas tout de suite. Je ne peux pas.

— Mais oui, dit Marie. Mange, ma fille.

Elle l'avait toujours appelée ma fille, et ce matin, alors que Constance songeait qu'elle n'avait plus ni père ni mère, cela lui faisait du bien.

— Heureusement que tu es là, toi.

Elle avala difficilement une bouchée de fouace et de nouveau elle eut dix ans.

— Raconte-moi, ajouta-t-elle.

Marie soupira et se mit à parler de ces années qui avaient passé alors que Constance était loin : les difficultés accrues de la fabrique de couteaux, le village qui s'endort, les jours qui défilent, ses parents rongés par le chagrin de savoir leur seule enfant loin d'eux à Paris, pour une bêtise.

— On peut appeler ça comme ça, effective-ment, dit Constance. Si tu veux bien, nous en reparlerons un autre jour.

Il y eut un instant de silence que troubla la voix forte d'un homme dans la cour.

— C'est Anselme, dit Marie.

— Il va bien ?

— Il vieillit, lui aussi. Tu sais, les affaires vont si mal.

— Oui, dit Constance, comme partout.

Elle but son café, fermant les yeux, ne parvenant pas à assimiler ce saut que, depuis la veille au soir, elle avait fait dans l'espace et dans le temps, revoyant son bureau de Paris, songeant à son téléphone portable qu'elle avait oublié dans sa voiture, mais qu'elle n'avait aucune envie d'allumer, comme si elle avait besoin, soudain, de prendre le recul nécessaire pour comprendre ce qui se passait dans sa vie.

Silencieuses, les deux femmes se regardaient tristement.

— Il a souffert? demanda doucement Constance.

— Non, je ne crois pas. L'infarctus a été foudroyant. Quand Anselme l'a trouvé, il était déjà mort.

— Ah! dit Constance, je te remercie de me dire ça.

— Je t'ai toujours dit la vérité, ma fille.

Marie essuya la table.

— Et si tu me parlais un peu de toi? dit-elle.

— Oh! moi.

— Est-ce que tu es heureuse, là-bas?

Elle ne répondit pas tout de suite, mais un faible sourire naquit sur ses lèvres, vite réprimé.

— Heureuse? Je ne sais plus très bien ce que ça veut dire. Je ne sais même pas si j'ai eu le temps de me poser la question.

— Tu es mariée, non?

— Divorcée.

— Et tu as un enfant.

— Une fille : Vanessa.

Constance ajouta, très vite, comme pour se protéger d'elle ne savait quelle menace :

— Elle va bien.

Marie hocha la tête pensivement.

— Tu as dû rouler toute la nuit, je suppose. Tu devrais monter te reposer.

— Où ça ?

— Dans ta chambre, pardi ! Rien n'a bougé, tu verras.

Constance songea de nouveau à son téléphone portable, haussa les épaules et suivit Marie dans l'escalier dont elle s'aperçut qu'elle reconnaissait chaque grincement de marche.

Quand Marie ouvrit la porte, Constance eut comme une hésitation, puis elle s'avança doucement dans ce que, jadis, elle appelait son domaine, puis elle s'allongea sur le lit, sans souci de Marie qui redescendait, et elle ferma les yeux. Le torrent des sensations oubliées déferla violemment en elle, et la conviction que l'essentiel, le plus précieux, se trouvait là, fit de nouveau naître des larmes qui lui parurent délicieuses. Elle rouvrit rapidement les yeux pour embrasser d'un regard le papier à fleurs vertes, le cosy à côté d'elle, son bureau d'écolière, ses livres, ses jouets, sa vie d'avant, celle qu'elle n'aurait jamais dû quitter, où il aurait fallu se blottir, et refuser le monde, la deuxième vie, la fausse, l'autre, celle où elle avait perdu, lui semblait-il à cet instant, le meilleur d'elle-même.

Elle s'endormit, apaisée, couchée en chien de fusil, comme si plus rien n'existait autour d'elle que ce nid retrouvé.

L'après-midi, elle dut accueillir les visiteurs venus s'incliner devant le défunt, comme c'était encore la coutume en province : ses cousins Delheure, diverses connaissances de la famille, le maire, les notables, des inconnus pour qui elle prononça les quelques mots que Marie lui avait recommandé de dire. Il y avait tant à faire, tant à décider, que c'est à peine si elle eut le temps de téléphoner à son bureau. Heureusement, entre-temps, elle retrouva Anselme, qui, lui, était toujours le même : fort, puissant, le geste ample et la voix bien assurée. Il essaya de lui parler de la fabrique, mais elle écarta de la main ses propos en disant doucement : « Plus tard, s'il te plaît. » Comment leur faire comprendre qu'elle avait besoin de toutes ses forces pour assimiler ce choc de deux mondes : celui de sa vie à Paris, que lui restituait le téléphone, et celui de son enfance, qu'il lui semblait à présent, étrangement, n'avoir jamais quitté ? Ce qui s'était passé ailleurs lui paraissait soudain dérisoire, sans le moindre intérêt.

Ensuite, elle n'eut pas une seconde à elle. Elle dut même faire face à une conférence téléphonique organisée par sa secrétaire à la demande de son patron. Pendant le repas du soir, malgré sa fatigue, elle consentit à écouter Anselme expliquer le péril dans lequel se trouvaient la coutellerie et ses dix ouvriers : il y avait trop de sous-traitants du laguiole, la concurrence était devenue redoutable avec les pays du tiers monde, on avait des dettes, des arriérés de cotisations, un découvert important.

— Ne t'inquiète pas, dit Constance, je m'en occuperai. Le maire m'a dit qu'il avait des acheteurs.

— Tu ne vas pas vendre ? s'alarma Marie.

— Je ne vois pas ce qu' on peut faire d'autre, si la situation est aussi catastrophique.

Anselme baissa la tête, ne dit plus un mot.

Constance n'avait pas faim. Elle monta se reposer dans sa chambre, cherchant à oublier ce qui s'était passé pour avoir le courage de redescendre dans le bureau du rez-de-chaussée, où, pour plus de commodité à cause des visites, on avait installé son père. Elle s'y était refusée toute la journée, se contentant d'accueillir les visiteurs dans la salle à manger et les raccompagnant en bas des marches de la maison. Elle avait accepté de veiller jusqu'à minuit, ensuite Marie lui succéderait, puis Anselme. Mais comment trouver la force ? Comment oublier le remords et son sentiment de culpabilité d'avoir refusé de pardonner, de revenir, d'avoir choisi une autre route, celle d'un orgueil qui lui paraissait aujourd'hui dérisoire ?

Elle redescendit, pourtant, lentement, très lentement, ouvrit la porte du bureau, et alors elle le vit : les yeux clos, les traits creusés, amaigri peut-être, mais c'était bien lui, ce roc écroulé d'une montagne magique où nulle fleur, sans doute, ne poussait plus, cet homme si grand, si fort qu'elle se demanda pourquoi il ne bougeait plus, lui qui était si vivant, si énergique, indestructible. Elle gémit, détourna son regard, s'assit au bureau, dos tourné pour ne plus le voir.

Un peu plus tard, pour passer le temps, elle ouvrit les tiroirs, découvrit une enveloppe à son nom, la décacheta en tremblant, et lut :

Ma petite fille,

Si tu trouves un jour cette lettre, c'est que je ne serai plus là. Je voudrais simplement que tu saches combien, chaque jour de ma vie, j'ai regretté de n'avoir pas su te garder. Te dire également que chaque matin, en me levant, j'ai souhaité te voir apparaître dans la cour, comme quand tu revenais de Rodez, le samedi. Sois sûre, ma fille, que c'étaient là les meilleurs moments de ma vie. Ta mère et moi, nous t'attendions toute la semaine. Et puis tu es partie. Parce que je n'ai pas pu retenir ma main, un soir, et que je t'ai frappée. Vois-tu, ma fille, c'est parce que moi-même j'ai été élevé durement et que je ne savais pas que l'on pouvait éduquer des enfants en les écoutant et en les embrassant. De tous les baisers que je n'ai pas su te donner pendant ma vie, je voudrais que tu saches que, où que je sois, il ne t'en manquera pas un chaque matin.

Je voudrais te dire encore que, toute ma vie, j'ai essayé de fabriquer de beaux couteaux, parce que c'était mon métier, et parce que l'on vit mieux dans la beauté que dans la laideur. Je crève aujourd'hui de ne pas pouvoir continuer. Je ne te demande pas de prendre ma suite dans la fabrique. Je ne m'en reconnais pas le droit. Je n'ai plus aucun droit sur toi, sinon celui de t'aimer.

Ne m'oublie pas, ma petite fille, parce que ta mère et moi, nous allons avoir beaucoup besoin de toi. Tu nous as tant manqué. J'espère qu'un jour nous serons de nouveau tous les trois réunis, mais je n'en suis pas sûr. Il me semble que cela dépend de toi. C'est une drôle d'idée, je le sais bien, mais j'ai plaisir à écrire ces mots-là.

À bientôt donc, si tu le veux.

Henri Pagès.

Constance sortit du bureau, sa feuille à la main, et s'en fut prévenir Marie : elle n'avait plus la force. Il fallait qu'elle dorme, tant elle se sentait anéantie, brisée par les remords, les regrets. Elle avala un cachet, sombra dans un sommeil peuplé d'ombres menaçantes.

Le lendemain, comme chaque fois qu'elle prenait des somnifères, elle tenait à peine debout et elle eut pourtant à faire face au même tourbillon que la veille. Heureusement, à l'heure des obsèques, Marie et Anselme la prirent par le bras. Là-bas, à deux cents mètres derrière l'église, le cimetière n'avait pas changé, ou très peu. Un carré nouveau pour les nouveaux morts, mais, comme on était peu nombreux à vivre à Sauvagnac, on était aussi peu nombreux à y mourir. L'enterrement fut simple, sans effusions, comme il est d'usage dans ces villages où l'on sait encore que la mort fait partie de la vie. Les visiteurs de la veille et d'autres — presque tout le village, en fait — défilèrent devant Constance au moment des condoléances, avec juste ce qu'il fallait de mots pour paraître sincères, et sans doute la plupart l'étaient-ils. C'est après, probablement, en s'éloignant par petits groupes, qu'ils commentaient son retour, comparaient la femme, la Parisienne, à la gamine qui s'était enfuie vingt ans plus tôt. « Enfuie », ce devait être le mot qu'ils employaient en regagnant lentement leur univers familier, un peu gênés dans leur costume ou leur toilette des dimanches.

Et son père, lui, comment disait-il ?... Restée seule devant le caveau sans le secours de Marie et d'Anselme qui avaient cru bon de la laisser un moment, Constance repensait à la lettre qu'elle avait trouvée dans le bureau. La dernière lettre de son père. La première aussi, depuis tout ce temps. Une dernière fois, sentant peut-être la mort venir, il avait voulu lui parler, la rejoindre là où elle était, si loin des montagnes de l'Aubrac, des sentiers de l'enfance, de tout ce qu'ils avaient partagé. Curieusement, la lettre ne portait pas de date. Il avait pu l'écrire n'importe quand : « J'ai plaisir à écrire ces mots-là. À bientôt donc, si tu le veux. »

Bientôt, c'était aujourd'hui, et c'était trop tard. Qu'est-ce qui pesait si lourd à cet instant dans sa vie ? Le ciel ? Non, c'était un ciel léger de juin, d'un bleu un peu frissonnant, avec de fins nuages d'un blanc de lait tiède. C'était son cœur, alors, ou simplement cette feuille de papier qu'elle avait glissée dans son sac à main, à côté de son agenda et de sa carte bancaire, instruments ou oripeaux d'une vie dont elle ne savait plus comment elle l'avait vécue.

Pourtant, une fois à la Retirade, il fallut téléphoner à Pierre, à Vanessa et au bureau. « Oui, elle allait rentrer. Oui, elle se dépêcherait. Oui, tout allait bien. » Enfin, de nouveau seule dans sa chambre, ce soir-là, elle plia la lettre en quatre, la glissa sur sa poitrine, et, allongée sur le dos, les yeux mi-clos, elle regarda tomber la tiède nuit de juin en ravalant des larmes qui, elle en était sûre, seraient incapables de lui apporter la consolation dont elle avait besoin.

3

Antoine Linarès regardait planer très haut dans l'air fragile deux vautours matinaux. Les derniers lambeaux de l'aube traînaient paresseusement dans le ciel d'un bleu de dragée. Un bleu de premier jour du monde, songea Antoine qui se demanda, dans le même temps, dans quel livre il avait lu cela. Qu'importait, au fond ? Un bleu de premier jour du monde, un monde lavé de l'homme : c'était ça, pour lui, l'aube, sur le causse Méjean.

Derrière lui, dans un vieux 4 × 4 cabossé, un autre rapace — un milan noir — attendait, aux aguets, sans savoir quoi. L'homme allait relâcher le milan et ce serait un moment rare, exaltant, qu'il espérait depuis longtemps. En effet Antoine savait par expérience qu'on relâche rarement les rapaces blessés : s'ils ne retrouvent pas la totalité de leurs capacités, ils meurent de faim, seuls, sans force, comme souvent les oiseaux.

Le regard d'Antoine quitta le véhicule et revint sur les rapaces qui semblaient endormis sur les ailes du vent. C'étaient deux de ces vautours fauves qui nichent sur les aires des gorges de la Jonte ou, plus haut, dans ces escarpements qui vous hissent vers cette terre, si on peut appeler ainsi ces solitudes. Car le Méjean n'est pas la terre. C'est la lune. Même quand le jour se lève, même lorsqu'il fait soleil, le Méjean, c'est la lune. C'est si nu, si désert, que les rares langues de sapins paraissent devoir être dévorées par la rocaille. Aussi faut-il à peu près être en règle avec soi-même ou éprouver le besoin de faire le vide, une bonne fois, pour oser l'affronter seul, sans raison, quand on n'est pas obligé d'y vivre. Quelques bergers y gîtent encore dans des villages tapis sur le calcaire afin de ne pas se faire remarquer des nuages. Des troupeaux immobiles grignotent une herbe que nul n'a jamais vue verte, et que le vent torture inutilement. Ici, l'hiver, même les pierres font le gros dos et les routes finissent par se perdre, faute de points de repère dans une uniformité où l'on ne distingue, finalement, que le ciel à perte de vue.

Ce matin-là, Antoine Linarès était à peu près en règle avec lui-même à cause du milan. La vie de tous les jours, elle, c'était autre chose. Être journaliste à *L'Écho du Midi* suffisait à remplir une vie d'inutilités qui pesaient très lourd les jours de bilan. Ce n'étaient pas tant les perpétuels déplacements d'un endroit à un autre de la région — encore qu'ils étonnaient Antoine ces frénétiques sauts de puce dont il était capable pour couvrir l'inauguration d'une exposition de chrysantèmes — que cette implication dans une foule de vanités à laquelle ce métier le condamnait, dans le même temps où il lui interdisait (la presse de province se doit d'être prudente) de s'engager, mais là, vraiment, dans les combats qu'il eût fallu mener, si modestes fussent-ils.

Antoine avait souvent tenté de le faire et il n'y avait sans doute pas tout à fait renoncé mais, chaque fois, c'était le même affrontement épuisant avec les puissances locales et donc avec la rédaction — et c'était fou le nombre de gens qui se croyaient des puissances aujourd'hui, comme s'il ne suffisait pas de regarder le monde : montagnes, forêts, rivières, pour savoir que les hommes, eux, ne s'agitent que dans le provisoire.

Ces escarmouches avaient fini par isoler progressivement Antoine qui avait plutôt tendance à s'en réjouir. On le gardait parce qu'il était ce que l'on pouvait appeler un bon journaliste, qu'il pensait vite, et qu'il savait écrire. Et lui restait parce qu'il ne savait rien faire d'autre, et surtout parce qu'il n'avait jamais voulu s'exiler, aller vivre ailleurs, loin du Méjean et de ses terres secrètes.

Il en avait été dépendant dès la première fois où il y avait posé les pieds. C'était à l'occasion d'une excursion organisée par le collège : il devait avoir douze ou treize ans. Tout de suite, ces étendues implacables grignotées d'avens sombres l'avaient envoûté, cet espace ouvert devant lui où seul le vent pouvait survivre et parler à qui sait l'écouter l'avait englouti corps et âme. À peine quelques collines donnaient-elles parfois l'illusion de monstres endormis qui, un jour, allaient s'ébrouer, mais rien ne bougeait jamais sur ce socle de lune déchue, sinon cette herbe rase, miséreuse, au-dessus de laquelle tournaient éperdument les grands oiseaux de proie. C'était aussi à cause d'eux qu'Antoine avait été séduit. Il lui arrivait souvent de rester des heures à les regarder planer dans le ciel vaste comme l'océan, libres, n'acceptant de relations qu'entre eux ou avec les caprices du vent.

À l'instant où Antoine poussa la portière du 4 × 4, le milan, qui n'avait pas bougé de la cagette où il l'avait enfermé, sur la banquette arrière, tourna la tête vers lui. On eût dit qu'il y avait une question dans son œil étrangement mobile, d'un jaune d'or inquiétant. L'homme et l'oiseau se connaissaient depuis si longtemps qu'ils pouvaient communiquer ainsi, par le regard. Cela faisait en effet six mois qu'ils vivaient ensemble, qu'ils se regardaient, qu'ils se parlaient — du moins Antoine parlait-il au milan.

Il l'avait trouvé un après-midi de l'hiver précédent, coincé entre deux rochers du chaos de Montpellier-le-Vieux, oiseau aux ailes froissées à cause de quoi? À cause de qui? Comment savoir? Il n'avait opposé qu'un semblant de résistance quand Antoine l'avait pris dans ses mains, puis serré sous sa veste en lui parlant doucement. Il avait toujours eu ce pouvoir sur les oiseaux. Pas tous les oiseaux : les rapaces. Les autres, il se contentait de les écouter chanter. D'ailleurs, on ne soigne pas un rouge-gorge blessé : on l'achève ou on le laisse exhaler sa vie dans un silence plus terrible qu'un cri. Les rapaces, ce n'est pas la même chose : parce qu'ils sont plus libres, ils sont plus forts. Alors, s'ils ne sont pas grièvement blessés on peut les soigner, et parfois leur parler.

On avait fini par l'apprendre dans les villages du causse, et il n'était pas rare qu'on lui portât un rapace blessé, malade, ou tombé du nid. Le plus souvent des buses ou des milans, aussi des éperviers, des autours, des bondrées, exceptionnellement un vautour moine blessé par un aigle royal, ou un aigle botté, son préféré.

Souvent, il était trop tard : l'oiseau mourait vite — la nuit, presque toujours, quand Antoine avait fini par sombrer dans le sommeil. D'autres fois il préférait les amener à Millau, au centre de soins spécialisé. Là, on les opérait ou on les envoyait à quelques spécialistes qui leur sauvaient la vie. C'est seulement quand il pensait pouvoir le faire lui-même qu'Antoine les soignait, les nourrissait et leur parlait. Ainsi, depuis six mois, il parlait au milan. Tout à l'heure l'oiseau serait libre, à condition qu'il prenne son envol...

Antoine enfila ses gants de cuir pour se protéger non pas du bec de l'oiseau, mais des serres mortelles pour les proies. Il souleva le milan qui vint se poser sur sa main, cherchant des yeux la viande sur l'autre main, mais il n'y avait pas de viande. L'oiseau tourna la tête dans tous les sens, interrogeant Antoine du regard.

— Mais oui, c'est l'heure, dit-il. Va, mon grand !

Il ne fallait pas attendre : c'était tout de suite ou jamais. Il remonta sa main vivement vers le ciel et l'immobilisa brusquement : l'oiseau décolla malgré lui et s'envola. Antoine cessa de respirer pendant les cinq secondes de vérité qui suivent le départ d'un oiseau qui a souffert, puis il sourit : celui-là, au moins, allait vivre. Et tout de suite il se sentit allégé, en paix avec lui-même et avec le monde. Il regarda un instant monter l'oiseau vers le ciel sans nuages, à peine moins haut que les vautours, puis le milan tourna deux ou trois fois au-dessus d'Antoine qui le quitta des yeux : il ne fallait pas s'attarder, donner au rapace la tentation d'une nourriture facile. Il monta dans ce qui lui servait de voiture, ce 4 × 4 acheté d'occasion il y avait plusieurs années, le seul véhicule qui lui paraissait apte à le conduire sur ce causse désert.

Du Méjean à Massobre, il y a trois quarts d'heure de voiture. Antoine avait beau y vivre depuis cinq ans, il ne se lassait jamais de voir surgir au même tournant de la route ce hameau perché au bord de l'à-pic, où six maisons de pierres grises, aux toits de lauzes, et quelques granges désuètes s'accrochaient à une vieille église désaffectée. Il était venu s'installer là après la mort de sa mère : il ne voulait pas laisser son père seul à son âge. Et c'est à Massobre qu'il se sentait réellement vivre, à cause des oiseaux, là-bas, de l'autre côté de la vallée du Tarn, sur le Méjean, sentinelle immobile d'un monde où le cœur cogne sous le vent. Il avait gardé un studio à Rodez, pour le travail. L'hiver, il ne rentrait pas chaque soir. Alors il pensait à son père, et il dormait très mal.

À cette heure de la matinée, il savait toujours où le trouver : sur la plus haute des trois petites terrasses qui composaient le jardin, celle qui prenait le mieux le soleil et où il s'était bâti un potager dont l'entretien occupait en partie ses journées. Le reste du temps, il surveillait la volière qui recouvrait presque toute la terrasse du milieu : Antoine lui avait communiqué un peu de sa passion.

— Salut, fils ! Alors, l'oiseau, il est parti ? Il était beau, pourtant. Mais il faut toujours partir.

Son père n'avait jamais appelé Antoine par son prénom : toujours « fils ». Aucun père moderne ne fait ça, le sien, si. Les anarchistes ne vieillissent jamais vraiment, ne sont pas modernes non plus. Depuis toujours, Antoine entendait dans ce « fils » quelque chose comme « camarade » ou — comment disaient-ils là-bas ? — *compañero*, et il en tirait une secrète fierté qu'il dissimulait soigneusement au vieil homme.

Chaque fois, c'était comme si son père l'embar-

quait dans son histoire à lui, cette histoire arrê-
tée, qui ne finirait ni ne recommencerait jamais.
En tout cas, pas avant que quelqu'un, lui-même
ou un autre, ne l'ait écrite en entier, c'est-à-dire
jusqu'à la fin : la mort du dernier de ces hommes.
L'histoire d'un espoir et d'un exil sur lesquels
étaient tombées, une à une, toutes les ruines de
ce siècle.

En 1939, à l'âge de dix-neuf ans, José-Luis
Linarès, comme des dizaines de milliers d'autres,
avait fui l'Espagne soumise. Membre de la CNT,
la Confédération nationale du travail, il était de
ceux qui avaient tenu Barcelone aussi bien
contre les staliniens que contre les franquistes.
Traqué par les uns, pourchassé par les autres, il
avait pu gagner la France par la montagne, cet
hiver-là, si froid, si dur, si implacable, juste avant
que la nasse franquiste ne se referme. Il avait
alors connu les camps de réfugiés — c'est ainsi
que les Français appelaient leurs camps de
concentration, mais José-Luis Linarès ne leur en
avait pas voulu.
Il était resté un an à Argelès, puis s'était évadé.
Il avait travaillé dans une ferme avant d'entrer
dans la Résistance, au sein de laquelle il avait dû
cacher sa véritable identité, le maquis qu'il avait
rejoint étant tenu par ces mêmes communistes
qui avaient liquidé le mouvement libertaire. La
guerre s'était achevée. José-Luis avait retrouvé
Pilar, son amie d'enfance, qui avait franchi la
frontière elle aussi, en 39, par le col du Perthus,
et ils s'étaient mariés, avaient tenté de vivre
comme ouvriers agricoles. Ensuite, lui, du
moins, avait trouvé un emploi de maçon. Et ils

avaient laissé passer beaucoup de temps avant de faire un enfant : un fils, appelé Antoine. Un prénom français, il valait mieux...

Chaque fois qu'Antoine retrouvait son père à Massobre, il pensait à ce chemin si long, si difficile, qui avait amené José-Luis jusque-là. Il y pensait encore, ce matin-là, en regardant le ciel par la fenêtre de sa chambre, qui lui servait aussi de bureau. Peut-être parce qu'il venait, une heure plus tôt, de rendre sa liberté au milan noir, il avait mal supporté, de retour au village, de retrouver le vieil homme penché sur son carré de terre. Penché, presque cassé, à soixante-dix-sept ans, après une vie de défaites et d'exil : à la fin, trois rangées de poireaux, quelques tomates... Antoine, certains jours, en aurait pleuré.

Car lui-même, à quarante-trois ans, était-il moins vaincu que son père ? Cette histoire, il y avait des années, depuis qu'il vivait à Massobre, qu'il avait entrepris d'en faire le récit. Du temps où la mère était là, c'était plus difficile d'en parler. À présent, José-Luis se confiait beaucoup plus, comme s'il sentait qu'il lui restait peu de temps pour tout raconter à son fils. Mais il savait déjà tout, Antoine. D'ailleurs, ce qu'il ne savait pas, il le devinait fort bien et il ressentait les blessures de son père et le poids de sa solitude.

Il s'était juré d'écrire un livre qui rendrait justice au vieil homme, au vieux rêve, à la vie. Mais il fallait être libre pour écrire sur la liberté, et Antoine ne l'était pas. Depuis des années, il réécrivait sans cesse les mêmes vingt premières pages, s'arrêtant toujours à l'instant d'introduire son père dans le récit. Chaque fois, il rangeait les feuilles dans une chemise rouge sur laquelle venaient bientôt s'entasser les dossiers insipides du journaliste. En réalité, c'était sa propre fatigue qui s'entassait là. Ne valait-il pas mieux soigner et nourrir les oiseaux que la mémoire d'un temps qui ne voulait rien savoir de ce qui avait compté pour quelques hommes dignes ?

Ce matin, brusquement, peut-être à cause du milan, sûrement à cause des trois poireaux, des quatre tomates sur lesquels était penché son père, ce fut trop. Il l'avait connu robuste, son père, et dur au mal, à la douleur. Aujourd'hui il était maigre et grimaçait sans se plaindre, mais il souffrait. Les outils pesaient trop au bout de ses bras. D'un geste brutal, Antoine saisit la chemise rouge et déchira rageusement les vingt pages, songeant vaguement, le regard tourné vers le ciel sans le moindre rapace, qu'il faudrait penser à vider la corbeille et brûler ces papiers. Il ne fallait surtout pas qu'un jour le vieil homme les trouve.

4

À Paris, pendant la semaine qui avait suivi son retour, Constance n'avait cessé de penser au village, à la fabrique, à Anselme, à Marie, et au petit cimetière dans lequel reposaient désormais sa mère et son père. Au bureau, elle avait été comme absente, ce qui lui avait valu plusieurs fois des rappels à l'ordre de son directeur général, lequel avait justement choisi cette semaine-là pour la charger du lancement d'une campagne commerciale. Elle avait demandé deux jours de congé — à un bien mauvais moment, lui avait fait remarquer le directeur des ressources humaines : c'était ainsi que l'on nommait, dans les entreprises, l'homme de main chargé des basses besognes.

Pierre, lui, avait été ravi d'être déchargé de la garde de Vanessa, d'autant que c'était le début des grandes vacances et qu'il se prétendait débordé. « Vendredi, je t'emmènerai », avait promis Constance à sa fille, qui n'avait cessé de la questionner, chaque soir, sur ce qu'elle avait trouvé « là-bas », et qui semblait l'avoir tellement bouleversée. Ainsi, comme la semaine précédente elle avait appris — non sans étonnement — qu'une ligne régulière desservait l'Aveyron, elles avaient pris l'avion, le vendredi, pour Rodez, où elles avaient atterri à la tombée de la nuit.

Sur le chemin de retour à Sauvagnac, dans la voiture, Anselme, qui conduisait, avait pressé Constance de questions. Une fois à la Retirade, le lendemain matin, elle avait à peine eu le temps de faire visiter les lieux à Vanessa et de l'emmener au cimetière. Tous ceux qu'elle rencontrait la pressaient de prendre une décision au sujet de l'avenir de la fabrique, mais leurs avis étaient si contradictoires qu'elle en éprouvait un vertige. À Paris, dans son travail, les choses étaient finalement plus simples : elle savait ce qu'elle avait à faire. Elle savait aussi qui était qui et comment se comporter en toutes circonstances, fussent-elles les plus délicates. Ici, de surcroît, tout semblait dépendre d'elle. En même temps, elle avait le sentiment que cette décision qu'elle avait à prendre obéirait à n'importe quel type de raisonnement sauf à celui auquel elle était habituée.

Pourtant, elle les avait tous écoutés, et d'abord Anselme et Marie. Anselme, surtout, qui était sorti de sa réserve du premier soir pour plaider avec véhémence la survie de la fabrique — sa survie et sa relance. Il avait tout essayé, expliqué pendant de longues minutes, évoquant les raisons du dehors comme les raisons du dedans. Il y avait les raisons « objectives » ainsi qu'il s'appliquait à le dire, et le mot jurait dans sa bouche : il y a des mots qu'on ne peut pas prononcer avec cet accent-là, où passent le vent et les orages du causse, et aussi des siècles de sagesse et d'humilité. Et son regard était trop loyal, trop direct, malgré les efforts qu'il déployait, pour parler comme il croyait qu'il faut le faire dans ces cas-là.

Ces raisons, Constance pensait qu'il aurait pu les qualifier d'humaines : elle les aurait très bien comprises. C'étaient dix ouvriers au chômage, dix familles jetées dans la précarité et bientôt, sans doute, condamnées à l'exil. Au-delà, peut-être, c'était la mort progressive du village : l'école fermée, les rares boutiques désertées, les rideaux baissés. La coutellerie marchait comme elle marchait, mais on vivait quand même, ni mieux ni plus mal qu'on ne l'avait toujours fait.

Ah ! par exemple ! pour survivre il fallait évoluer ; ça, Anselme était d'accord :

— Tout le monde fait du laguiole, comprends-tu ? Près de cent entreprises. Plus de cinq cents modèles. Du vrai, du faux, du bas de gamme. Chaque gamin a le sien, ou presque. C'est comme les couteaux suisses. Il paraît qu'il n'y a plus un dîner, à Paris, où quelqu'un ne pose sur la table le couteau de ses grands-parents, comme il dit, et ne raconte son enfance, et tout ça. À croire qu'ils sont tous nés dans l'Aveyron !

— Tu exagères, Anselme.

— Bon, j'exagère, mais pas tant que ça. Ils font même des stylos laguiole ; tu ne les as pas vus ? Un jour, ils fabriqueront des maillots de bain en corne de vache !

Constance n'avait pu s'empêcher de rire, avant de demander, ne comprenant pas à quoi Anselme voulait en venir :

— Alors, que faut-il faire ?

— Si nous voulons repartir et durer, il faut fabriquer autre chose.

— Autre chose ?

— Oui : un autre couteau.

Constance n'avait pas compris ce qu'il voulait dire par là, d'autant qu'Anselme avait enchaîné sur les autres raisons : les raisons du dedans. Et c'étaient celles-là, précisément, qu'elle redoutait : la poursuite de l'œuvre du père, la fidélité...

La fidélité. À seulement entendre ce mot, Constance tremblait. N'était-elle pas celle qui était partie, justement, et celle qui avait choisi autre chose, une vie folle dans laquelle, maintenant, grâce à son expérience, elle pouvait vendre n'importe quoi à n'importe qui ; une vie qui l'avait menée au divorce et à tant de renoncements, à commencer par le plus grave : ce pour quoi elle avait été préparée, instruite, dans un village où l'on savait la valeur des choses et des gens, une fabrique où l'on cultivait la qualité, où l'on aimait les beaux objets amoureusement travaillés, où l'on jetait ce qui ne méritait pas d'être vendu ? Elle était celle, en somme, qui avait renoncé à tout cela. Les excuses du père dans sa lettre, les autres n'en savaient rien. Et il y avait tant de choses, aujourd'hui, à quoi, lui semblait-il, elle devait fidélité qu'elle se sentit accablée, prête à s'enfuir loin d'Anselme, de Marie, dont les regards la transperçaient.

Elle avait écouté les autres, aussi. Le comptable venu de Rodez, d'abord. Avec lui, au moins, les choses étaient claires puisque c'était des chiffres : deux millions de dettes, six mois de cotisations en retard et un carnet de commandes quasiment vide. Lui aussi avait parlé de concurrence, mais également d'une entreprise gérée à l'ancienne, d'un matériel dépassé, archaïque, dangereux, même. Le père Pagès n'était intéressé que par la fabrication : il était resté un artisan dans l'âme, persuadé qu'il suffisait aujourd'hui encore de bien travailler pour vendre le produit de son labeur. Au lieu de cela, il aurait fallu engager un commercial énergique, comme on en trouvait maintenant, et mettre en œuvre une stratégie de vente agressive. Bref, il valait mieux déposer le bilan avant la catastrophe. Il n'y avait pas à craindre de faillite frauduleuse, et les biens immobiliers seraient probablement préservés. Il se présenterait peut-être un acheteur. Sinon, le plus urgent était de le chercher.

Un nuage avait passé dans les yeux de Constance. Un acheteur... Elle avait revu Sylvain Delpeuch, le maire du village, qui était de son âge, mais qu'elle avait à peine reconnu, ce qui l'avait inquiétée sur son propre visage. « Et eux, s'était-elle demandé, m'ont-ils reconnue, après tout ce temps ? » Oui, sans doute, puisqu'ils étaient venus vers elle, tous, avec chacun un conseil, des mots aimables où, tout au fond, cependant, émergeait une pointe... de quoi donc, mon Dieu ? Non pas de mépris, mais peut-être d'amertume ou de jalousie. Pourquoi ? Qu'y avait-il à envier dans sa vie ? L'argent ? Certes, elle en gagnait mais au prix d'une telle débauche d'énergie si tragiquement dérisoire, si vaine, qu'elle avait bien du mal à se lever chaque matin. Non, ce devait être la grande ville, « l'ailleurs », tout ce qu'on imagine n'avoir pas la chance de vivre, et qui paraît forcément mieux, tellement mieux...

Le maire lui avait dit qu'il était mégissier : « C'est dur, avait-il ajouté ; d'ailleurs, tout est difficile ici, forcément. Si je pouvais vendre, moi... » Bref, il connaissait un acheteur intéressé par la Retirade. Un projet formidable dont il ne pouvait encore dévoiler la teneur, mais qui constituait une chance nouvelle pour le village. Incrédule, vaguement mal à l'aise, Constance avait éludé, et s'était éloignée sans répondre.

Ce lundi matin, pourtant, elle ne pouvait pas reculer, car Anselme l'attendait à la fabrique. Il n'y avait que trois pas à faire, la cour à traverser pour passer de la solide Retirade au bâtiment de la fabrique, qui parut soudain à Constance extraordinairement usé, vulnérable. Instinctivement, elle ralentit sa marche. Au reste, ces derniers temps, elle avait eu l'impression de ne faire que cela : ralentir sa marche, comme ceux qui ont trop hâte d'arriver quelque part et qui, en même temps, en ont peur. Comme ceux qui se sentent happés et qui n'ont pas tout à fait choisi, tout à fait consenti.

Qu'allait-elle trouver? Que craignait-elle ou qu'espérait-elle trouver? Son père dans le bureau? Non, c'était impossible. Les bruits, les gestes, l'éclat vif des lames qui l'intriguaient, l'alarmaient lorsqu'elle était enfant et à quoi, jeune fille, elle n'avait plus prêté la moindre attention? Un rayon de soleil jouant sur la verrière? Des paroles familières? Une voix? Oh! Une seule voix, celle qu'elle entendait tonner, parfois, depuis la Retirade, alors qu'elle faisait ses devoirs, et qui, depuis quelques jours, venait délicieusement la chercher au plus profond de son sommeil... Allait-elle seulement trouver quelque chose?

Elle rejoignit Anselme, qui l'attendait dans le réduit servant de bureau à son père. Elle reconnut tout, ou presque, et c'était bien là le problème. Les vingt années qui avaient passé sur la fabrique n'avaient fait que la vieillir. C'est à peine si elles avaient déposé, sur un coin de table, un Minitel et un ordinateur déjà anciens. Constance avait du mal à se représenter son père se mettant à l'informatique mais, après tout, que savait-elle réellement de lui?

Dans l'atelier, c'était toujours les mêmes machines vétustes dénoncées par le comptable, les mêmes meules, les mêmes polisseuses, les mêmes ajusteuses, ajustées et polies par le temps. Le crépi des murs, qui avait eu des prétentions à la gaieté, avait terni lamentablement et s'écaillait par plaques, frappé par une lèpre dont Constance se demanda, découragée, si elle n'avait pas aussi touché les hommes. Non. Des hommes travaillaient là. Dix, elle le savait. D'ailleurs, Anselme les lui présenta un à un.

Certains, les plus âgés, l'avaient connue petite et elle se souvenait plus ou moins d'eux — cependant, incapable de mettre un nom sur les visages, elle s'en voulut terriblement et se troubla. D'autres étaient plus jeunes. Sûrement, ceux-là étaient la vie du village. Un même, très jeune, attira son attention : un garçon blond, vingt ans, pas plus, dont la présence l'étonna et dont Anselme lui dit qu'il s'appelait Laurent. Laurent tout court, ou n'avait-elle pas retenu le nom de famille ? C'était sans importance. Non, l'important était de savoir ce qu'elle allait faire de tous ces hommes.

Avant de mourir, son père avait déjà dû en licencier quelques-uns, et ce n'était probablement qu'un début. Constance sentait leur regard peser sur elle, un regard curieux, interrogateur, vaguement hostile. Ils n'osaient rien dire pour l'instant, attendaient qu'elle prenne la parole. Elle était la fille du patron, oui, mais serait-elle jamais leur patronne à eux ? Elle avait fait carrière à Paris, ils le savaient. Sa vie était là-bas, ils comprenaient ça facilement. Et eux, à affûter leurs lames dans cet atelier qui ne semblait tenir debout que par la force de l'habitude, qu'étaient-ils, pour elle ?

Tandis qu'elle se posait la question, le silence s'éternisait. Heureusement, elle avait l'habitude de prendre la parole pendant les réunions, les stages, les séminaires, ces rassemblements rituels des entreprises durant lesquels chacun cherche à impressionner le directeur, à écraser son collègue, ou à sauver sa peau. Elle parla, donc, d'une voix hésitante, se tournant fréquemment vers Anselme pour le prendre à témoin, et le vague de ses propos déçut les hommes qui finirent par la considérer avec un rien de commisération. Alors elle eut un sursaut et dit que, quelle que soit sa décision, le mois qui venait de commencer leur serait payé intégralement. Enfin elle leur souhaita bon courage, et se trouva une nouvelle fois ridicule, si bien que sa sortie de l'atelier ressembla à une fuite.

L'éclat vif du soleil, la chaleur qui n'avait cessé de monter depuis le matin la clouèrent un instant sur le seuil. Elle ferma les yeux, soupira, accablée, lui sembla-t-il, comme elle ne l'avait jamais été. Quand elle les rouvrit, un homme se tenait devant elle.

— Madame Pagès? demanda-t-il, d'une voix dont elle se dit d'emblée qu'elle n'était pas ordinaire.

— Oui.

— Antoine Linarès, journaliste à *L'Écho du Midi*. Journaliste, journaleux, journalier... comme vous voulez.

Tout de suite ce ton, cette dérision, cette amertume peut-être, affichée, provocante, la touchèrent. Mais, de cette provocation même, le sourire, franc et désabusé à la fois, disait qu'il n'était pas dupe.

— Que me voulez-vous? demanda Constance intriguée.

L'homme était grand, sombre, assez beau, avec une sorte de sévérité, et de l'enfance dans le regard. Mais l'enfant, pour l'heure, attaquait sans détour :

— On parle beaucoup de vous, madame, ces jours-ci. C'est la campagne ici, alors on parle, forcément. Et comme mon métier est de parler des gens dont on parle, je fais mon métier.

Il se tut un bref instant, sourit de nouveau, la défia de ses yeux noirs, étrangement fixes.

— Et vous, comment faites-vous le vôtre ? reprit-il brusquement.

Constance se raidit. Que lui voulait cet homme ? Quelle guerre venait-il lui déclarer, quel défi venait-il lui lancer ?

— Mais de quoi voulez-vous parler au juste ?

— De cette fabrique que vous avez décidé de vendre, madame.

— Comment ça ? balbutia Constance, estomaquée. Qui vous a dit que je vendais ? Je n'en sais encore rien moi-même.

— Disons que ça se dit. Même M. Delpeuch, l'excellent maire de ce village...

« Excellent » était en trop. Là encore, le ton le laissait entendre. Et ce sourire, découvrant des dents éclatantes, avec deux rides de chaque côté, bien prononcées, fit passer Constance de l'inquiétude à la curiosité. Cet homme, après tout, n'était peut-être pas un ennemi.

— Le maire raconte ce qu'il veut, répondit-elle, moins sèchement qu'elle ne l'aurait souhaité. Et moi, je fais ce que je veux. Ou du moins ce que je peux.

Il prit juste le temps qu'il fallait pour la défier une nouvelle fois, maintenant sans sourire :

— Et si vous faisiez simplement ce que vous devez ?

— Pardon ? fit-elle, ébranlée par ce qui était presque une insulte mais se forçant à relever fièrement la tête.

Puis, avec de l'acidité dans la voix :

— Vous le savez, vous, ce que je dois faire, monsieur Je-sais-tout ? Qu'est-ce que je vous dois, à vous ?

— À moi, rien. À eux, tout.

Du menton, il avait désigné l'atelier, dans le dos de Constance, où les ouvriers, rassemblés derrière les vitres, assistaient à la scène. « Heureusement, songea-t-elle comme si elle était coupable, ils n'entendent sans doute pas. »

— À eux et à leur famille, reprit le journaliste. Au village, qui finira par crever si vous fermez la fabrique. Au pays, qui va crever village après village. Et même à ça, que je vous voyais regarder tout à l'heure.

Cette fois, d'un geste large, il montrait le ciel. Elle en fut surprise et se dit, intriguée, qu'il avait des mains longues et fines. Sa colère retomba dans le même temps où celle du journaliste augmentait. S'il était venu pour faire une interview, comme il le prétendait, c'était raté. Son discours tournait au monologue et à la diatribe. En même temps, l'accusation devenait moins personnelle : c'était un système économique, celui qui était en train de déshumaniser le monde en brisant les derniers liens sociaux, qui se trouvait mis en cause. Constance pensa qu'on ne devait pas lire ça tous les jours dans la presse locale.

À présent, elle écoutait sans répondre ; d'ailleurs, il ne lui en laissait pas le temps. Elle se demandait dans quelle mesure ce discours la concernait, mais elle écoutait quand même, toujours aussi intriguée. C'était vrai : tout à l'heure, en sortant, elle avait regardé le ciel. Maintenant, elle regardait l'homme qui se démenait sous le ciel. Les hommes qu'elle connaissait s'agitaient beaucoup, eux aussi, mais il n'y avait jamais de ciel au-dessus d'eux.

Antoine Linarès se tut brusquement, conscient

d'être sorti de son rôle, furieux contre lui-même. Il bredouilla quelques mots d'excuse et disparut aussi soudainement qu'il avait surgi. De l'article dans le journal, il n'avait plus été question. Les verrières de l'usine flambaient au soleil. Un coq chantait, loin là-bas, en direction de la rivière. Constance eut terriblement envie d'entrer dans de l'eau, n'importe quelle eau, pour se laver, pour oublier les ouvriers, le journaliste dont les sarcasmes, encore à cet instant, l'accablaient.

À midi, elle ne put rien avaler et, pourtant, Marie, comme autrefois, s'était évertuée à lui cuisiner ces plats dont elle raffolait jadis. Aujourd'hui, c'étaient des beignets aux fleurs d'acacia, blonds, délicieux, mais qu'elle n'avait goûtés que du bout des lèvres. Ensuite, Constance était allée se reposer une petite heure pour tenter de faire le point, puis, incapable ni de réfléchir ni de dormir, elle était redescendue et feuilletait dans le salon un magazine de la région.

— Alors, on bouge ou quoi ?

Constance tourna la tête dans la direction de la voix : celle de Vanessa, avec sa mine des mauvais jours, de presque tous les jours. Sa fille s'était levée peu avant midi et avait avalé un énorme petit déjeuner dans la cuisine, sous l'œil consterné de Marie. Et maintenant, d'après elle, il fallait bouger, d'autant que Constance, la veille, poursuivant son rêve de retrouvailles avec sa vie d'avant, lui avait proposé d'aller se baigner dans la rivière, à l'endroit où, en amont du village, il y avait une petite plage qui devait être déserte en cette saison.

— Je vais passer mon maillot et j'arrive, répondit-elle.

En haut, dans sa chambre, elle regretta de ne pas être seule pour renouer avec l'eau de ses vacances, mais comment eût-elle pu oublier sa fille ? N'avait-elle pas espéré, à Paris, lui faire partager un peu de ce qu'elle avait vécu au même âge ? Dès le lendemain de leur arrivée à Sauvagnac, pourtant, en l'entraînant dans les rues du village puis au cimetière, elle avait compris que c'était impossible et en avait été malheureuse. Elle redescendit avec l'impression d'un nouveau fardeau sur les épaules, mais s'efforça de sourire.

— J'ai cru que tu le fabriquais, dit Vanessa.

— Quoi donc ?

— Ton maillot de bain.

— Viens donc, au lieu de dire des bêtises.

Elles partirent à pied, le long des ruelles accablées de soleil, désertes à cette heure, dont on eût dit que la vie même s'était retirée quelque part, ailleurs, très loin, comme un océan à marée basse. Elles marchèrent un moment en silence, mais Constance attendait l'orage, qui ne tarda pas à se manifester :

— Ma pauvre maman, si tu savais comme il est craignos, ton bled !

— Tu ne peux pas parler autrement ? fit Constance, agacée.

— Écoute, peut-être que ça t'amuse, toi, ces palabres avec les indigènes, mais moi, pendant ce temps, je m'ennuie un max. Y a que des vieux ici.

— Sûrement pas, puisqu'il y a une école.

— Une école, c'est pour les mômes. Moi, je te parle de gens normaux, des jeunes, quoi.

Constance n'écoutait plus. L'école devant laquelle elles étaient arrivées, c'était la sienne, la seule, dont le souvenir, précieux entre tous, était venu plusieurs fois la frapper dans les moments les plus inattendus, à Paris, et l'avait fait chanceler. Elle n'avait jamais pu l'oublier. Ce qui était venu après — le lycée, Rodez — n'avait pas compté : ce n'était pas la vie, la première empreinte, les premiers instants, les premiers regards, les seuls qui comptent — ensuite, c'est uniquement la vie qui continue, songeait-elle amèrement depuis quelques jours.

Outre la présence de Vanessa, qu'y avait-il de si différent, aujourd'hui, pour que Constance ressente un tel malaise ? Certes, la cour était toute petite alors qu'elle l'imaginait gigantesque, mais le marronnier était toujours là, et aussi les briques qui couronnaient la porte d'entrée ; le préau, les toilettes au fond, là-bas. Alors, pourquoi ce silence ?

Oubliant sa fille, elle gravit les quelques marches qui menaient à la cour, puis, la traversant très vite, comme si elle était poursuivie, les trois qui la hissaient jadis vers la salle de classe, et elle colla son nez à la vitre. Quelque chose se glaça en elle quand elle découvrit le plancher nu, crevé par endroits, le plâtre du plafond qui se décrochait par plaques, des cartes de géographie en train de pourrir dans un coin, et pas le moindre pupitre ni le moindre tableau noir. À l'autre extrémité, elle découvrit même un matelas, des pots de fleurs sans fleurs, des livres recouverts du papier bleu de ce temps-là, mais qu'une fuite dans le toit avait, semblait-il, irrémédiablement condamnés. Constance tenta de pousser la porte, mais elle était fermée à clef.

— C'est pas une école, ton truc, pouffa Vanessa, c'est une brocante.

Elle se tut brusquement, à l'instant où Constance se détournait, les yeux pleins de larmes.

— Bon! dit-elle, je remballe.

Et elle s'assit sur la marche, tandis que sa mère s'éloignait à pas lents vers le préau pour se calmer. Elle n'en eut pas le temps. Une voix qu'elle reconnaissait, derrière elle, la fit sursauter :

— Eh oui, ce n'est plus rien. La nouvelle école se trouve sur la route de Sévérac, vous avez dû passer devant sans la voir.

Constance se retourna vivement. Elle ne s'était pas trompée : c'était Mme Rieux, sa maîtresse d'école, comme on disait avant. Sous les cheveux gris, c'était toujours le même regard très clair, bienveillant, chaleureux. Et la voix, surtout, la voix n'avait pas changé — fermant les yeux, Constance, en l'écoutant, eut tout à coup dix ans et, même si ce fut très bref, très fugace, elle eut l'impression d'avoir trouvé ce qu'elle était venue chercher en ces lieux.

— J'espérais te revoir, disait la vieille dame. Je n'ai pas pu venir à l'enterrement de ton père parce que j'ai du mal à marcher, mais j'étais sûre que tu passerais par ici.

Elle se tut un moment, le temps d'un sourire, et reprit :

— Comment te dire? J'étais persuadée que tu reviendrais dans cette cour un jour ou l'autre.

— Ah oui, vous saviez ça, vous?

— Tu sais bien que je sais tout, petite. Alors, comment ça va?

— On fait aller.

— À cause de la fabrique ?

— Aussi à cause de la fabrique.

L'institutrice parut réfléchir, s'écria :

— Ah ! jeunesse ! Si j'avais quarante ans, moi.

— Qu'est-ce que vous feriez ? demanda Constance, amusée, vaguement intriguée.

Le visage de la vieille femme se ferma brusquement.

— C'est toi qui as quarante ans, petite.

— Pas encore.

— Oh ! il ne s'en manque guère.

Constance hocha la tête, sourit. Sur les marches, derrière Mme Rieux, Vanessa lui adressait de la main des gestes excédés.

— Oui, oui, je viens, dit-elle.

— Va, petite, les enfants ne savent plus attendre, aujourd'hui.

Et elle ajouta, désabusée :

— D'ailleurs, qui connaît la patience, aujourd'hui ? Ils courent, ils courent, et ils ne savent même pas où.

Prise d'un élan subit, Constance l'embrassa sur les deux joues et s'éloigna très vite en entraînant sa fille, de peur que celle-ci, qui avait tout entendu, n'explose.

La petite plage n'était pas très loin, au-delà de la promenade et d'un chemin de rive qui longeait un champ de blé fleuri de coquelicots. Ainsi que Constance l'avait prévu, il n'y avait personne. L'eau coulait verte et transparente, laissant deviner le sable du fond. La Serre formait là une sorte d'anse qui freinait le courant et rendait la baignade possible. Mais la plage était de galets, avec de rares îlots de sable blond. Jadis, il y avait des martins-pêcheurs, et aussi des enfants, des jeux, des cris, des rires, de longs après-midi d'été. Jadis, cette rivière était la seule rivière au monde...

Sans un regard pour les reflets dorés qui couraient sur l'eau ni pour les libellules bleues qui les frôlaient de leurs ailes, Vanessa décréta que tous ces cailloux allaient lui « détruire » les pieds. Ce fut pire encore quand elle les trempa :

— M'étonne pas qu'ils vivent si vieux, ici, c'est un véritable congélateur, cette flotte.

Constance soupira, songea que c'était couru d'avance : les enfants d'aujourd'hui ne connaissaient que les piscines ou la Méditerranée, n'imaginaient même pas qu'une eau puisse être vive et fraîche. Pourtant, au moment où elle y entra à son tour, elle frissonna de la tête aux pieds. C'est vrai qu'elle était froide, cette eau, alors qu'elle l'avait toujours trouvée délicieuse. Une nouvelle fois, elle mesura de quel poids pesaient les années qui avaient passé. Elle fit quelques brasses, mais sans s'attarder plus que Vanessa qui demanda négligemment en se séchant :

— C'est bien demain qu'on rentre ?

— Oui, demain après-midi.

— Ça nous évitera de devenir fossiles.

Constance n'eut pas le cœur à répondre. Des gouttes d'eau sur ses cils, au bord de ses yeux mi-clos, firent miroiter l'eau sous le soleil. Les essuyant de la main, elle frôla sa bouche : elles étaient salées.

5

Le début de juillet à Paris était gris et lourd, et il y avait dans l'air cette moiteur qui dissout l'énergie, brouille les raisons qui conduisent vers les lieux de travail, et oppresse tous ceux dont le cœur hésite. Aux heures les plus chaudes de la journée, Constance, à travers les vitres de la tour où elle travaillait, revoyait le bleu qui veillait sur son village et semblait le protéger de ce qui existait ailleurs. Paris aussi pouvait avoir de ces grâces-là, elle le savait. Pourtant, ces jours-ci, c'était comme si le ciel était resté là-bas, le vrai ciel, celui qui n'est pas le couvercle de la terre mais son prolongement, dans lequel on peut marcher, rêver, et même vivre, parfois, quand le quotidien ne pèse pas trop lourd.

Comme il lui semblait loin, aujourd'hui! Depuis qu'elle était rentrée à Paris, tout allait de mal en pis. Dès le premier matin, en arrivant au bureau, elle avait senti que quelque chose était cassé et, cette fois, ce n'était pas uniquement en elle. Elle avait croisé dans les couloirs des petits groupes de collègues qui parlaient avec animation, quoique à voix basse. Tous avaient des mines d'enterrement, y compris Nelly, son assistante, mais aussi son amie, qui lui avait simplement dit en la voyant :

— Ça y est.

Constance avait compris aussitôt. La rumeur courait depuis quelques semaines et, apparemment, c'était arrivé : la société américaine qui détenait déjà trente pour cent des parts de la Sodeal venait de devenir actionnaire principal.

Un rachat pur et simple qui impliquait de nouveaux objectifs, de nouvelles têtes, de nouveaux rythmes de travail, des restructurations, des déplacements, des licenciements. Constance était-elle menacée ? Difficile à dire. Cependant, elle s'aperçut soudain que ça ne l'intéressait guère de le savoir. Elle se sentait étrangement peu concernée, comme si une part d'elle-même s'était déjà absentée, détachée de ce qui l'entourait en ces lieux. Les tours de la Défense se seraient effondrées autour d'elle, qu'elle ne s'en serait pas émue outre mesure.

Elle avait essayé de se morigéner : « Enfin, c'est ton travail, tu as une fille, des emprunts à rembourser, des responsabilités. Il t'a fallu des années pour parvenir à ce poste, c'est ta vie depuis vingt ans ! » Mais où était sa vie, aujourd'hui ? Elle ne le savait plus. Incapable de se remettre vraiment au travail, elle avait pensé à Marie, à la Retirade, aux ouvriers rassemblés devant elle, à Anselme, aux monts d'Aubrac fondus dans le bleu magique du ciel, et elle avait eu la sensation que déferlait sur elle une vague d'une extrême douceur. Elle avait fait un effort pour reprendre pied dans la réalité et dit en haussant les épaules :

— On verra bien.

Le ton léger, presque gai, de sa voix lui avait valu un regard ahuri de son assistante, qui, elle, paraissait très inquiète :

— C'est tout ce que tu trouves à dire ?

— Demain est le premier jour du reste de notre vie.

— Quoi ? Qu'est-ce que tu dis ?

— Rien, rien.

Constance venait de penser à cette phrase qui revenait sans cesse dans son esprit depuis qu'elle l'avait lue récemment dans un livre, mais elle avait oublié la suivante, aussi importante, pourtant, comme une injonction qu'il était urgent de se rappeler. Ce jour-là, ç'avait été la première fois qu'elle avait réfléchi à ce qu'il lui restait de vie. À cause de quoi? À cause de ces quarante ans qui approchaient et qui, chaque fois qu'elle y pensait, affolaient son cœur? Non, elle ne savait pas au juste. C'était beaucoup plus compliqué. Depuis quelques mois, en fait, elle hésitait, revenait en arrière, avec en elle l'impression de s'être trompée de chemin, d'avoir négligé quelque chose d'essentiel. La mort de son père avait déchiré le voile qui recouvrait tout cela. Le choc avait été si violent qu'elle avait l'impression, parfois, de ne plus s'appartenir...

L'atmosphère du bureau était très vite devenue irrespirable, chacun supputant ses propres chances et celles des autres de faire partie des nouvelles équipes, de descendre ou de monter dans l'organigramme. Constance, elle, avait continué de songer à ce ciel qui demeurait éternellement le même, à une terre sur laquelle elle ne se sentirait pas étrangère.

Avec Vanessa, ce n'était pas facile. Constance avait beau se montrer évasive dans ses propos, sa fille, tendue, méfiante, sentait que quelque chose se tramait, sur quoi elle n'avait pas de prise. À tout hasard, elle affirmait, lors de chaque repas, qu'il n'y avait aucune chance pour qu'elle vive un jour dans un bled aussi « craignos » que Sauvagnac, qu'elle n'avait aucune vocation à la fabrication des couteaux ni à toutes ces « conneries » d'avant-guerre — elle voulait dire d'avant sa naissance —, que sa vie était ici, à Paris, avec ses copains et ses copines, et qu'ailleurs il n'y avait évidemment pour elle aucun avenir.

Ce n'était pas faux, en un sens, mais qui parlait de vivre à Sauvagnac ? se demandait Constance, vaguement étonnée. Qui ? Mais elle, bien sûr, à elle-même, sans cesse. Et autour d'elle, cet été déjà entamé et qui, là-bas, devait flamber sur le causse avec cette paix dont Constance avait pensé, la veille de son retour à Paris, qu'elle donnait une idée de ce que pouvait être la vie éternelle. Ici, au contraire, elle courait, elle s'agitait, se dispersait dans une tour de verre où ne passait jamais le moindre souffle de vent. Là-bas le vent sentait la terre chaude, la roche chaude, l'herbe chaude, là-bas le vent apportait chaque fois qu'il soufflait une musique, des mots qui pesaient leur poids de vérité. Mais de quelle vérité s'agissait-il ? Et où était la vérité, aujourd'hui ?

Jusqu'à présent, malgré les cahots de la route, Constance avait toujours eu l'impression d'être une, cohérente. Maintenant, dans le climat délétère du bureau, le plus nouveau, c'était ce sentiment de dispersion qu'elle éprouvait constamment, et dont elle souffrait. Elle se savait divisée, double, la tête encore ici, le cœur déjà là-bas. Combien de temps cela durerait-il ?

Elle s'était confiée à Nelly — dix ans de complicité, des vies qui se ressemblaient — et celle-ci, après l'avoir écoutée en silence, avait simplement soupiré :

— Ma pauvre chérie. Tu es devenue complètement folle.

Constance avait tenté de se justifier, de plaider, d'expliquer ce qui arrivait soudain dans sa vie, mais Nelly ne pouvait ni l'entendre ni la comprendre, trop préoccupée qu'elle était par son « job », comme elle disait, un job qui constituait depuis toujours — et plus encore aujourd'hui — l'essentiel de ses soucis.

Le même soir, Constance avait parlé à Pierre, qui était passé à l'appartement pour — pour quoi, au fait ? Pierre trouvait toujours un prétexte pour passer, comme si leur divorce n'avait été qu'une formalité sans conséquence. Il l'avait écoutée nerveusement, allumant cigarette sur cigarette, se resservant de whisky, puis :

— Tu es folle, ma pauvre chérie.

Les traits de son visage s'étaient figés, et son insouciance naturelle s'était envolée. Il était blême, furieux. Qu'est-ce que c'était que cette histoire ? Ce n'était pas parce qu'ils étaient divorcés qu'elle avait le droit de le laisser tomber ainsi.

Excédée, Constance avait haussé les épaules, et Pierre, aussitôt, avait changé de ton :

— Je veux dire que je ne voyais pas les choses comme ça. Nous sommes toujours restés si proches... Tu sais que j'ai besoin de toi, de tes conseils, de ta présence.

— Tu as surtout besoin que je t'écoute parler, que je te rassure, et accessoirement que je t'empêche de faire des bêtises. N'importe qui te fera le même usage que moi.

— Tu ne vas tout de même pas donner ta démission ! Si ça se trouve, avec ce rachat par les Américains, tu seras licenciée dans six mois et tu toucheras des indemnités.

— Je ne vis pas dans le but de toucher des indemnités! Et je ne veux pas discuter de ça, ni avec toi ni avec eux. Je vendrai l'appartement et je te donnerai la part qui te revient. Ça devrait nous aider un moment, toi comme moi.

— Et Vanessa?

— Peut-être pourrait-elle rester avec toi la première année, le temps que les choses se mettent en place, se décident réellement. Ce serait bien qu'elle fasse sa troisième à Paris. Après, elle irait au lycée et on pourrait envisager les choses différemment.

Il s'était affolé, comme il en avait l'habitude, chaque fois qu'il était pris au dépourvu:

— Tu n'y penses pas! Comment veux-tu que je m'occupe d'une gamine de quatorze ans? J'ai déjà assez de mal à m'occuper de moi.

— Il arrive qu'on t'aide, pourtant...

Cette allusion aux multiples aventures de Pierre avait été suivie d'un silence. C'est d'une voix plus calme qu'il avait demandé:

— Tu es vraiment sûre de vouloir partir?

— Oui... Non... Je ne sais pas. Il faudrait que je prenne un peu de recul pour réfléchir tranquillement. Mais personne ne me facilite les choses. Et surtout pas toi.

— Je devrais? Même pour ce qui concerne Vanessa? Tu sais que je suis incapable de m'occuper d'elle.

— Tu le lui diras, avait-elle conclu, exaspérée par l'aveu répété de ces faiblesses qui lui rappelaient de si mauvais souvenirs: c'étaient elles qui les avaient conduits au naufrage.

Le lendemain matin, en partant pour le

bureau, Constance repensa à la conversation avec son mari. Son ex-mari, précisa-t-elle pour elle-même. Elle hésitait entre la fureur et l'abattement. Comme il était tôt encore, elle choisit la fureur : ça réveille — et se trompa de rue. Pour éviter un embouteillage, elle engagea sa voiture dans un sens interdit et accrocha légèrement un camion de livraison garé juste à l'angle. Elle demeura un moment ahurie, puis elle craqua : d'abord un sanglot, quelques larmes, mais cela ne dura pas. Rien ne pouvait durer ici. Elle dut parlementer un moment avec le chauffeur qui, avec une mauvaise foi consternante, tenait à faire un constat lui donnant tort, alors que c'était sa voiture à elle qui était endommagée. Finalement, elle réussit à s'en défaire, mais tomba dans les embouteillages habituels, et, bien sûr, ne trouva pas de place pour se garer à proximité de la tour — ce matin, dans son exaspération du réveil, elle avait oublié ses papiers, et par là même sa carte de parking.

Une fois dans la rue, enfin, elle put lever les yeux vers le ciel et sentir que l'air était doux, plus léger que les jours précédents. Sans doute annonçait-il un changement de temps. Anselme ou Marie aurait su, en cet instant, énoncer le proverbe adéquat. Mais qui se souciait, ici, d'un changement de temps ? On avait bien assez à se soucier du temps présent. Constance haussa les épaules, consulta sa montre : elle était en retard, évidemment. Elle se mit à courir puis, d'un coup, comme frappée au cœur, s'arrêta.

— Qu'est-ce que tu fais ? murmura-t-elle.

Elle demeura immobile un instant sur le trottoir, au milieu des passants qui la heurtaient avec une sorte d'incompréhension et de colère dans le regard. Elle comprit qu'elle venait de troubler un ordre établi, se sentit coupable. Alors elle se remit en route en s'appliquant à marcher lentement, puis, de nouveau, pressa le pas.

Dans son bureau, une note de son directeur général lui enjoignait d'aller le voir immédiatement. Dans l'état où Constance se trouvait, l'entrevue ne pouvait que mal se passer, et c'est ce qui se produisit. Après coup, elle se demanda même si elle n'avait pas recherché l'incident. Toujours est-il que lorsque le directeur lui avait demandé de « finaliser » — c'est comme ça qu'il disait et Constance se demandait parfois où ces gens avaient appris à parler — la campagne de promotion du nouveau produit qu'il lui avait confiée, elle avait refusé. Ce produit, l'une de ces poudres à la mode qui, mélangées à du lait, étaient censées brûler les calories des excès alimentaires, Constance savait parfaitement qu'il était bidon. Au reste, tout le monde le savait, et ils avaient tenu plusieurs réunions à ce sujet. Pas dangereux, certes, personne ne met sciemment sur le marché un produit dangereux, mais bidon. Faux, seulement. Inutile. Un produit d'aujourd'hui, de ceux que l'on invente pour créer des besoins artificiels dès lors que les principaux sont satisfaits. Or le faux, l'inutile, tout à coup — enfin, depuis ces dernières semaines —, c'était précisément ce que Constance ne supportait plus. L'idée du faux. La réalité du faux. Car le faux était peu à peu devenu une réalité de ce temps, c'était bien là le problème. Constance ne pouvait plus vivre avec, voilà tout. Et elle l'avait dit simplement à son directeur stupéfait, sans s'énerver, mais d'une voix glacée, sans la moindre concession. En le quittant, elle savait que son sort était scellé, même s'il lui avait dit seulement de réfléchir plus posément, qu'elle devait être fatiguée.

— Oui, c'est ça, avait-elle tranché, je suis fatiguée de tout ça. Jusqu'à la nausée.

Et elle était sortie, libérée — sauvée, avait-elle pensé. Maintenant, il n'y avait plus qu'à attendre.

Ensuite, tout se déroula très vite, comme dans un film en accéléré. Un matin, en arrivant devant la tour qui abritait la Sodeal, elle s'arrêta net au moment d'entrer. La porte de verre lui renvoyait son image, comme un miroir, et elle sut à cet instant que ce miroir, elle refusait désormais de le traverser : de l'autre côté, il n'y avait personne. En même temps, elle se rappela le lambeau de phrase oublié et qui complétait celui qui l'obsédait : « Demain est le premier jour du reste de ta vie. Souviens-toi de vivre. » C'est ce qu'elle allait faire. Cette porte, elle ne la franchirait plus.

Songeant que c'était sans doute l'une des dernières fois, elle la franchit cependant, telle une somnambule que l'ascenseur emporta jusqu'au quinzième étage, une somnambule qui s'enferma dans son bureau sans saluer personne, s'assit en soupirant, ouvrit machinalement son sac à main pour y chercher un stylo et fit par mégarde tomber sur la moquette un rectangle de papier blanc.

Elle le ramassa, le déplia. C'était la lettre de son père, celle qu'elle avait trouvée le soir de son arrivée au village, dans le bureau où reposait le grand corps à jamais immobile, ce corps qui ne remonterait jamais plus sur les hauteurs de l'Aubrac. Elle avait oublié qu'elle était là, dans son sac, si bien qu'elle ne l'avait jamais relue. Ses yeux se portèrent sur les lignes qu'il avait tracées de sa main vivante, et les parcoururent toutes, lentement. Enfin, ils parvinrent à la dernière ligne, celle qui disait : « À bientôt, donc, si tu le veux. »

Elle le voulait. Elle sut alors qu'elle le voulait. Elle saisit son stylo et, de sa grande écriture, à l'encre bleu outremer qu'elle affectionnait, elle inscrivit simplement, sous la signature de son père, en lettres majuscules :

JE VIENS.

6

Chaque fois qu'elle ouvrait la porte de la Retirade, le matin, Constance retrouvait l'odeur de rocaille et d'herbes sèches que le vent levait sur les hauteurs du causse et dispersait plus bas, dans la vallée, comme une offrande d'autant plus précieuse qu'elle était gratuite — depuis toujours et sans doute pour toujours, songeait Constance, chaque fois surprise mais chaque fois comblée de si peu.

Il y avait une semaine qu'elle était revenue à Sauvagnac, et chaque jour, au réveil, elle s'était livrée à ce rite : sortir sur le perron, consulter le ciel du regard, humer cet air si neuf venu des hautes solitudes, écouter le silence que ne semblaient pas même troubler les huit coups sonnés au clocher de l'église ou le cri des martinets fous de lumière, perdus dans le ciel. Après quoi, elle avalait un grand bol de café noir et se réjouissait de se sentir seule : à cette heure-ci, Marie était sortie faire les courses et Vanessa, comme à son habitude les jours de vacances, dormait encore.

Ce matin-là, Constance eut envie de marcher un peu avant de se rendre à la fabrique où Anselme devait l'attendre. Elle voulait pousser jusqu'à la rivière, suivre la berge emperlée de rosée, comme pour conjurer le mauvais souvenir qu'elle gardait de sa baignade avec sa fille. C'était l'heure des martins-pêcheurs aux plumes bleues, des gobages d'éphémères par les truites, elle n'avait pas oublié ça. Ou plutôt, ça lui était revenu, comme beaucoup d'autres choses, qui émergeaient à l'instant où elle s'y attendait le moins, à seulement respirer, se mouvoir, vivre comme elle avait vécu auparavant.

Elle suivit la ruelle qui menait à la place, attentive au moindre bruit, au moindre mouvement. Il y avait longtemps qu'elle n'avait pas vu le village à l'heure où il s'éveille. Ces derniers jours, elle était peu sortie, en partie pour éviter les questions des commerçants et ces regards qu'elle sentait dans son dos et qui pesaient lourdement sur ses épaules, mais aussi pour se réhabituer doucement à la Retirade, et profiter égoïstement de ces moments privilégiés. Elle avait passé son temps à mettre de l'ordre dans les papiers de son père, à faire face aux problèmes les plus urgents de la fabrique ou en de longs conciliabules avec Marie, qui avait naturellement repris le rôle de confidente qui était le sien, du temps où le monde tournait rond.

Les deux femmes avaient beaucoup de choses à se dire — et sans doute quelques-unes à taire. Constance, d'abord, avait tâché d'expliquer son retour : un peu pour Marie, beaucoup pour elle-même. Les choses, en effet, s'étaient tellement précipitées qu'elle en restait un peu abasourdie, presque incrédule, pas tout à fait certaine qu'on n'allait pas l'appeler au téléphone depuis là-bas — elle pensait avec un rire intérieur qui faisait mieux battre son cœur : depuis nulle part.

Son directeur n'avait fait aucune difficulté pour la laisser partir. Elle en avait été surprise, vaguement dépitée, puis, très vite, soulagée. Il savait déjà ce que Constance ignorait encore : son poste serait bel et bien supprimé. On semblait considérer en haut lieu qu'après quarante ans une femme n'avait plus suffisamment de force de persuasion, de charme, de volonté, de vivacité d'esprit, pour occuper un tel poste. C'était tellement ignoble, tellement infâme, que son directeur n'avait pas osé lui avouer la vérité. Il avait simplement dit à Constance que, eu égard à la qualité de ses services pendant vingt ans, il considérait sa démission comme un licencie-ment anticipé. Le montant des indemnités s'étant révélé supérieur à ce qu'elle avait espéré, elle avait aussitôt mis en vente l'appartement et sauté dans sa voiture. De tout cela, elle n'avait encore rien dit à sa fille. C'étaient les vacances et, cette année, elles les passaient à la Retirade, voilà tout. « Génial, avait soupiré Vanessa, on va pou-voir se baigner dans la Baltique. » Il n'y avait donc pas eu de cérémonie des adieux, simple-ment une coupure franche, qui se révélerait peut-être douloureuse. Mais Constance n'avait jamais prétendu mettre sa fille à l'abri de toute douleur.

La place était presque déserte quand elle y arriva. Une camionnette stationnait devant le marchand de journaux, une autre devant la boulangerie. Elle aperçut Marie qui en sortait et lui fit un signe de la main. Un instant, il n'y eut plus personne et Constance se retrouva seule face à l'église, à la vieille halle couverte de lauzes, à ces quelques magasins dont ni les couleurs ni les enseignes n'avaient changé depuis vingt ans. Elle reconnaissait tout et ne savait que penser. Était-ce un bien, était-ce un mal ? Il n'y avait que l'école qui n'était plus la même : son école, son enfance... et elle aussi, hélas !

Elle se dirigea vers l'église, ouvrit la porte (tiens ! elle ouvrait ! Dans la plupart des villages, aujourd'hui, les églises sont fermées, comme si Dieu n'était plus accessible aux mortels que le dimanche) et se trouva devant une centaine de chaises vides. Il faisait sombre et frais. Constance frissonna, réprima une envie de s'asseoir à cause de l'odeur des cierges qui l'ébranla jusqu'au cœur puis se hâta vers la sortie. Elle ne priait plus guère, pas plus que Nelly, son amie, à qui elle en avait un jour parlé et qui lui avait répondu sans sourire : « Moi non plus, sauf la nuit quand j'ai peur. » Sous le porche, une affichette indiquait l'horaire de la messe : dimanche à onze heures. « Avant c'était à neuf heures, songea-t-elle, tout le monde est en retard, aujourd'hui. »

Elle demeura un moment plantée sur la place, à savourer le soleil. Sur le volet clos d'une ancienne mercerie, un panneau « À vendre » attira son attention. Elle était souvent entrée dans cette boutique avec sa mère. La mercière, c'était Mme Lalande : une femme déjà âgée, à l'époque, qui avait deux griffes de moustache au coin des lèvres et faisait ses comptes sur des feuilles de papier jaune, très épais. La maison d'à côté aussi était à vendre. Celle-là appartenait... à qui, mon Dieu ? Et deux autres sur la place, plus loin, à l'angle de la promenade. Constance se mit en tête de compter les panneaux puis elle y renonça. C'était comme si le village entier était à vendre. Soldé. Bradé. À vendre parce qu'il était mourant : Constance n'avait pas mesuré à quel point. Elle n'avait plus qu'à vendre la fabrique à son tour : ce serait le coup de grâce.

Tout d'un coup, elle n'eut plus envie de se rendre à la rivière.

À la Retirade, Marie se trouvait dans la cuisine, à déballer ses commissions en s'entretenant avec Laurent, le plus jeune des ouvriers de la fabrique. À l'instant où Constance entra, il lui adressa un bref salut de la tête et sortit sans un mot. Constance y prit à peine garde. Elle avait d'autres préoccupations, ce matin. Elle se servit un nouveau bol de café (à Paris elle pouvait en boire dix, quinze dans la journée), avala une gorgée et posa la question qui lui brûlait les lèvres :

— Marie, ce journaliste qui est venu me voir, est-ce qu'il a écrit son article ?

— Oui, je crois.

— Tu crois ou tu es sûre ?

Constance avait repensé à cette histoire, à cet homme, au moment où elle avait mesuré la ruine du village. N'était-ce pas ce qu'il avait prédit ? Dans ce qui l'entourait ici, Constance avait d'abord vu le décor, à peu près intact, de son enfance, de sa jeunesse et, très vite, parce que sa vie à Paris s'effilochait, elle avait éperdument désiré retrouver cette jeunesse. Mais de quelle jeunesse pouvait-il s'agir quand c'était la vie même qui était à vendre ?

— J'en suis sûre, dit Marie, puisque je l'ai gardé. Mais je ne suis pas sûre qu'il te fera plaisir.

— Donne-le-moi quand même.

Marie ouvrit un tiroir et en sortit une coupure de presse qui remontait à une quinzaine de jours. On y voyait une photo de la fabrique prise volontairement sous son jour le plus triste, toutes portes fermées, un dimanche sans doute. Sous le titre : « Un petit tour et puis s'en va », c'était un portrait au vitriol de Constance, Parisienne insouciante venue respirer l'air du pays après vingt ans d'absence et s'apprêtant, par caprice ou pour son confort, à liquider une entreprise qui nourrissait dix familles et faisait partie du patrimoine industriel de la région. Le reste à l'avenant...

Constance, blême, reposa le papier, demanda :

— Les gens d'ici l'ont lu ?

— Forcément.

— Et qu'est-ce qu'ils en disent ?

— Que veux-tu qu'ils disent ? fit Marie en haussant les épaules. Ils attendent de voir.

— Eh bien, ils verront ! Je te promets qu'ils verront.

Et elle ajouta, furieuse, en déchirant l'article :

— Il y en a un autre qui va voir, c'est le journaleux !

L'instant d'après, Constance roulait vers Rodez et les locaux de *L'Écho du Midi*. Elle conduisait vite, tout entière à sa colère, pestant contre les poids-lourds, nombreux à cette heure, qu'elle doublait en prenant quelques risques. Rodez et ses abords avaient beaucoup changé depuis vingt ans, mais pas le centre-ville qu'elle connaissait bien. Elle trouva sans peine le journal, pas très loin du lycée où elle avait été pensionnaire — et devant lequel, par une manœuvre dont elle s'étonna elle-même, elle évita de passer. Antoine Linarès ne travaillait pas ce jour-là. Constance sut amadouer la standardiste qui lui donna son adresse : Massobre, un hameau au bord des gorges du Tarn, après Sévérac : c'était loin.

— Ça ne fait rien, dit Constance, je vous remercie.

Elle repartit, sans qu'une once de sa colère fût retombée.

Il était près de midi quand elle arriva à Massobre. Une femme en tablier à fleurs et chapeau de paille lui indiqua la maison du journaliste, et elle fut surprise quand la porte s'ouvrit sur un vieil homme maigre, aux bras décharnés, au regard très noir, qui lui donna d'abord l'impression de ne pas comprendre ce qu'elle disait, mais qui ne fit aucune difficulté pour la conduire auprès de celui qu'elle avait demandé.

— Le petit, il est là, dit-il simplement en s'effaçant et en lui montrant la direction du jardin.

Antoine se trouvait, effectivement, sur la terrasse, et il leur tournait le dos. Il ne les avait pas entendus arriver. Qu'est-ce que c'était que ce machin ? s'étonna Constance. Une volière ?

— Vous élevez des charognards, monsieur

Linarès ? dit-elle d'un ton cinglant. Ça ne m'étonne pas de vous !

Antoine se retourna vivement, la reconnut. Son œil s'embrasa et, un instant, malgré leur différence d'âge, il ressembla à son père. Curieusement, il ne parut pas surpris.

— Ce ne sont pas des charognards, madame, dit-il calmement. Vous avez devant vous une buse variable, un épervier, et un aigle botté. Puisque vous semblez vous intéresser au ciel, il vous faudra apprendre à connaître ses habitants.

Constance éprouva un étrange sentiment de retrouvailles. Sa colère demeurait entière, mais elle était intriguée par cet homme qui ajouta d'une voix égale :

— Cependant, il est vrai que l'on m'apporte quelquefois des vautours. J'ai, en effet, la faiblesse de soigner même ce que vous appelez des charognards.

— C'est bien ce que je disais, lâcha Constance : qui se ressemble s'assemble.

Ils étaient seuls, maintenant. José-Luis Linarès s'était éclipsé discrètement dès le début de leur conversation.

— On peut voir les choses comme ça, dit Antoine après avoir fugacement croisé son regard.

Il referma la porte de la volière, lui fit face de nouveau.

— Je crois comprendre que mon article ne vous a pas plu, madame Pagès ?

— Ce n'est pas un article, répliqua Constance d'un ton glacial : c'est une ignominie.

— C'est curieux, fit Antoine sans se troubler, on me dit ça chaque fois que j'écris la vérité. Car

70

c'est la vérité, madame Pagès ? Vous allez bien fermer la fabrique de votre père ? Celle qu'il a tenue à bout de bras toute sa vie ? Celle qu'il n'a pas supporté de voir décliner ? Celle pour laquelle il est mort ? N'est-ce pas, madame Pagès, vous allez bien supprimer dix emplois d'un simple trait de plume ?

— Parfaitement, affirma Constance.

Quelque chose en elle était en train de monter, de se tendre douloureusement, tandis que le journaliste reprenait :

— Et ça ne vous fait rien, de mettre dix bonshommes à la rue ? Ça ne vous empêche pas de dormir ?

— Pas du tout.

— Je ne vous crois pas. Vous ne le ferez pas. Si j'ai écrit cet article, c'est pour vous en empêcher.

— Bien sûr que si, je le ferai ! s'écria Constance. Figurez-vous, cher monsieur qui nourrissez les petites bêtes, que j'ai abandonné un enfant à sa naissance, il y a vingt ans. Je ne vais sûrement pas me gêner pour quinze types que je ne connais pas.

Ce silence ! Antoine la regardait, abasourdi. Elle eut l'impression que même les oiseaux dans la volière l'observaient. Qu'est-ce qui lui avait pris ? Elle était folle ! Pourquoi avait-elle dit cela, et précisément à cet homme ? Le silence se prolongeait, et elle ne savait que faire ni que dire. Elle essayait de répondre à ces questions qui l'obsédaient : Pourquoi à lui ? Pourquoi aujourd'hui ?

Il avait baissé les yeux, heureusement, et semblait contempler ses mains. Elle en profita pour s'enfuir, traversa la terrasse, la maison et, en quelques secondes, fut à sa voiture. Antoine, toujours immobile, entendit la portière claquer, les pneus crisser dangereusement sur la petite route qui serpentait dans le hameau. Il se retourna, observa pensivement l'aigle qu'il venait de soigner, essaya de lui parler, mais y renonça.

Il fallut à Constance quelques kilomètres pour retrouver une allure normale. Elle entendait maintenant une autre voix en elle, une voix délivrée, qui disait : « Bien sûr que non je ne le ferai pas ! Bien sûr que je ne vendrai pas, imbécile ! » Tout était à vendre : le village, sa vie à Paris, tout. Mais elle ne vendrait pas sa fabrique — elle pensait *ma* fabrique, maintenant. Elle le savait sans doute depuis son premier retour à Sauvagnac. Elle le savait surtout depuis ce matin, depuis qu'elle avait dit le contraire à cet homme, en fait. C'était même pour cela qu'elle était venue le voir : pour finir de savoir ; pour cela qu'elle avait, comme une folle, brûlé son plus secret vaisseau.

Elle s'arrêta dans le premier village qu'elle traversa, entra dans un bistrot, commanda un café. Elle venait de repenser à ce que lui avait dit Anselme : il fallait faire autre chose. Comment avait-il dit ? Un autre couteau. Oui, c'était ça, exactement ça. Un objet très beau, original, qui aurait de la force et du charme. Un objet dont on saurait, en le découvrant, qu'il venait de la Retirade, de l'atelier du père Pagès. Ils verraient bien, tous, et ce journaliste le premier, de quel acier elle était trempée.

7

En revenant de Massobre, Constance roula longtemps sur les petites routes où l'été en déclin ternissait les feuilles des arbres, et elle s'arrêta souvent, sous prétexte d'aller voir une bergerie, une ruine, un sentier sur lequel elle marchait à grands pas, réfléchissant à ce qui, maintenant, devenait le plus urgent pour la fabrique. Plus d'une fois elle se surprit à parler à voix haute, ou à faire un geste qui semblait vouloir balayer une objection. Quand elle les eut écartées une à une, elle s'assit un moment pour penser à la documentation que Nelly, sur sa demande, lui avait expédiée de Paris. Bientôt, très vite, elle-même serait reliée à Internet et à ses banques de données grâce à son ordinateur.

Elle avait lu en deux nuits tout ce qui concernait la coutellerie en France et dans le monde, ses aspects techniques aussi bien que commerciaux, et cela n'avait pas pesé pour rien dans sa décision finale. L'aveu fait au journaliste vint la troubler à plusieurs reprises, mais l'univers familier qu'elle avait retrouvé — d'instinct, elle s'était dirigée vers l'Aubrac —, son parfum, ses lignes douces, ses soupirs mêmes, finirent par l'apaiser. Après tout, il fallait bien que cette vérité-là sorte un jour ou l'autre, et qu'un jour ou l'autre elle l'affronte, au lieu de la fuir. Il n'était que temps.

Elle ne rentra qu'à l'approche du soir par des petites routes où le soleil couchant allumait des foyers couleur d'orange alors qu'à la Retirade l'on s'apprêtait à dîner — sans Vanessa, toutefois, qui prenait un malin plaisir à grignoter toute la journée, sautait les repas et passait son temps devant la télévision, vautrée sur le divan du salon. Dès qu'ils eurent fini de manger, Constance retint Marie et Anselme pour leur annoncer sa décision.

— Tu vois ! dit Marie à l'intention d'Anselme. Je te l'avais dit qu'on pouvait compter sur la petite. Ah ! c'est qu'il a douté, le bougre ! Moi, je l'ai toujours su. Viens que je t'embrasse, ma fille !

Elle déposa deux baisers sonores sur les joues de Constance, et une pression délicate de la main sur son épaule parut à Constance traduire une émotion plus grave que cet enthousiasme. C'était comme un pacte que les deux femmes venaient de sceller, ou de renouer.

Anselme, lui, hocha la tête en observant :

— Tu as mis du temps, petite.

— Le temps de savoir qu'il fallait que je revienne et le temps d'étudier les problèmes.

Elle sortit de son sac quelques-unes des feuilles expédiées par Nelly, les brandit sous le nez d'Anselme.

— Qu'est-ce que c'est que ça ?

— Ça, c'est une petite partie de la documentation qui existe sur la coutellerie dans le monde entier. Le reste se trouve dans ma chambre.

Elle leur expliqua brièvement comment elle l'avait obtenue et précisa qu'elle étudiait le sujet depuis trois jours.

— Il faut toujours le temps pour ce qui compte, fit Anselme, impressionné. Au moins, maintenant, tu sauras ce que tu dois faire.

— Je le sais parce que tu me l'as dit. Et puis ce n'est pas moi, c'est nous tous qui allons le faire. Fini le laguiole ! C'est un nouveau couteau que nous allons fabriquer.

Elle posa son ordinateur sur la table, le brancha, l'alluma, se jugea un peu ridicule, ou du moins déplacée : ça, c'étaient les gestes d'avant, les interminables réunions de marketing autour d'une table ovale, avec pour horizon les tours de la Défense et la mondialisation des poudres diététiques. Rien à voir avec l'éclairage un peu pauvre de la cuisine — il faudrait penser à le faire améliorer —, la toile cirée sur laquelle traînaient encore quelques miettes du repas que Marie se hâtait soudain de desservir. Après tout, un nouveau combat s'engageait, et il n'y avait rien de plus normal que de se servir des armes qu'elle maîtrisait.

— J'ai déjà trouvé le nom. C'est toi qui me l'as soufflé, Anselme. La plupart des Parisiens prétendent avoir des attaches terriennes, être nés en province, je l'ai constaté souvent ces dernières années. Eh bien, nous allons les y aider. Notre couteau s'appellera l'Aveyron, tout simplement.

Anselme se contenta d'émettre un grognement approbateur ; et un éclair malicieux passa dans ses yeux.

— Et puis, finie, la corne, reprit Constance. Les gens, aujourd'hui, ils veulent de l'espace, des forêts, des arbres. Les arbres, Anselme...

— Comme nous, alors ?

— Comme nous, oui. Alors du bois. Manche de bois, de bois noble : orme pour les messieurs, palissandre pour les dames.

— Tu vas faire un couteau exprès pour les femmes ? demanda Marie, stupéfaite.

— Parfaitement. Les femmes aussi ont droit à la nostalgie. D'ailleurs, il y a toujours eu des laguioles pour femmes. Avec quoi pelais-tu ta pomme tout à l'heure ?

Ils étaient très gais, maintenant, tous les trois. Heureusement que Vanessa regardait la télévision au salon, sans quoi elle les aurait trouvés ridicules de s'enflammer ainsi. Constance parlait, parlait, comme si elle avait voulu s'étourdir.

— Attention, disait-elle : elle sera chère, la nostalgie pour les dames de Paris. C'est rare et c'est beau, le palissandre. Deux mille francs au moins. Modèle de luxe. Quatre cents francs pour l'orme. J'ai fait les calculs, ça doit passer, à condition de ne pas forger les lames nous-mêmes mais de les acheter au meilleur prix.

— Tu n'y penses pas ? fit Anselme.

— Si, j'y pense sérieusement.

C'est vrai qu'elle avait fait les calculs, car elle avait l'habitude des études de coûts et de prix de revient.

— Il le faut, sinon on ne passe pas par rapport à la concurrence.

— On a toujours forgé les lames et les ressorts ici, chez nous, dit Anselme, buté.

— Oui, c'est pour ça que les coûts sont trop élevés et que la fabrique va si mal.

— Tu crois ? demanda Anselme, ébranlé.

— J'en suis sûre. Si nous voulons une entreprise viable, il faut abaisser tous les coûts de production. C'est la loi, aujourd'hui.

— Une drôle de loi, remarqua Anselme, toujours à son idée.

— C'est ça ou rien, trancha Constance, et il faut aussi que le dessin du couteau tienne compte de ces impératifs. La lame doit être différente de celle du laguiole, mais le plus facile possible à forger. Elle doit également garder un air de famille avec la tradition d'ici. Vous voyez,

ce n'est pas facile. Il faudrait trouver un dessina-
teur capable de nous traduire tout ça sur le
papier.

— Il y a bien quelqu'un, à la fabrique, qui des-
sine des couteaux, hasarda Marie.

— Qui donc?

— Le petit Laurent.

— Ah! celui-là...

Un sourire éclaira le visage de Marie.

— C'est mon neveu, le fils de ma sœur Jeanne
qui est morte il y a deux ans. Anselme ne te l'a
pas dit parce qu'il ne veut pas de favoritisme
entre les ouvriers. Laurent est jeune, mais ça
n'empêche pas qu'il soit très capable.

— Effectivement, ça n'empêche pas, dit
Constance. Eh bien, nous verrons.

La lumière brilla tard, ce soir-là, dans la cuisine de la Retirade. Des heures durant, devant
Marie et Anselme conquis, Constance dressa des
plans de bataille pour les mois à venir, et il leur
sembla, à tous les trois, que cette nuit était un
nouveau départ, l'annonce de jours meilleurs
pour tous, y compris pour le village.

Quand ils se séparèrent, Constance alla faire
un tour au salon. Vanessa s'était endormie sur le
canapé, devant la télévision allumée. Avant de la
réveiller pour l'envoyer se coucher, Constance
demeura un moment silencieuse, à regarder sa
fille. Cette fois, elle en était certaine, elle allait
devoir lui parler.

Comme elle l'avait laissé entendre à Anselme et
Marie, Constance avait effectivement fait ses
comptes. Les siens propres, d'abord. Avec ses
indemnités et la part qui lui reviendrait sur

l'appartement de Paris qui se vendrait sûrement assez vite, placé comme il l'était, elle devait tenir un moment, et même injecter de l'argent dans la fabrique afin de diminuer le montant des emprunts qui se révéleraient indispensables. D'ailleurs, vivant à la Retirade, qui serait désormais — et à jamais, pensait-elle parfois avec une sorte de sérénité — sa maison, elle n'aurait pas de loyer à payer. Bien sûr, il faudrait mettre Vanessa en pension à Rodez comme elle-même y était allée, et sans doute dans le même lycée. Ainsi, tout recommençait comme avant. Était-ce cela qu'elle voulait ? Oui, c'était cela, en effet. Elle était en train de reconstruire, de rebâtir ce qui avait été perdu. Mais ce n'était certainement pas, hélas, ce que désirait Vanessa. Un autre combat s'engagerait bientôt, et pas le plus aisé.

Constance avait revu le comptable. Les chiffres n'étaient pas devenus meilleurs depuis leur dernière rencontre : il n'y avait d'ailleurs aucune raison pour qu'ils le deviennent. Encore une fois, il lui avait conseillé de vendre au plus vite mais quelque chose, pourtant, dans le sourire de Constance, l'avait dissuadé d'insister.

Elle avait vu Laurent, également. De manière un peu curieuse, dans la petite maison d'Anselme et de Marie où il avait une chambre. C'est Anselme qui avait voulu que les choses se passent ainsi, avec des mines de comploteur. Après tout, Constance n'avait pas encore annoncé officiellement sa décision de relancer la fabrique, et les ouvriers, étonnés de la voir s'entretenir en particulier avec le plus jeune d'entre eux, auraient sans doute posé des questions. Si l'édifice qu'elle s'efforçait de bâtir devait s'effondrer au dernier moment, il aurait été trop cruel de leur avoir donné de l'espoir.

Le jeune homme était entré dans le jeu avec une facilité déconcertante. Au reste, tout, chez ce Laurent, déconcertait Constance. Et d'abord cette façon qu'il avait de l'ignorer, se contentant d'un bref salut de la tête chaque fois qu'il se trouvait en sa présence. Une espèce d'indolence, presque d'insolence. Assez beau, d'ailleurs : mince et blond, avec des yeux clairs dont Constance, sans se l'avouer, aimait l'éclat vif.

Il avait tout de suite compris ce qu'elle attendait de lui, et promis de garder le secret : il travaillerait dans sa chambre, le soir. Un nouveau dessin. Une nouvelle lame, un nouveau manche.

— Élégant et rustique, Laurent, avait dit Constance. Débrouillez-vous. Il faut à la fois que ce couteau sente la terre et qu'on puisse le poser sur une nappe blanche.

Le jeune homme avait eu l'air d'écouter, mais Constance n'avait pas été dupe. Elle connaissait ce genre d'hommes — de « garçons », corrigeat-elle. À peine avez-vous ouvert la bouche qu'ils savent déjà ce que vous voulez et s'ennuient de vos explications.

— Il y arrivera, avait simplement dit Constance à Marie après le départ du jeune homme.

— Bien sûr qu'il y arrivera. Je suis sûre qu'il l'a déjà dans la tête, ton couteau !

Il y avait tant de certitude dans sa voix que Constance lui avait lancé un regard étonné. Elle s'aperçut alors qu'elle n'avait jamais demandé pourquoi ce jeune homme, à vingt ans, vivait dans la petite maison de Marie.

— Tu crois qu'il n'est pas mieux là que seul au village ? La maison est assez grande pour nous. Et puis il a été engagé avec un contrat emploiformation, alors il ne gagne pas beaucoup. Ici, au moins, il ne paye pas de loyer.

— Bien sûr, avait dit Constance avec un sourire amusé, je ne peux pas tout savoir encore. Je viens de Paris, ne l'oublie pas.

Le visage de Marie, d'abord fermé, s'était éclairé :

— C'est vrai, ça. Je m'en rends compte chaque jour.

Elles avaient ri, toutes les deux, puis Marie avait ajouté :

— Je vais te faire un pastis aux pruneaux, tiens ! Peut-être que ça t'aidera à savoir où tu es.

L'après-midi, Constance partit à la banque, à Rodez, où elle avait rendez-vous. Elle aurait dû s'y rendre plus tôt, elle le savait, mais cette démarche, pourtant essentielle, d'avance l'accablait. Elle s'y rendit en s'obligeant à rassembler ses forces ; dès qu'elle aperçut le clocher de la cathédrale, elle ressentit cette impression de menace qu'elle connaissait bien. Il lui avait toujours semblé que cette ville pesait sur elle comme ce clocher sur la ville. Longtemps il n'y avait eu là qu'une pension et l'attente du samedi. Ainsi que la menace d'être privée de sorties, de ne pouvoir regagner la Retirade, son enfance, son domaine, et souvent pour des peccadilles car on ne badinait pas avec la discipline, à cette époque-là.

Aujourd'hui, pour elle, il n'y avait plus de pension, mais une banque, et elle se demanda si la menace n'était pas plus grave, plus immédiate qu'au temps de son adolescence. Elle gara sa voiture sur la grande place qui s'étend devant la cathédrale, en sortit en tâchant de se concentrer comme elle le faisait, à Paris, avant les réunions de direction. Elle allait pénétrer dans l'agence du Crédit du Midi quand elle aperçut Antoine Linarès attablé à un café, de l'autre côté de la rue, apparemment plongé dans la lecture d'un magazine. Elle eut la sensation qu'il l'avait vue, lui aussi. Elle n'en était pas sûre. N'importe : elle tenait sa revanche. Comme elle était un peu en avance à son rendez-vous, elle traversa la rue d'un pas décidé.

— Cette chaise est libre ? demanda-t-elle en se plantant devant le journaliste.

— Elle ne l'est plus, on dirait.

C'était dit sans agressivité, Constance le nota. Il lui proposa de boire quelque chose, mais elle refusa en faisant valoir qu'elle ne disposait que d'un instant.

— Vous êtes venue faire des courses ? demanda-t-il alors d'un ton qui se voulait indifférent.

— Non, monsieur, répliqua-t-elle avec une certaine jubilation. Je suis venue m'endetter pour des années.

Et, devant le regard intrigué d'Antoine, elle ajouta :

— Vous savez que je suis une femme capricieuse. Vous l'avez écrit, ou presque.

— Moi ?

— Parfaitement. Eh bien, j'ai décidé de faire un nouveau caprice : je garde la fabrique.

Antoine se redressa sur sa chaise. Peut-être

pour dissimuler sa surprise, il alluma une cigarette. Il fumait des brunes sans filtre, ce qui parut tout naturel à Constance. Comme il craquait une allumette, elle se surprit à regarder le bracelet de cuivre rouge qui ceignait le poignet de l'homme. « Ça lui va bien », songea-t-elle. Puis elle ne pensa plus à rien : elle attendit seulement ce qu'il allait dire.

— C'est bien, fit-il d'une voix neutre qui, d'abord, la glaça.

Et il ajouta, après un silence soigneusement mesuré :

— C'est même très bien. Ça vous ressemble.

Il lui sourit légèrement en la regardant droit dans les yeux. Elle eut l'impression que cela durait longtemps et dut faire un effort pour s'arracher à ce regard. Il y avait encore un poids sur ses épaules, dont elle devait se délester.

— Je vous ai dit la dernière fois que j'avais...

Elle se tut, troublée soudain, et regrettant d'avoir prononcé ces mots. De nouveau le regard d'Antoine revint sur elle, quelque peu différent : il y avait maintenant une lueur d'enfance, celle-là même qu'elle y avait décelée le premier jour, et qui l'avait tellement étonnée.

— Vous m'avez dit quelque chose ? Je ne me souviens pas.

Une grande paix se fit dans l'esprit de Constance. Cet homme-là n'était certainement pas celui qu'elle avait cru. Il y avait sans doute quelque chose en lui qu'elle n'avait pas compris.

Il y eut un nouveau silence, plus long que le précédent.

— Il faut que j'y aille, dit-elle enfin.

Il la laissa s'éloigner sans rien dire, ce dont elle

ne s'étonna pas. Il n'était pas de ceux qui rappellent les femmes. Il n'en avait pas besoin : c'étaient toujours elles qui venaient vers lui. Quant à Constance, si elle n'avait pris aucune revanche, cela lui était égal, à présent, et elle se sentait de taille à affronter tous les banquiers de la terre.

8

Constance avait fini par parler à Vanessa, et la réaction de sa fille avait été encore plus violente que ce qu'elle avait imaginé. Après avoir écouté sa mère d'un air où se mêlaient l'incrédulité et la révolte, Vanessa avait affirmé qu'elle ne resterait pas un seul jour en pension dans un bled aussi grotesque que Rodez, pourquoi pas le couvent tant qu'on y était, et qu'elle ne passerait pas non plus ses week-ends chez les bouseux.

Constance en avait été à la fois bouleversée et choquée, elle pour qui, jadis, chacun de ses retours à la Retirade était une fête. Vanessa, dans l'élan, avait ajouté qu'à la première occasion elle rejoindrait son père à Paris et que, s'il le fallait, elle recommencerait jusqu'à ce qu'on lui donne satisfaction. « D'ailleurs, avait-elle conclu, mon père ne laissera jamais commettre une telle abomination. »

Une abomination ! Constance, désemparée, avait consulté Marie, et les deux femmes avaient jugé qu'il fallait prendre ces menaces au sérieux. La chance que Pierre accepte finalement de se charger de sa fille, de la garder avec lui à Paris, était faible; encore fallait-il la courir. Le mieux, en tout cas, était de placer Vanessa face à la réalité, même si le choc risquait d'être rude.

Chaque fois que Constance l'avait eu au téléphone, Pierre avait refusé de l'entendre. Ses affaires n'allaient pas fort, Constance avait choisi de partir, de mener une autre vie, elle devait donc se débrouiller : ce n'était pas lui qui l'y avait poussée. Mais Pierre était si versatile que Constance ne désespérait pas de le voir changer d'avis. Après tout, Vanessa était sa fille à lui aussi, et il l'aimait; du moins, il l'avait toujours prétendu. Peut-être s'en souviendrait-il quand il l'aurait devant lui et saurait-il, pour une fois, se montrer à la hauteur. Constance, pourtant, n'en était pas très sûre. Vanessa non plus, apparemment, malgré la confiance qu'elle feignait d'afficher. Ou alors, pourquoi aurait-elle été si tendue, si murée en elle-même?

Pour cet aller-retour à Paris, Constance avait préféré la voiture à l'avion en espérant que la durée du voyage lui permettrait de parler vraiment avec Vanessa. Comme souvent en ce qui concernait sa fille, elle s'était trompée. Elles n'avaient pas parcouru dix kilomètres que Vanessa s'était coiffée de son walkman, dont elle n'avait consenti à se séparer que lors de leurs brefs arrêts, et même alors elle était restée cloîtrée dans un silence que Constance n'avait su briser. Elle y avait finalement renoncé.

À Paris, elles prirent une chambre près de Beaubourg et dînèrent dans un restaurant de la rue Rambuteau avant d'aller au cinéma — « un truc qui n'est jamais arrivé jusque chez toi », avait ricané Vanessa. Constance n'avait pas eu la force de lui répondre qu'elle avait vu ses premiers films dans la petite salle des fêtes de son village et qu'elle en gardait de merveilleux souvenirs. Comment en parler, d'ailleurs, puisque, aujourd'hui, comme presque dans tous les villages de France, les salles de cinéma avaient disparu ?

Le lendemain matin elles se levèrent tard, car elles ne devaient retrouver Pierre que vers midi, dans un café de la place Saint-Michel. « En coup de vent », avait-il précisé au téléphone. Constance avait haussé les épaules : le coup de vent, c'était lui. Le courant d'air, plutôt. Elle savait déjà ce qui allait se passer et elle en souffrait d'avance pour sa fille.

Vanessa se rendit pourtant radieuse au rendez-vous. Près de deux mois sans voir son père, c'était beaucoup, et elle avait mis tous ses espoirs en lui. Elle s'était promis de le faire rire avec ses descriptions du bled de Sauvagnac, de lui expliquer qu'elle ne pouvait vraiment pas vivre dans ce trou, ni elle ni personne de civilisé, et qu'elle ne supportait pas de voir sa mère retourner peu à peu à la sauvagerie. Son père était comme elle, citadin jusqu'au bout des doigts : il la comprendrait, la prendrait avec lui et la vraie vie recommencerait, celle des sorties, des copains, des bistrots, des grands magasins, du collège.

Pierre arriva en retard, comme d'habitude, et il sourit, en effet, au début, jusqu'à ce que la conversation glisse sur la vente de l'appartement. Personne ne l'avait visité. D'après lui, il était trop cher et il valait mieux baisser le prix. Constance ne voulut pas en entendre parler : elle avait besoin de cet argent. Lui aussi, fit-elle remarquer, surtout s'il devait garder Vanessa.

— Sauf que je ne garde pas Vanessa, laissa-t-il tomber d'un ton catégorique.

Celle-ci, d'un coup, devint blanche et lança à sa mère un regard affolé. Puis elle se tourna vers son père, indignée :

— Ils vont m'enfermer. Tu ne peux pas laisser faire ça !

— Personne ne va t'enfermer. Tu vas simplement aller en pension, ça arrive à des gens très bien. Et même si c'était le cas, tu n'as qu'à t'en prendre à ta mère et à ses lubies.

— Pierre ! s'écria Constance.

— Il n'y a pas de Pierre ! Je t'ai dit dès le début que je ne la garderais pas et je ne vois pas pourquoi tu lui as laissé espérer le contraire. Ce n'est pas à mon âge, et dans ma situation, que je vais m'embarrasser d'une gamine de quatorze ans. J'ai d'autres choses à faire.

— Oui, essentiellement t'occuper de toi, répliqua Constance. Quant à cette gamine, je te rappelle que c'est ta fille.

— C'est surtout la tienne, apparemment. Tu la trimballes où tu veux, comme tu veux. Alors continue. Retourne fabriquer tes canifs et fiche-moi la paix. Je ne veux pas d'elle, un point c'est tout. D'ailleurs, je ne sais même pas où je la mettrais, et puis...

Vanessa avait cessé d'écouter. Des larmes plein les yeux, tremblante de rage et de désespoir, elle se leva d'un bond et se mit à courir sur le trottoir. Constance eut du mal à la rattraper alors qu'elle s'engageait déjà sur le pont Saint-Michel. Elle l'obligea à rebrousser chemin, soucieuse de la ramener vers Pierre afin qu'il lui fasse des excuses. Au moins des excuses, à défaut d'autre chose.

Quand elles arrivèrent à la terrasse du café, il n'y avait plus personne. Il n'y avait jamais eu personne.

Le voyage de retour, dans ces conditions, fut encore plus pénible que l'aller. Vanessa ne desserra pas les dents. Une ou deux fois, pourtant, elle posa sa tête sur l'épaule de sa mère qui conduisait, mais elle se reprit aussitôt et se rejeta le plus loin possible d'elle. Tout, alors, parut soudain plus lourd à Constance : sa fille blessée, sa vie à refaire, et l'issue du combat engagé, qui demeurait très incertaine. Plus grave : ce combat qu'elle avait choisi, elle n'était plus sûre de pouvoir le mener jusqu'au bout.

Elle repensa à sa visite à la banque de Rodez, à l'espèce d'écœurement qui l'avait saisie quand elle avait compris à quelles forces d'inertie elle allait se heurter — d'inertie, et peut-être pire. En effet, M. Bonnafous, le directeur de l'agence du Crédit du Midi, connaissait ses dossiers, en tout cas, celui de la fabrique Pagès. Il le connaissait même étrangement bien, et Constance s'était félicitée de n'avoir rien cherché à lui cacher.

Aussi troublée qu'elle avait été par sa rencontre avec Antoine Linarès — troublée, et aussi curieusement revigorée —, elle avait su se ressaisir avant de pénétrer dans le bureau du banquier. C'était l'agent de marketing avisé qu'elle avait été pendant vingt ans qui avait plaidé, ce jour-là, sa propre cause. Cette sûreté, cette évidente compétence, ce choix des termes précis avaient sûrement impressionné Bonnafous. C'est, du moins, ce qu'avait ressenti Constance, qui, elle, ne l'était nullement par cet homme au teint un peu trop rouge, un peu trop serré dans son costume trois-pièces malgré la chaleur étouffante qui s'était abattue cet après-midi-là sur Rodez.

Impressionné ou pas, le banquier ne s'était pas laissé convaincre de lui prêter les deux millions de francs dont elle avait besoin. Constance avait eu beau déployer toute sa persuasion, vanter la beauté et l'originalité des nouveaux couteaux (dont Laurent lui avait remis les dessins), faire valoir son expérience de la vente, chercher à toucher la fibre humaine du banquier en lui représentant la mort prochaine du village si l'entreprise ne redémarrait pas, mis enfin sur la table le montant de ses indemnités, l'autre n'avait pas cédé. Le handicap lui paraissait trop lourd pour être surmonté. Bref, il ne pouvait s'engager. Bien sûr, il transmettrait le dossier à la commission compétente qui l'examinerait avec tout l'intérêt qu'il méritait, mais sans grandes chances d'aboutir, à moins que Mme Pagès (« C'est toi, ça, ma grande, écoute bien », s'était dit Constance que le discours du bonhomme commençait à agacer) — à moins, donc, que Mme Pagès ne veuille consentir une hypothèque sur la Retirade.

— Il n'en est pas question, avait rétorqué Constance, qui avait revu en un éclair son père et sa mère dans la grande maison, là où, lui semblait-il, étaient enfouis tous les bonheurs du monde.

— Dans ce cas, madame...

— Dans ce cas, monsieur, et dans tous les cas, il y a d'autres banques. Je ne suis venue chez vous que parce que vous étiez le banquier de mon père. Mais si vous n'avez pas davantage de mémoire que ça...

— J'en ai, madame Pagès. J'en ai beaucoup, au contraire, c'est là le problème.

Constance, à cet instant, aurait dû se lever et claquer la porte. Au lieu de quoi, poussée par un sentiment de défi, elle avait lancé :

— Je reviendrai vous voir avec mon premier carnet de commandes. Nous reparlerons de tout ça à ce moment-là.

Par la suite, elle s'était demandé pourquoi elle avait ainsi provoqué cet homme, se liant de la sorte avec cette banque qui ne voulait pas d'elle, au lieu d'aller voir ailleurs. Mais ailleurs, l'aurait-on reçue autrement ? Et puis Constance, ce jour-là, se sentait invincible parce qu'un autre homme, un homme d'une autre espèce, l'avait encouragée : celui-là aidait les oiseaux à voler.

S'il n'y avait eu que le banquier ! Le lendemain, à l'improviste, elle avait eu la visite du maire. Après quelques politesses si énormes qu'elles avaient fait sourire Constance, il en était venu à son affaire : savoir quand Constance se déciderait à mettre la fabrique en vente. Non pas si mais *quand*, puisque la décision, à ses yeux, ne faisait aucun doute.

Ce que Constance supportait le moins, chez Sylvain Delpeuch, c'était la familiarité dont il témoignait envers elle, sous prétexte qu'ils s'étaient connus enfants. Pas seulement avec elle, sans doute ; c'était le genre du personnage : enveloppant et, pour dissimuler ses véritables intentions, toujours prêt à vous taper sur l'épaule. Or

Constance détestait qu'on lui tape sur l'épaule et qu'on lui parle comme à une gamine.

— Écoute, lui avait-il dit, tu n'arriveras à rien, ici. Tu es partie depuis trop longtemps. Tu ne connais plus rien du pays. Regarde, moi, j'ai cette mégisserie, depuis toujours — depuis mon père, comme toi. Tout le monde croit que c'est une bonne affaire, eh bien, je n'y arrive plus, je peux te le dire, à toi. Et pourtant je suis implanté sur le marché du cuir depuis longtemps. Mais c'est fini, tout ça, aujourd'hui.

— Si c'est fini, pourquoi voulez-vous acheter la Retirade ?

— Pour faire autre chose. Ce ne sont pas tes couteaux que je rachète, figure-toi : ce sont les bâtiments et le terrain. J'ai des projets, de grands projets. Des projets qui permettraient de sauver la commune.

— Lesquels ?

— Pas si vite, pas si vite...

— C'est vous qui allez un peu vite, monsieur Delpeuch. Si cette fabrique peut vivre, elle vivra. Si elle doit mourir, j'aurai fait ce que je devais.

— Écoute, je suis certain que, même si tu redémarres, tu te casseras la figure avant deux ans. Parce que ce n'est plus viable, tu comprends. Et, entre-temps, si moi je n'ai pas pu concrétiser mon projet, tu auras mis en péril le village dont je suis le maire. Je ne te laisserai pas faire ça. Tu me trouveras toujours sur ton chemin.

— Je n'en attendais pas moins de vous, avait dit Constance en le reconduisant vers la porte.

Ils s'étaient séparés sans se serrer la main. Demeurée seule, Constance s'était demandé de quel projet la Retirade était l'enjeu. Et elle avait ressenti la même menace que le matin de son départ pour Paris : alors que sa voiture débouchait sur la place, elle avait aperçu le maire en grand conciliabule, devant la Maison de la Presse, avec Jean-Pierre Geneste, le médecin du village.

Celui-là, c'était l'homme que Constance souhaitait le moins rencontrer. Lui non plus, d'ailleurs, n'avait pas cherché à la revoir depuis son retour. Elle avait toujours su qu'elle ne pourrait l'éviter éternellement, mais le découvrir là, avec ce Delpeuch qu'elle considérait déjà comme un ennemi, avait été comme si des abîmes de trahison s'ouvraient devant elle.

Il était cinq heures de l'après-midi quand Constance et Vanessa, qui faisait semblant de dormir sur son siège, arrivèrent à Sauvagnac, le lendemain de leur entrevue avec Pierre — Constance avait pensé qu'un après-midi et une soirée de plus à Paris permettraient à Vanessa d'oublier ce qui s'était passé, mais c'était le contraire qui était arrivé : tout ce qu'elle voyait, les rues, les boutiques, les adolescents de son âge, rappelait à Vanessa qu'elle allait le quitter. À tel point que Constance avait redouté que sa fille ne refuse de monter dans la voiture le lendemain matin, mais non : Vanessa s'était installée sans un mot, en silence, et c'était ce silence qui avait effrayé, et continuait d'effrayer, maintenant, Constance.

Une fois dans la cour de la Retirade, elle déchargea la voiture, puis elle mangea un morceau, tandis que Vanessa montait dans sa chambre. Constance tenta une nouvelle fois de lui parler, mais sa fille lui ferma sa porte au nez. Constance redescendit, expliqua à Marie ce qui était arrivé à Paris, gagna la fabrique où Anselme l'assaillit de questions auxquelles elle était évidemment incapable de répondre comme ça, si vite, et surtout aujourd'hui. Elle prétexta un rendez-vous à Rodez pour repartir malgré sa fatigue. Elle avait besoin d'être seule, besoin de réfléchir sans se sentir engluée dans des problèmes qui, parfois, lui faisaient oublier les raisons pour lesquelles elle était revenue.

Elle roula jusqu'à Saint-Geniez-d'Olt, où elle prit la route qui monte vers la Fraisinède, et, plus loin, vers le signal de Mailhebiau qui, avec ses 1 470 mètres, est le sommet de l'Aubrac. La route étroite la hissa rapidement entre des bois sombres vers les croupes sévères qui s'étendaient devant elle, et au-delà desquelles elle devinait la Margeride et les contreforts de l'Auvergne.

Elle s'arrêta au bout de cette route, passé le dernier hameau, et partit à pied vers Mailhebiau dont elle apercevait, pas très loin, lui semblait-il, la crête pelée, sauvage, et où le ciel paraissait peser de tout son poids. Il avait fait chaud dans la journée, mais à présent, à cette altitude, l'air était presque frais, agréable à respirer et à sentir glisser sur la peau. Constance marchait en s'efforçant d'oublier les jours précédents, tête baissée comme si elle cherchait des traces sur le sol caillouteux. « Qu'est-ce que tu fais là ? se demanda-t-elle à mi-voix. Il n'est plus là, plus personne n'est là. » Elle releva la tête, aperçut sur sa gauche Saint-Chély-d'Aubrac, ou peut-être Nasbinals, elle ne savait plus très bien, puis elle finit par s'asseoir sur un mur de pierres sèches, au sommet d'une éminence qui lui livrait tous les sommets des alentours.

On entendait au loin, par intermittence, des sonnailles de troupeaux, des appels d'oiseaux, et ces bruits se fondaient dans un silence paisible. Le soleil se couchait, embrasant les lointains où montaient des fumées. Peu à peu, Constance respira moins vite, s'apaisa. Elle percevait sous ses pieds le socle d'un rocher tiède, et sur son visage la caresse d'un vent qui transportait des odeurs de genévrier et de pin : des parfums qu'elle connaissait bien.

En regardant vers le bas : une sorte de ravine envahie par une herbe rase et brûlée par le soleil, elle sentit quelque chose s'éveiller en elle, sans comprendre pourquoi. Elle réfléchit un moment, envahie par un bien-être étrange, dans cette paix retrouvée de sa « montagne sacrée », puis elle commença à descendre, se demandant quel était cet éclair vif entre les herbes folles, là-bas, dans le petit vallon. Elle glissa, se retint en s'écorchant les mains, parvint à prendre pied sur la roche bleutée, juste au-dessus de l'herbe. Alors elle vit l'eau : l'eau de la source à laquelle elle avait bu un jour, il y avait longtemps, en présence de son père. Il n'y avait pas sa mère, ce jour-là, sans doute parce qu'ils avaient décidé de faire une longue marche dans la montagne. Et ils avaient pique-niqué à cet endroit, elle en était sûre. Oui, elle s'en souvenait : elle était assise là, sur cette pierre, son père en face d'elle, et cela avait été un de ces rares jours où ils avaient été seuls, tous les deux.

Oppressée, Constance se mit à chercher des traces de cet événement qui n'en avait jamais été un jusqu'à aujourd'hui, et qui, à présent, prenait une importance considérable : son père, ici, lui avait dit quelque chose, mais quoi ? Elle avait beau fouiller dans les recoins les plus secrets de sa mémoire, elle ne se le rappelait pas. Elle regardait la roche nue, sans le moindre indice de ce qui avait eu lieu ici, et qui ne se reproduirait plus, et elle songea à cette phrase entendue quelque part, et qui la transperça : « Vivre, c'est perdre. »

Affolée, elle remonta très vite sur l'éminence et s'efforça de penser à autre chose. Le soir tombait sur les monts de plus en plus sombres, tandis que le ciel, encore baigné des derniers feux du soleil, demeurait clair, d'un rose légèrement orangé, si fragile qu'on avait l'impression que, à le toucher, il aurait cassé comme du verre. Constance s'était assise, tournant le dos à la source. Des lumières s'allumèrent dans les lointains, puis les premières étoiles se mirent à clignoter. Allons ! Il fallait rentrer, sinon elle risquait de ne pas retrouver son chemin.

Il n'y avait plus un bruit, maintenant, sur le sentier qu'elle suivait en se repérant aux rochers qui l'escortaient. Qu'avait dit son père, en bas, près de la source ? Elle cherchait désespérément, comme si le fait de connaître la réponse l'eût délivrée de ses doutes. Elle s'arrêta, respira, écouta la nuit. Ici, sur ces hauteurs sombres et désolées, se déroulait depuis toujours quelque chose qui avait à voir avec les raisons que l'on a de vivre plutôt que de mourir. Pourquoi ? Peut-être parce que l'on ressentait la fragilité du provisoire par rapport à l'éternité de ces pierres séculaires. Peut-être aussi parce que la distance prise avec la vie d'en bas remettait les choses à leur juste place. Il n'y avait que les étoiles pour témoins, là, dessus, et c'était déjà autre chose...

Constance respirait mieux maintenant, même s'il lui semblait qu'elle aurait dû apercevoir la voiture depuis longtemps. Sans doute s'était-elle perdue. Quelle importance ? Elle finit par la retrouver, grâce à l'éclat de ses vitres jouant sous la lune, et elle redescendit lentement, entre les bois pleins de chuchotements, apaisée, persuadée de pouvoir reprendre le combat, même si demain, elle le savait, serait un autre jour.

9

Marie, qui tournait depuis un moment autour de la table de la cuisine, finit par demander :

— Tu n'ouvres pas la lettre de la banque ?

— La banque ? Quelle banque ?

Décidément, Constance, qui pensait encore à sa marche solitaire de la veille au soir, avait du mal à reprendre pied dans la réalité. Ce matin, elle n'arrivait pas à aligner deux idées et n'avait répondu que par de brefs grognements à Marie.

— Fais voir.

Marie lui tendit l'enveloppe qu'elle avait placée en évidence sur la toile cirée. Constance l'ouvrit, se resservit de café et commença à lire.

C'était un vrai galimatias. En termes ampoulés, M. Bonnafous l'informait qu'il avait reçu la réponse de la direction régionale du Crédit du Midi, et que la réponse était... que la réponse viendrait dans un mois. Dès lors qu'elle se refusait à hypothéquer ses biens immobiliers, elle devait comprendre que la banque ne pouvait prendre sa décision sans un délai de réflexion : le Crédit du Midi était un organisme financier responsable. Il l'assurait de ses sentiments distingués.

— Responsable du temps perdu, oui..., maugréa Constance. D'ailleurs, je suis sûre qu'ils sont tous de mèche.

— Qui est de mèche ?

— La banque, le maire, Geneste...

— Qu'est-ce qui te fait dire ça ?

— Je les trouve ensemble chaque fois que je mets le nez dehors.

Elle exagérait mais, ce matin, elle était d'humeur belliqueuse parce que cette lettre venait en un instant de briser la paix qui était en elle depuis la veille au soir.

— Au fait, dit-elle, tu ne m'as pas parlé une seule fois de Geneste. Qu'est-ce qu'il fait ?

— Il est médecin, bien sûr, quelle question ! Après ton départ, il a terminé ses études à Toulouse, puis il est revenu ici et il a pris la succession du vieux Pradel, tu te rappelles ?

— C'est lui qui a soigné maman ?

— Tu sais, ta mère, elle se soignait seule. Mais il s'est occupé de ma pauvre Jeanne.

Jeanne, la sœur cadette de Marie, avait longtemps vécu à Rodez, puis elle s'était retirée à Sauvagnac où elle était morte deux ans auparavant.

— Je l'ai connue ? demanda Constance.

— Elle venait ici, le dimanche. Mais tu étais petite...

Marie se tut pensivement, puis elle reprit :

— En tout cas, Geneste est un bon médecin.

— Encore heureux ! fit Constance.

Il y avait tant de haine dans sa voix qu'elle en fut elle-même surprise.

— Et...

— Il est marié, oui, dit Marie, comme si elle avait lu dans les pensés de Constance. Avec une fille de Millau, médecin elle aussi. Ils appellent ça un cabinet de groupe. Ils ont deux enfants, un garçon et une fille, à peu près de l'âge de Vanessa.

Constance secoua la tête comme pour chasser une image.

— Ça ne me dit pas ce qu'un médecin et un mégissier peuvent comploter ensemble, reprit-elle.

— Je n'en sais rien, mais tu n'as peut-être pas tort. Les gens parlent, tu sais. Mme Canteloube, la boulangère, me disait pas plus tard qu'hier que Delpeuch n'arrête pas de répéter que tu n'y arriveras pas, que tu ne sais pas y faire et que d'ailleurs tu n'auras jamais l'argent. Geneste, c'est pareil. Au restaurant, l'autre jour, il parlait très fort pour que tout le monde l'entende. Ils n'osent pas dire qu'il ne faut pas garder la fabrique, personne ne le comprendrait, ils se contentent de dire que tu vas échouer et que ça fera plus de mal que de bien au village.

— Je crois que j'ai intérêt à réussir, dit Constance.

Bizarrement, elle ne se sentait pas découragée, mais furieuse. Il fallait qu'elle parle à quelqu'un qui l'aiderait à mettre de l'ordre dans ses idées ; quelqu'un qui connaîtrait aussi le dessous des cartes, les enjeux en présence. Le maire n'avait pas tort : elle ne savait pas grand-chose. Elle devait à tout prix rencontrer celui qui savait. Sans même y réfléchir, elle composa le numéro de *L'Écho du Midi*, à Rodez, et demanda Antoine Linarès. Ce fut lui qui répondit : il n'était pas libre pour l'instant, mais il passerait à Massobre en fin d'après-midi. Il lui proposait de le retrouver là-bas. Elle accepta, puis elle compta mentalement le nombre d'heures qui la séparaient du moment où elle reverrait l'homme qui soignait les oiseaux.

Un peu avant Massobre, le ciel, voilé depuis le matin, se dégagea, redevint d'un bleu léger, avec de fines écharpes blanches sur les lointains. Régnait-il autour de l'homme qu'elle allait voir un climat particulier ? Cette idée fit sourire Constance. Il parviendrait peut-être à chasser ses nuages à elle, et ce serait toujours quelques heures, un après-midi de gagnés.

Cette fois, ce fut Antoine qui lui ouvrit. Il paraissait préoccupé, mais son sourire indiquait qu'il était content de la voir.

— Quelque chose ne va pas ?

Il aurait dû poser la question, mais c'est elle qui l'avait fait.

— Oui, répondit-il, songeur. L'aigle botté. Venez voir.

Il l'entraîna sur la terrasse et elle pénétra à sa suite dans la volière. La buse et l'épervier entrevus lors de sa première visite allèrent se rencoigner à l'autre bout de la cage, hostiles, vaguement menaçants. Par terre, un troisième rapace demeurait immobile, frissonnant légèrement, comme s'il avait de la fièvre. C'était l'aigle, dont les yeux noirs cerclés d'or roulaient sous les paupières mi-closes.

Constance fut un peu déçue. L'oiseau était à peine plus grand qu'une buse, et, tassé comme il l'était, elle ne pouvait distinguer le beau plumage blanc de la poitrine et des pattes.

— Qu'est-ce qu'il a ? demanda-t-elle.

— Une espèce d'infection respiratoire. Je viens de lui faire une piqûre de pénicilline. Il est sous le choc, pour l'instant, mais il va se remettre... du moins je l'espère.

— Il était déjà là, il me semble, la première fois que je suis venue.

— Oui, on me l'a apporté il y a deux mois. Il a reçu un coup de fusil.

— Accidentel ?

— Pas forcément. Il y a des maniaques de la gâchette, vous savez. Heureusement, le maniaque en question devait être maladroit : l'aigle n'a pris que deux plombs et j'ai pu les enlever facilement. Mais ils étaient très mal placés : juste à l'articulation de l'aile. Je crains qu'il ne revole jamais.

— Qui sait ? fit Constance. Peut-être en trouvera-t-il la force.

Il était passé une telle douceur dans sa voix qu'Antoine, peu habitué à l'entendre parler de la sorte, la regarda avec surprise. Puis il se rappela soudain qu'elle devait avoir une raison pour être ainsi venue le voir.

— Des problèmes ? demanda-t-il.

— Oui et non, je ne sais pas.

— Si vous ne savez pas, nous allons marcher. Marcher aide à savoir, de cela au moins j'en suis sûr. Du haut du village, on aperçoit les gorges du Tarn, et, de l'autre côté, le Méjean. C'est très beau, vous verrez.

Constance accueillit cette proposition avec soulagement. Maintenant qu'elle était là, en effet, elle ne savait plus trop quoi dire, sauf à en dire trop, précisément, et de cela il lui semblait qu'elle ne voulait pas. Elle sortit de la volière, se retourna : Antoine s'était accroupi près de l'oiseau qui, immobile, semblait l'écouter et le comprendre ; il lui caressait l'arrière de la tête, et lui parlait à voix si basse que Constance ne put entendre ce qu'il disait. À cet instant, elle souhaita follement qu'il lui parle ainsi, un jour, à voix basse, avec des mots qui venaient d'on ne savait où et qui, peut-être, pensa-t-elle, n'avaient jamais été entendus par aucune femme au monde.

L'ayant rejointe, il l'entraîna sur la petite route qui conduisait à la vieille église, en haut, là où un terre-plein bordé par une murette dominait la vallée. Ils marchaient lentement, sans gêne, si naturellement que Constance demanda en le regrettant aussitôt :

— Vous parlez aux oiseaux ?

— J'essaye, dit Antoine.

— Ça doit être beau, ce que vous leur dites, pour les fasciner à ce point.

Il s'arrêta brusquement, demeura silencieux sans la regarder, l'air absent, comme si elle avait rompu un charme.

— Excusez-moi, dit-elle.

Il sourit, repartit, l'invitant de la main, mais sans la toucher, à aller de l'avant. Ils arrivèrent très vite sur le terre-plein, sans avoir rencontré personne. Constance se demandait ce qui lui avait pris de dire cela et elle s'en voulait. Elle adressa de brefs coups d'œil au ciel, à la recherche d'un rapace qui lui eût permis de relancer la conversation.

— Alors? fit-il, d'une voix très calme qui ne portait aucune colère.

— Alors...

Constance, qui s'efforçait d'oublier ce qui venait de se passer, se jeta littéralement dans le récit de ses derniers jours, parlant très vite, s'appliquant à tout dire : son voyage à Paris, le complot qu'elle croyait deviner, son refus de l'hypothèque, tous ces problèmes qui l'accablaient.

— J'ai fait ce que vous souhaitiez, monsieur Linarès, conclut-elle. Non parce que vous le souhaitiez, mais parce que j'ai cru que c'était mon devoir, comme vous le disiez, et que c'était là seulement que je trouverais le sens de quarante ans de vie. Ce n'est pas facile, comme vous pouvez voir. Aussi, puisqu'on dirait que cette histoire vous intéresse, je suis venue vous demander de m'aider à y voir clair.

Il y avait un banc de fer, sur leur gauche, entre l'église et la murette, que Constance n'avait pas remarqué.

— Venez, dit Antoine.

Ils s'y assirent, regardèrent un moment la ligne sombre du Méjean qui semblait souligner le ciel. Plus bas, au pied des coteaux boisés de hêtres et de sapins, au fond de la pente vertigineuse, l'éclair vif du Tarn trouait par endroits les frondaisons.

— Il y a plusieurs choses à considérer, Constance, fit Antoine.

C'était la première fois qu'il l'appelait par son prénom, elle en fut heureuse.

— Cette histoire d'hypothèque, d'abord, reprit Antoine qui parlait sans la regarder, les yeux fixés sur la vallée. Il faut accepter.

— Mon père, lui, ne l'a jamais accepté, répondit vivement Constance. La Retirade est notre maison, ce n'est pas une monnaie d'échange.

— Votre père a eu tort. Il aurait obtenu les prêts dont il avait besoin. Je ne dis pas que ça aurait changé grand-chose, mais enfin... Vous ne vous êtes jamais demandé si votre père n'avait pas tout simplement renoncé ?

— Renoncé ?

— Vous n'étiez plus là et il n'avait pas d'autre enfant, personne à qui transmettre la fabrique. Il voulait seulement que cela dure autant que lui, que rien ne change tant qu'il serait là.

— Vous l'avez connu ? demanda Constance que cette idée n'avait jamais effleurée jusque-là.

— Un peu, oui.

Il parut réfléchir, reprit :

— Écoutez, Constance : une hypothèque, ce n'est qu'un morceau de papier. Une menace aussi, d'accord, et une sanction. Mais c'est tant mieux : la menace de cette sanction vous condamne à réussir. Or je suis sûr que vous réussirez.

— Vous le croyez vraiment ?

— Oui, j'en suis persuadé.

Constance hocha la tête d'un air dubitatif et pensa à l'oiseau blessé. Antoine lui parlait-il ainsi, avec ce calme, cette assurance, cette force dont on se demandait où il la puisait ? Elle n'eut pas le temps de s'interroger davantage, car il continua, de cette même voix dont elle était certaine, maintenant, qu'elle n'avait jamais entendu la pareille :

— Quant à ce complot, vous ne l'inventez pas tout à fait. D'ailleurs, si vous ne m'aviez pas appelé ce matin, je n'aurais pas tardé à le faire. Vous avez de la chance : je suis l'un des hommes les mieux informés du département.

Il avait dit cela avec un bref ricanement qui laissait entendre que ce n'était pas vrai, ou que le prix à payer pour ce dérisoire privilège était trop élevé.

— Quelque chose se trame, en effet, poursuivit-il. Moins un complot que, disons... une convergence d'intérêts. Je l'ai compris par recoupements. Le maire a bel et bien un projet : rien de moins qu'une luxueuse maison de retraite destinée à une clientèle aisée. Une manne pour la commune. Pour lui aussi, bien sûr, qui la dirigerait par l'entremise de sa femme. Projet financé par le Crédit du Midi, vous l'avez compris.

— Mais pourquoi moi ? Pourquoi la fabrique ?

— Pour l'emplacement, voyons. La vue est belle de la Retirade, les bâtiments sont importants, en pierres de taille sous le crépi, et il y a la possibilité d'agrandir pour faire un grand parc, derrière. La commune a déjà acheté le terrain, et le maire est persuadé d'obtenir le tout pour une bouchée de pain.

— Je vois, dit Constance, qui se sentit un peu dépassée, soudain, et demanda : Et Geneste, là-dedans ?

— La manne, toujours la manne. Geneste est médecin et sa femme aussi. Vous imaginez ce que ça représente, pour eux, une maison de retraite comme celle-là ?

Il y eut un instant de silence, que Constance rompit en disant :

— Cet homme me déteste autant que je le hais.

— Qui donc ?

— Geneste.

Elle parut hésiter, se leva, fit trois pas, puis revint, le visage grave, s'asseoir près d'Antoine.

— Il y a eu quelque chose entre lui et moi, Antoine (elle aussi osait son prénom ; ça devenait facile, tout d'un coup). Ce que je vous ai dit l'autre jour : cet enfant, vous savez...

Il hocha la tête, sans répondre.

— Geneste est son père. C'est à cause de ça que je suis partie. Quand je suis allée lui annoncer que j'étais enceinte, je l'ai trouvé avec une autre fille. Il n'a jamais compris pourquoi j'ai disparu de sa vie en partant à Paris. Mais il n'en a rien su car je n'ai jamais dit à personne, pas même à ma mère, qui était le père. J'ai accouché sous X à Rodez. J'ignore donc ce qu'est devenu l'enfant, et plus le temps passe, plus c'est lourd à porter. C'est sans doute aussi pour ça que je suis revenue...

Il y eut un nouveau silence, puis un souffle d'air agita les branches du platane, derrière le banc. Un souffle d'air seulement, juste une idée de vent. L'été, décidément, ne semblait pas vouloir finir.

Au même instant, et presque d'un même mouvement, ils furent debout. Il n'y avait plus rien à dire pour aujourd'hui. Un moment, ils restèrent face à face, puis Antoine prit le bras de Constance et ils marchèrent jusqu'au bout de l'éperon que formait le village. Elle sentait ses doigts sur sa peau, et se disait que c'était la première fois. Ils étaient comme sa voix : rudes et doux à la fois.

Une fois en haut, sur la butte sommairement aménagée pour que les voitures puissent faire demi-tour, on apercevait la rivière qui coulait dans les gorges, et ses galets ronds, dans les endroits à sec, que le soleil avait blanchis comme des ossements. De l'autre côté, au-dessus du plateau désertique, le ciel, maintenant, pâlissait.

— Vous les voyez ? dit-il en tendant le bras.

— Qui, Antoine ?

— Les oiseaux.

Il n'y eut plus rien, soudain, autour d'eux, que le ciel immense où bougeaient imperceptiblement de longues feuilles rouges dans le soleil couchant.

En arrivant à la Retirade, Constance aperçut Anselme qui lui adressait de grands signes depuis le perron. Elle crut à un accident — Vanessa ? la fabrique ? — et se précipita, manquant de tomber sur le gravier de la cour. Ce n'était pas un accident : Anselme souriait.

— Ils sont prêts ! s'écria-t-il. Les couteaux... ils sont là ! Viens les voir !

Ils avaient voulu lui faire une surprise, Laurent et lui, prenant des airs mystérieux, refusant de lui dire quel jour elle verrait ces fameux modèles. C'était aujourd'hui, précisément, et ils avaient bien gardé le secret. Laurent les attendait dans le bureau du rez-de-chaussée, souriant. Il se leva quand Constance entra, la salua d'un signe de tête. Elle s'approcha lentement de la table, le cœur battant, un peu angoissée : si les dessins que lui avait montrés Laurent et auxquels elle avait donné son accord étaient parfaits, qu'est-ce que donneraient les prototypes ?

C'était encore plus beau. Ce que Pierre, à Paris, avait qualifié de « canifs » — le mot avait terriblement blessé Constance —, c'était deux magnifiques objets qui procuraient une double impression de puissance et de raffinement, de rusticité et d'élégance. Moins effilée que celle du laguiole, la lame, sur laquelle était gravée en belles lettres italiques la mention *L'Aveyron*, prolongeait harmonieusement le manche. Ou était-ce le manche qui prolongeait la lame, on ne savait pas, tant le profil était uni, homogène. L'orme et le palissandre avaient tenu leurs promesses de lumière et de douceur, qui venaient corriger et en même temps exalter l'éclat froid de l'acier. Oui, ils étaient beaux, simplement beaux.

Une joie profonde, venue de loin, envahit Constance et elle s'aperçut qu'elle avait les larmes aux yeux. Elle revit son père, un soir, lui donnant sur la table de la cuisine sa première leçon de coutellerie : « D'abord la lame, deux plaquettes avec la platine au milieu, les ressorts et les côtes. C'est le ressort qui bloque la lame en position ouverte, et c'est de lui que dépend la qualité du couteau. On ajoute une mouche à la base de la lame pour qu'elle soit tenue. Et puis tu as les clous — trois en général, disposés différemment selon le type de couteau —, la mitre, que nous fabriquons ici, chez nous... » Il y avait combien de temps ? Constance ferma les yeux, s'approcha de la fenêtre, eut du mal à se reprendre tant la voix lui semblait présente, mais aussi paisible, chaude et rassurante l'atmosphère de ce soir-là.

Quand elle se retourna et qu'elle revint vers le bureau, son regard croisa celui de Laurent qui l'observait avec son habituel sourire tranquille. Anselme, lui, allait et venait autour d'elle, détaillant les pièces des prototypes et s'arrêtant sur ce qui était pour lui l'essentiel :

— Regarde les lames. Celles-là, on les a forgées ici.

Elle comprit qu'elle allait devoir affronter un autre complot, mais elle n'eut pas le cœur à les contrarier.

— Je veux bien refaire une étude de coûts si tu me dis exactement combien il faut d'heures pour forger une lame comme celle-là.

— Tu vois ! lança Anselme à l'intention de Laurent. Je savais qu'on finirait par gagner. Il ferait beau voir qu'on achète des lames à l'étranger dans la fabrique Pagès !

À le voir si heureux, Constance prit Anselme dans ses bras et l'embrassa sur les deux joues. Après une brève hésitation, elle se dirigea vers Laurent et elle l'embrassa aussi. Il lui sembla que le garçon avait eu un recul à l'instant où elle s'était approchée de lui, mais non : il souriait toujours quand elle croisa de nouveau son regard, et elle eut l'impression qu'il était aussi ému qu'elle.

— Ça va marcher, j'en suis sûre.

— À condition de forger nous-mêmes les lames et le ressort, répéta Anselme.

Décidément, elle aurait fort à faire pour qu'ils changent d'avis. Pourtant elle souriait, heureuse, apaisée, sa confiance à l'unisson de celle des deux hommes. Elle était prête à parier tout ce qu'elle possédait sur ces couteaux, et prête maintenant à hypothéquer la Retirade. Elle se demanda vaguement, soudain lointaine mais dans un étrange bien-être, pourquoi il fallait qu'Antoine Linarès eût toujours raison.

10

En cet automne qui n'en finissait pas d'épuiser les chaleurs de l'été, Constance avait pris la route pour une longue tournée de démarchage. Elle était seule à pouvoir le faire, à la fabrique : en raison de son expérience de la vente, personne ne remplirait mieux cette mission qu'elle. Elle avait eu du mal à quitter Marie, Anselme, la Retirade, et ne s'y était résolue qu'après avoir envisagé toutes les solutions, mais il n'en existait pas d'autre.

Elle avait soigneusement consulté son ordinateur, le Minitel, ses cartes routières et les guides hôteliers, et, de la mi-septembre au début d'octobre, elle avait parcouru le Sud-Ouest, de Montpellier à Toulouse, de Bordeaux à Clermont-Ferrand. Pour le reste de la France, elle verrait plus tard : mieux valait s'assurer d'abord une bonne implantation régionale, d'autant que leurs capacités de production étaient encore limitées. Elle était d'accord avec Anselme : la qualité, pas la quantité. Aussi avait-elle finalement cédé : ils forgeraient eux-mêmes les lames et les ressorts à partir d'un acier qu'ils achèteraient à Thiers. Les prix de revient s'en étaient ressentis, mais malgré cela, les détaillants suivaient. Elle s'étonnait même de la facilité avec laquelle ils suivaient, et se félicitait d'avoir visé juste.

Pendant ce temps, Constance avait découvert un monde nouveau : celui du porte-à-porte, bien sûr, mais aussi les soirées solitaires au restaurant et à l'hôtel dans des villes inconnues. Le cinéma, seule, également. Elle n'était jamais autant allée au cinéma. À Paris, elle n'avait pas le temps. Ce dont elle avait le plus souffert, c'était l'absence des autres : ceux qu'elle avait retrouvés et qui lui manquaient. Elle se sentait comme en exil, loin de la cuisine chaude de la Retirade, loin d'Anselme et de Marie, loin de Vanessa, qui ne s'habituait pas à la pension et qui, par un besoin de représailles dont elle devait souffrir beaucoup, refusait de revenir le week-end. C'était Constance qui, le dimanche, alors qu'elle était épuisée, devait reprendre sa voiture pour aller voir sa fille, quelques minutes de silence hostile dont elle sortait brisée par un écrasant sentiment de culpabilité...

Deux ou trois fois, sous des prétextes divers, Constance avait appelé Antoine. Quand elle l'avait eu au bout du fil, elle n'avait plus su trop quoi dire. Elle lui demandait des nouvelles de l'aigle, et lui de ses démarches. Il se montrait toujours aussi confiant. La conversation était assez brève et elle s'en désolait en pensant que, comme avec sa fille, elle n'était pas capable de trouver les mots qu'il aurait fallu... Du moins, avec lui, entendait-elle une voix et c'était beaucoup :

— Eh bien, bonsoir, Antoine, disait-elle, en espérant qu'il ne raccrocherait pas.

— Bonsoir, Constance, faites attention sur la route.

La route l'avait menée à Tarbes, à Marmande, à Cahors, partout, lui semblait-il, et ainsi était passée la meilleure partie de l'automne, celle qu'elle aurait voulu vivre à Sauvagnac, sur l'Aubrac ou du côté de Massobre, son premier automne chez elle depuis qu'elle s'était enfuie de Paris. Elle aurait voulu retrouver dans la profondeur de l'air les caresses du vent, ses odeurs de feuilles mortes, de moûts et de futaille, l'aboi des chiens de chasse sur les hautes collines, ces horizons qui s'éloignent à mesure que les arbres se dépouillent, cette distance, soudain, qui paraît remettre les choses à leur juste place : en automne, loin c'est près et ailleurs c'est ici. Alors on peut se réfugier en son lieu, y être vraiment heureux — et le lieu de Constance, désormais, c'était la Retirade.

Cet automne, il est vrai, elle le croisait au fil des routes, mais sans avoir le temps de s'abandonner à sa douceur mélancolique, le soir, quand la nuit semble monter de la terre plutôt que descendre du ciel, et que l'on se dit qu'il faudrait que le temps s'arrête, une bonne fois pour toutes, pour que rien n'en soit perdu : la couleur d'un ciel, un souffle de vent, le murmure d'une fontaine, une lumière qui s'allume, un bruit de cloche qui s'éteint : rien, non, vraiment, mais la vie cependant...

Ce fut un soir, précisément, qu'elle rentra, son travail accompli. Les journées étaient encore belles mais courtes, et la nuit tombait quand elle pénétra dans la cour de la Retirade où Anselme semblait la guetter sur le perron.

— Alors ? demanda-t-il dès qu'elle descendit de voiture.

— Alors ça va, répondit-elle seulement.

Son sourire disait cependant que ça allait beaucoup mieux que ça, qu'elle avait rempli sa mission. Elle n'avait pas voulu leur communiquer les chiffres des deux semaines précédentes pour ne pas leur donner de faux espoirs. Mais ce soir, il était temps de tout dire.

— Va chercher Laurent et Marie, reprit-elle, je vous attends.

— Non, c'est toi qui viens à la maison. Comme on t'espérait, Marie a préparé le repas. Tu dois en avoir assez de manger seule.

— Un peu, oui, avoua Constance.

Dans la petite maison d'Anselme et de Marie, la table était déjà mise. Quatre couverts. « C'est vrai que Laurent habite ici », se rappela Constance.

Il était là, d'ailleurs, faisant les cent pas dans la cuisine. Il interrompit sa déambulation quand elle entra et elle remarqua qu'il semblait lui aussi impatient. Elle avait toujours vu le jeune homme si flegmatique, si distant, que cela lui fit plaisir.

Anselme leur servit à boire : à voir la tête de la petite, il y avait sûrement quelque chose à fêter.

— Alors ? demanda-t-il de nouveau. Combien ?

— Dis un chiffre, répondit Constance en riant.

— Arrête, ce n'est pas drôle.

— Six cent trente et cent vingt.

— Sept cent cinquante ?

Le même cri avait échappé à Anselme et à Marie.

— Parfaitement ! triompha Constance. Six cent trente en orme et cent vingt en palissandre. Qu'est-ce que vous dites de ça ?

— C'est incroyable ! Comment as-tu fait ?

— J'ai l'habitude de vendre des couteaux.

Tous éclatèrent de rire, puis les questions fusèrent : où ? comment ? Constance répondait gaiement, multipliant les anecdotes, puis elle leur dit soudain gravement :

— Merci à toi, Anselme. Si tu ne m'avais pas soufflé la solution, on n'en serait pas là aujourd'hui. Merci à vous, aussi, Laurent : grâce à vos dessins, on a pu monter de magnifiques couteaux...

— Et merci pour la soupe, intervint Marie. On peut peut-être passer à table ?

— Je pense bien ! s'écria Anselme.

— Au fait, dit Constance, il y a quand même quelque chose qu'il faut que je vous dise.

— Quoi ? fit Anselme.

— Les délais. Ils les veulent tous à deux mois. Je m'y suis engagée.

— Tu es folle ? rugit Anselme. C'est impossible ! on ne pourra jamais. Les gars ont perdu l'habitude de travailler comme ça. Et puis on n'est pas sûr des machines. Il faut changer tous les forets. On n'a même pas le palissandre.

— Il sera livré lundi. Je m'en suis occupée par téléphone.

Ils restèrent un moment silencieux, ne sachant plus soudain, du moins Anselme, s'il fallait se réjouir ou se désoler.

— On y arrivera, dit Laurent, même s'il faut travailler la nuit.

Quand son regard croisa celui de Constance, il ne chercha pas à le fuir, pour une fois, et elle y décela plus qu'une connivence : une aide précieuse sur laquelle elle n'avait pas compté.

112

Le lendemain matin, au téléphone, Antoine partagea son enthousiasme. La voix chaude et proche, il riait.

— Et si nous fêtions ça au restaurant ? proposa-t-il. Il y a longtemps que nous ne nous sommes pas vus.

Elle accepta aussitôt, exigeant seulement :

— À condition que ce soit moi qui invite, je vous dois bien ça.

Ils se donnèrent rendez-vous à huit heures au Vieux-Causse, l'unique vrai restaurant de Sauvagnac, celui-là même où Jean-Pierre Geneste s'était, paraît-il, répandu en sarcasmes sur Constance.

Elle était à l'heure, Antoine un peu en retard car il avait dû repasser au journal pour boucler un article. Elle avait regardé deux fois sa montre, lui beaucoup plus souvent, en voiture, ce qu'il ne lui avoua pas. Quand il arriva, il était vêtu d'un pantalon noir et d'une chemise bleue, ce qui lui allait bien.

— Vous m'avez manqué, dit-il en s'asseyant.

Elle ne répondit pas « moi aussi » car son sourire le disait pour elle. Comme il allait commander l'apéritif, elle posa la main sur son bras :

— Non. Champagne.

— Ah bon ?

— Oui, monsieur. Je ne vous ai pas tout dit au téléphone. Non seulement j'ai beaucoup plus de commandes que je n'en espérais, mais j'ai reçu la réponse de la banque : c'est oui pour le crédit.

Antoine haussa les sourcils.

— Vous avez...

— J'ai hypothéqué la Retirade, oui. Il n'y avait pas d'autre solution : c'est vous-même qui me l'avez dit.

— Alors, tout va bien?

— Sur le papier, du moins. Parce qu'il va falloir travailler vite : les délais de livraison ne sont que de deux mois.

Le champagne, ce fut finalement le patron du restaurant, Paul Crozade, qui l'offrit. Il avait entendu, en prenant la commande, les derniers mots de Constance, et, l'instant d'après, il venait, son magnum à la main, s'installer sans façon à leur table.

— Pour une bonne nouvelle, c'est une bonne nouvelle, ça, madame Pagès. On se demandait souvent, ma femme et moi, si vous ne finiriez pas par vous décourager. Et il n'y a pas que nous, remarquez. Tout se sait ici... Et puis on est amis avec Marie.

— Je sais, monsieur Crozade.

— Alors, ça redémarre. Eh bien, vous nous ôtez un poids, on peut le dire. C'était ça ou...

Il se tut, comme s'il allait en dire trop.

— Enfin, on était nombreux à le souhaiter. Sans la fabrique du père Pagès, le village n'aurait sans doute pas survécu. Ou il n'aurait plus été le même.

Sa femme, une ancienne camarade d'école de Constance, s'était jointe à eux et la félicitait à son tour. Heureusement, d'autres clients arrivaient, à présent, sans quoi toute la soirée y passait. Constance était satisfaite, au fond, de sentir ce soutien, d'autant que les restaurateurs lui avaient assuré qu'ils n'étaient pas seuls à penser ainsi.

— Vous n'avez plus peur du complot? demanda Antoine quand ils se retrouvèrent seuls.

Cette tendresse, d'un coup, dans sa voix... Alors

qu'il était resté muet tout le temps que les Crozade avaient été là.

— Vous me racontez ? reprit-il sans qu'elle ait
le temps de répondre.

Comme elle l'avait fait pour Anselme, et Marie,
Constance fit le récit de son périple. Ce n'était
pourtant pas le même voyage qu'elle racontait ; il
y était moins question de détaillants et davantage
d'elle-même, des régions qu'elle avait traversées,
de quelques films, de ses errances dans les villes,
la journée terminée.

— Je ne vous ai pas embêté, Antoine, avec ces
coups de fil ?

— Si, beaucoup, répondit-il en riant. Ils me
faisaient sentir que vous n'étiez pas là.

Comme chaque fois que c'était difficile, il
alluma une cigarette.

— Et vous, pendant ce temps ? demanda-t-elle.
Il parut hésiter un instant :

— On m'a apporté un jeune vautour blessé.

— Gravement ?

— Assez. Les parents s'occupent d'eux longtemps et ils ne peuvent manger que de la nourriture prédigérée. Sa seule chance, c'est que je le
ramène.

— Où ?

— Sur l'aire.

— Au milieu des falaises ?

— Oui.

Elle croisa son regard, et elle eut très peur
quand elle comprit qu'il y était décidé.

— C'est dangereux, Antoine.

— Un peu.

— Vous n'allez pas faire ça !

— Vous savez bien que si.

Elle baissa la tête, envahie par un grand froid, soudain, car l'idée de le perdre lui parut insupportable. Elle eut envie de lui dire « s'il vous plaît, Antoine, ne faites pas ça » mais elle se tut.

— Ce n'est pas pour tout de suite, dit-il : il faut d'abord que je le soigne.

Elle se força à sourire malgré la peur qui, à présent, ne la quittait plus. Lui, ayant deviné cette peur, avait envie de lui prendre la main. Mais il savait que c'était impossible : ce soir, Mme Pagès, chef d'entreprise, et M. Linarès, journaliste, dînaient ensemble au Vieux-Causse pour parler du redémarrage de la fabrique. Tout le monde pouvait voir ça. Ils en parlèrent, donc, elle pour oublier ce qu'il lui avait dit, lui afin de ne pas alerter les oreilles indiscrètes autour d'eux. Pour cette raison, ils ne prolongèrent pas trop longtemps le dîner.

Quand ils se levèrent de table, Constance eut droit une nouvelle fois aux félicitations des restaurateurs. Elle remercia, la tête ailleurs. Dehors, la nuit était fraîche, presque froide, et elle frissonna. Antoine se rapprocha d'elle, mais évita de lui prendre le bras car la place était éclairée. Ils firent quelques pas et se séparèrent finalement devant la voiture de Constance.

— Vous me ferez visiter votre Méjean, Antoine ?

— Quand vous voudrez.

— Samedi après-midi ?

— Si vous voulez. Je vous téléphonerai.

Elle démarra, songeuse, se demandant si elle n'avait pas eu tort de vouloir pénétrer dans son domaine, un domaine qu'il n'avait sans doute jamais partagé avec personne. Elle se dit que s'il lui téléphonait comme il l'avait promis, ce serait qu'il avait décidé de faire le dernier pas qui le séparait d'elle.

Antoine avait confirmé dès le lendemain et elle n'avait plus pensé qu'à ce rendez-vous. Le samedi matin, pourtant, quand le téléphone sonna dans le salon de la Retirade, Constance, qui avait quitté la fabrique pour boire un café en compagnie de Marie, crut que c'était lui qui avait un empêchement.

— Je suis bien chez Mme Pagès ?

— Oui.

— M. Marty, le principal du collège.

Constance, glacée, comprit qu'il était arrivé quelque chose à Vanessa et elle n'eut pas la force de poser la moindre question.

— Votre fille a disparu. Elle n'était pas au réfectoire ce matin. Nous l'avons cherchée partout. Je voulais savoir si elle était rentrée chez vous.

— Non. Elle n'est pas là. Elle a dû... Vous avez fouillé le collège ?

— Bien entendu, madame.

— J'arrive tout de suite.

— Je préviens la police ?

— Non... Oui... Il vaut mieux.

Constance raccrocha, expliqua en deux mots à Marie ce qui arrivait, lui demanda de rester dans la grande maison pour le cas où Vanessa téléphonerait, puis elle sauta dans sa voiture. Jamais elle ne mit moins de temps que ce matin-là pour couvrir la distance qui séparait Sauvagnac de Rodez. À peine une demi-heure, alors que la circulation était dense, sans réfléchir que les risques pris ne servaient à rien, car Vanessa était hors d'atteinte, du moins pour le moment.

M. Marty l'attendait dans le hall du collège, en compagnie de la surveillante du dortoir et d'un officier de gendarmerie. Leurs explications étaient à peu près aussi confuses que les questions de Constance. Non, personne n'avait rien remarqué de spécial dans le comportement de Vanessa depuis le début de la semaine. Renfermée et insolente, comme toujours, sinon... Elle avait dû se lever avant ses camarades, et même si à cette heure-là les portes du collège étaient fermées, il n'était pas si difficile d'en sortir.

Constance demanda à voir le dortoir de Vanessa : l'armoire était à moitié vide, et elle avait emporté son sac. Ce n'était évidemment pas pour retourner à la Retirade. C'était une fugue, une vraie fugue, celle dont elle avait brandi, plusieurs fois, la menace.

— S'il vous plaît, continuez à chercher dans Rodez, dit Constance au gendarme, mais le plus probable est qu'elle a pris un train pour Paris.

Elle était effondrée et, à l'idée de ne pas retrouver sa fille, de l'avoir peut-être perdue pour toujours, Constance se sentait terriblement coupable. Tout ce temps qu'elle avait passé à courir les routes, tout ce travail, la fabrique lui avaient fait oublier les silences butés de sa fille, son incapacité à renouer le contact avec elle, alors que, sans doute, la priorité était là, et non pas sur les routes du Sud-Ouest.

Depuis Rodez, elle téléphonait tous les quarts d'heure à Marie : aucun appel n'était arrivé qui pût la rassurer. À la gare, personne ne se souvenait d'une adolescente avec un sac de voyage rouge, mais qu'est-ce que ça prouvait? Elle avait dû prendre le train de 7 h 12 qui l'amènerait à Paris à 13 h 55. La seule chose à faire était d'appeler Pierre pour qu'il aille la cueillir à la gare d'Austerlitz, à sa descente du train.

Quand elle réussit à le joindre, une voix de femme lui dit de ne pas quitter, elle allait le lui passer. Pierre avait une voix que Constance connaissait, sa voix des samedis matin, quand il se levait tard et prenait son temps avant d'affronter la journée.

— Quelle conne! grommela-t-il.

— Qui? demanda Constance.

— Elle... Toi... Toutes les deux. Voilà ce que c'est que de bouleverser la vie d'une gamine de quatorze ans.

— Voilà ce que c'est que de ne pas vouloir s'occuper de sa fille, répliqua sèchement Constance, que la remarque de Pierre avait foudroyée. Tâche au moins d'aller à la gare. J'arrive.

— Tu arrives?

— Oui, en voiture. Je serai là ce soir. Car je suppose que tu n'as pas l'intention de la garder.

— Non, bien sûr.

— Non, bien sûr. Alors il faut bien que je la ramène.

Il n'y avait rien à espérer de Pierre, pas plus aujourd'hui qu'hier. Elle raccrocha, obsédée maintenant par la pensée qu'elle n'avait pas vraiment mesuré combien un changement de vie pouvait ébranler une adolescente. Mais quoi faire d'autre? Elle se l'était si souvent demandé sans jamais trouver de solution. Ces questions continuèrent de la hanter pendant la matinée, tandis que les recherches dans la ville, les rues et les bistrots, demeuraient vaines. « Pourvu qu'elle n'ait pas fait du stop », songeait Constance, accablée. La pensée qu'elle donnait toujours de l'argent à sa fille la rassura en partie. Le plus probable était qu'elle avait bien pris le train pour Paris.

Vers treize heures, Constance décida de partir à son tour. Elle revint à la Retirade pour prendre un sac, mangea un morceau, téléphona à Antoine pour annuler leur rendez-vous de l'après-midi, et lui raconta très vite, d'une voix hachée, ce qui se passait.

— Je suis désolée, Antoine.

— Retrouvez votre fille, Constance. Le Méjean attendra. Il sait attendre.

— Je m'en faisais une fête, vous savez.

— C'est pour bientôt, dit-il d'une voix où il y avait, sembla-t-il à Constance, tout ce qu'elle espérait.

Il lui demanda de le rappeler de Paris. Elle promit, monta dans sa voiture pour le plus long voyage de sa vie.

11

Pierre était bien à la gare à l'heure du train dans lequel, effectivement, se trouvait Vanessa. Mais elle avait eu le temps, pendant le voyage, d'envisager tous les scénarios possibles, y compris la présence de son père sur le quai. Ils ne s'en tireraient pas si facilement. Elle savait, qu'elle ne pourrait pas se lancer dans une fugue comme celle-là tous les jours, et elle comptait bien en faire payer à son père et sa mère le prix fort.

Elle réussit à s'éclipser en traversant les voies ; ça ressemblait à un film d'aventures : c'était parfait. Pierre arpenta la gare dans tous les sens, fit passer plusieurs annonces au haut-parleur avant de se résigner à appeler Constance sur son portable. Elle était encore loin de Paris, mais déjà à bout de nerfs, prête à céder sur tout pourvu que Vanessa reparaisse. À deux ou trois reprises, elle avait même vu sa fille morte, assassinée par l'un de ces prétendus bons pères de famille qui, périodiquement, défrayent la chronique des faits divers. L'horreur...

Pendant ce temps, Vanessa passait un après-midi émerveillé à retrouver les rues de Paris, à errer sans autre but que de respirer la ville, sa ville. Elle avait aussi donné quelques coups de fil à des copines, et réussi à prendre un Coca avec sa meilleure amie. Vers dix-neuf heures, estimant qu'elle en avait assez fait, elle sonna finalement chez son père, qui tournait en rond, attendant Constance pour décider ce qu'il convenait de faire. De surprise, de soulagement, aussi, il lui ouvrit les bras et, un instant, Vanessa crut l'avoir retrouvé tel qu'il était jadis, au temps où il l'emmenait au jardin du Luxembourg, le samedi, et cédait à tous ses caprices. Ils avaient parlé, comme avant, ou presque.

Tous les trois étaient à présent réunis dans l'appartement de Pierre, rue Caulaincourt. La voix féminine qui avait répondu à Constance, le matin même, s'était absentée. Pierre n'en était peut-être pas à son premier whisky, mais ce soir, il avait des excuses. Vanessa paraissait très agitée. Quand sa mère était entrée, elle s'était contentée de lui adresser un signe de tête, avant d'ajouter, perfide :

— Désolée de t'avoir fait courir.

Constance l'aurait volontiers giflée, mais elle était trop épuisée après avoir imaginé le pire pendant plus de cinq heures, et elle était allée s'effondrer sur le canapé en demandant elle aussi quelque chose à boire.

— Ne refais jamais ça ! avait-elle seulement dit d'une voix blanche où se mêlaient le soulagement et la colère.

— Autant de fois qu'il le faudra ! avait répliqué Vanessa, qui avait retrouvé son masque hostile, plein de défi.

Quand Constance avait bondi vers elle, Pierre l'avait retenue, entraînée vers le canapé. Et puis ils s'étaient tus, longuement, tous les trois. Vanessa faisait les cent pas devant la fenêtre, leur tournant le dos. Constance et Pierre la regardaient sans rien dire, accablés par sa violence, hésitant à prononcer le mot de trop, celui qui provoquerait l'irréparable. Maintenant que la peur refluait en elle, Constance se sentait sans forces, incapable de réagir.

— Il y a peut-être quelque chose que je peux faire, avait dit Pierre au terme de ce long silence.

Vanessa s'était figée sur place, attendant ce qui allait suivre, sans se retourner. Il avait parlé lentement, comme si ce qu'il disait était à prendre ou à laisser.

— Te garder toute l'année, je ne peux pas. Je ne vis pas seul, tu le sais, et il n'y a pas assez de place, ici. Ce n'est pas exactement notre ancien appartement, comme tu peux le constater.

Vanessa, qui attendait toujours, avait consenti à regarder son père.

— Voilà ce que je te propose : tu viendras ici aux vacances, à toutes les vacances, systématiquement, à moins que tu ne trouves mieux à faire ailleurs, bien entendu. Y compris l'été, même si ça risque d'être difficile avec Charlotte.

— Elle s'appelle Charlotte, en plus! grinça Vanessa, mais quelque chose dans son ton s'était légèrement détendu.

Pierre haussa les épaules. Il connaissait sa fille : elle était en train de céder. Aussi reprit-il, sans laisser le temps à Vanessa d'inventer une échappatoire :

— Tu as des vacances sans arrêt. Celles de Toussaint sont dans une semaine. Pas de problème : tu reviens dans une semaine, puis tu rentres à Rodez mais tu reviens à Noël.

— Et si je me perds en route? lâcha Vanessa, sans conviction.

— Ça m'étonnerait de toi, intervint Constance, toute colère apaisée en présence de ce qui ressemblait bien à une solution.

— Alors? demanda Pierre.

— Ouais, bon, peut-être... Si c'est tout ce que vous avez trouvé... À une condition : qu'on en reparle à la fin de l'année scolaire.

Ni Pierre ni Constance n'eurent le courage de discuter. Ils avaient plus de six mois devant eux, et le pire était peut-être passé. De guerre lasse, ils proposèrent à leur fille d'aller dîner au restaurant chinois au bout de la rue. Ils se sentaient plutôt proches, maintenant, presque détendus, même s'ils savaient faire là-dedans la part du soulagement. Vanessa les observait avec surprise : pour elle, tout ça, c'était du gâchis.

— Encore une semaine à tirer, dit-elle en embrassant son père quand ils se séparèrent sur le trottoir.

Mais elle souriait presque.

Constance se demandait à quoi ressemblait l'automne sur le Méjean. Ici, entre Sauvagnac et Massobre, sur les petites routes qu'elle empruntait en ce début d'après-midi, il éclatait dans toute sa gloire : jaune, cuivre, vieil or, bronze, dans cette molle douceur de l'air qui s'installe parfois aux approches de la Toussaint, quand l'hiver hésite encore aux lisières des jours. Mais là-bas ? Antoine répétait toujours que c'était la lune, là-bas. Comment était-ce, l'automne, sur la lune ? s'interrogeait Constance en regardant sa montre, craignant d'être en retard.

Elle l'avait appelé dès son retour de Paris et ils étaient convenus de ce nouveau rendez-vous, après s'être félicités de la solution trouvée pour Vanessa. Non sans mal, toutefois : son travail à lui était plein d'imprévus, et celui de Constance chaque jour plus prenant. Ils savaient aussi qu'ils ne pouvaient retarder plus longtemps ce qu'ils étaient deux à vouloir. Il y avait eu ce jeudi... Antoine, au téléphone, avait paru soucieux. « Bébé vautour a dû faire un caprice », avait préféré penser Constance.

Elle était toujours aussi enjouée en arrivant à Massobre, où elle longea volontairement l'église pour mieux se souvenir de leur entretien sur le banc, face au Méjean.

— Alors que faisons-nous ? dit-elle aussitôt descendue de voiture, pour ne pas se sentir gênée, comme chaque fois, au début de leur rencontre. On va lâcher des oiseaux sur la lune ?

Antoine sourit, répondit :

— Je voudrais bien, mais je n'ai pas de candidat aujourd'hui. Ces messieurs préfèrent attendre le printemps.

— Ils ont tort ! Il n'y a pas de saison pour s'envoler.

— Je ne sais pas, répondit Antoine, subitement songeur. En tout cas, avec ce temps, ce sera magnifique.

— Alors, vite !

Ils descendirent vers le canyon du Tarn qui paressait entre ses pierres blanches, puis remontèrent entre des bois tachés de rouille, de l'autre côté. Constance se sentit hissée vers le ciel qui s'ouvrit, en haut, comme une fleur sous le soleil. Des chemins rocailleux s'en allaient à droite et à gauche, disparaissaient dans des taillis qui perdaient leurs feuilles. La route principale, elle, continuait droit, dépassant des collines aux lignes douces, et bientôt toute verdure disparut. Antoine continua un moment, puis il tourna à gauche, prenant la direction de Drigas, dans un paysage où les blocs de rocher semblaient avoir été écrasés par le ciel. Antoine monta vers la butte, se rangea sur le côté, éteignit le moteur. C'était l'endroit exact où il avait relâché le milan quatre mois plus tôt.

Constance descendit, regarda autour d'elle. S'il n'y avait eu ces langues de sapins au loin, dont les lisières paraissaient taillées à la serpe, ç'aurait été la lune, exactement. Quelque chose de férocement minéral, de plus grand que le temps, étreignait ici les vivants. Une sorte de torpeur géologique où sommeillaient de grands événements cosmiques, passés ou à venir, face auxquels on se sentait tout petit, soudain, rendu à une vérité première : une extrême fragilité dans laquelle il n'y avait plus de place pour le moindre orgueil, la moindre vanité. Ici, l'on était jugé à sa juste mesure : pas grand-chose, un souffle peut-être, dans un univers où le temps se comptait en millénaires.

Constance frissonna, demanda :

— Ce n'est pas ici, n'est-ce pas, les vautours ?

— Non, répondit distraitement Antoine. C'est un peu plus loin, vers Meyrueis.

— Vous ne pensez pas du tout aux oiseaux, aujourd'hui, je le vois. Quelque chose ne va pas ?

Elle prit son bras, et ils se mirent à marcher sur ce socle gris que le soleil parvenait à peine à éclairer.

— Ce n'est rien, dit Antoine. Des histoires qui, ici, n'ont pas leur place.

— Ce n'est sûrement pas rien, murmura Constance. Vous ne feriez pas cette tête... Et je vous ai suffisamment embêté avec mes propres histoires.

— Comme vous voulez. Ça tient en deux mots : on veut me muter à Montpellier.

— Rien que ça ! Et ça tient en deux mots ?

— Presque, oui. Je les gêne, c'est tout. Ça ne date pas d'aujourd'hui, remarquez. Bien sûr, on me présente ça comme une promotion, mais en fait, ils doivent avoir un trou à boucher là-bas. À Rodez, on ne serait pas mécontent de me voir faire mes bagages. C'est risible : d'un côté ils m'accusent de mener des combats d'arrière-garde, de l'autre de faire du journalisme d'investigation.

— Et en vérité ?

— Pour l'arrière-garde, je ne sais pas. Mais l'investigation, certainement pas : leurs histoires ne m'intéressent pas. Je ne cherche rien. Mais quelquefois, on n'a pas besoin de chercher pour trouver.

Constance sourit, réfléchit un instant, puis elle demanda :

— Ça a un rapport avec moi ?

— Encore votre complot ? Je ne sais pas. On ne peut pas l'exclure tout à fait, mais je crois que c'est plus général.

— J'aime mieux ça, souffla-t-elle.

En même temps, en songeant à Montpellier et aux aires de la falaise où nichaient les vautours, elle sentit sa gorge se serrer. C'était comme si de perpétuelles menaces environnaient l'homme qu'elle avait attendu si longtemps.

— Vous allez accepter ? demanda-t-elle d'une voix qu'elle cherchait vainement à rendre neutre.

— Bien sûr que non. Vous me voyez laisser mon père tout seul avec ses poireaux ? Sans parler des oiseaux ; ceux de la volière ne vivraient pas sans moi, ni moi sans eux. Et je ne vivrais pas sans ça.

D'un geste farouche, il montrait l'espace, qui, autour d'eux, crépitait sous le soleil de cette fin d'automne, et l'immensité d'un bleu de premier jour du monde qui, semblait-il, rendait possibles une autre vie, d'autres destins pour les hommes.

Antoine laissa retomber sa main, hésita. Il n'avait pas tout dit. Il ajouta, doucement, si bas qu'elle l'entendit à peine :

— Et je ne veux pas vous laisser, Constance.

Arrivés au fond d'une immense combe d'où l'on n'apercevait rien d'autre que le ciel, ils avaient cessé de marcher et ils se tenaient très près l'un de l'autre. Elle pensa à ses mains, à son bracelet de cuivre rouge, et elle fut surprise de n'avoir aucun geste à faire pour que ses bras se referment sur elle. Ils demeurèrent un long moment enlacés, silencieux, à écouter le vent. Quand elle leva la tête, elle vit son visage penché sur elle, et le ciel au-dessus. Il l'embrassa avec beaucoup de douceur, longtemps, très longtemps. Elle sentait ses mains dans son dos, se demandait s'il se rendait compte qu'elle tremblait. Elle avait décroché la lune, elle le savait.

— Antoine...

— Oui ?

— Je ne voudrais pas vous perdre.

— Je ne partirai pas, dit-il.

— Pas avant que l'aigle n'ait revolé ? fit-elle en souriant.

— Il ne revolera pas.

Elle était persuadée, elle, qu'il revolerait un jour, cet aigle blessé, mais elle n'en dit rien. D'ailleurs, que pouvait-elle savoir, en réalité ? Elle se blottit contre Antoine, ses deux bras refermés autour de son torse, ses mains à lui posées sur ses épaules, et ils marchèrent vers le sommet de l'éminence où, de nouveau, en plein vent, ils s'arrêtèrent. Il lui montra les lointains, les nomma un à un : l'Aigoual, le Lozère, l'Aubrac, la Margeride, d'autres montagnes, encore, dont elle n'entendit pas le nom tant elle ne pensait qu'à la chaleur de cet homme si peu ordinaire. Ils redescendirent de l'autre côté, marchèrent jusqu'à se perdre, jusqu'à être seuls, pour toujours.

Peu à peu le ciel se teinta de ce rouge vif qui annonce une nuit froide mais un lendemain de soleil. On aurait dit que le monde entier brûlait. C'était immensément bon mais immensément douloureux. « Mourir avec lui, tout de suite », songea Constance. Puis elle se refusa violemment à cette pensée. Il fallait vivre d'abord, puisqu'elle avait trouvé l'homme qui allait avec son pays, l'homme de son retour. L'hiver pouvait venir et les saisons tourner, il y aurait toujours cet homme, ses mains, sa voix, son bracelet de cuivre rouge.

— J'ai attendu si longtemps, dit-il.

Elle frissonna et il la reprit dans ses bras un long moment. Elle s'étonnait encore de sentir enfermée dans ces bras-là, comme s'il lui demeurait inaccessible, malgré ce qui venait de se passer entre eux. Que cela ne s'arrête jamais, souhaita-t-elle, que jamais ces bras-là ne retombent inertes, même dans cent ans.

— Je crois que nous sommes perdus, dit-elle quand il les dénoua.

— Ne t'inquiète pas.

Elle ressentit ce tutoiement comme un coup en plein cœur. Elle-même n'avait pu encore...

Ils regagnèrent la voiture sans un mot, et, tout le long du trajet, elle garda la tête posée contre son épaule. À Massobre, lui avait-il dit en démarrant, il y aurait du feu.

Ils dînèrent de rien, ou presque — d'huile d'olive sur du pain, d'une salade de tomates —, en compagnie du père d'Antoine, et parlèrent peu pendant le repas. Ce fut José-Luis qui entretint presque toute la conversation à lui seul. Antoine n'en revenait pas : son père, d'habitude si taciturne, voilà que la présence d'une jeune femme lui faisait retrouver la parole. Il parla de sa femme, du jardin et d'Antoine qui vivait toujours seul avec un vieillard comme lui. Mais il ne parla pas de l'Espagne.

Le repas terminé, le vieil homme monta se coucher. La nuit, maintenant, se refermait sur le hameau, avec de longs soupirs qu'ils entendaient par la fenêtre ouverte. Ils allèrent s'asseoir devant le feu, demeurèrent un moment silencieux, puis :

— Antoine, murmura Constance.

— Oui ?

— Que ferez-vous si vous êtes vraiment muté à Montpellier ?

Malgré ses efforts, elle ne parvenait pas à le tutoyer.

— Je n'irai jamais à Montpellier.

— Que ferez-vous, alors ?

— Je donnerai ma démission. Tu l'as bien fait, toi. Je laisserai tomber le studio de Rodez, et je viendrai vivre ici, à Massobre. Peut-être trouverai-je ainsi le temps et la force d'écrire ce livre.

— Quel livre ?

— Ah ! oui, c'est vrai : je ne t'en ai jamais parlé.

Il eut un rire bref, comme s'il se moquait de lui :

— J'ai publié trois ou quatre romans policiers, sous un pseudonyme...

— Moi qui cherchais de la lecture dans les chambres d'hôtel, soupira-t-elle.

Il sourit.

— Je te les donnerai, si tu veux. Mais ce n'est pas d'eux que je parle.

Il hésita, reprit d'une voix grave :

130

— J'ai commencé un livre sur l'Espagne et sur mon père. Un livre qui dirait son histoire et leur histoire à tous. Leurs rêves, si tu veux, leur folle espérance... Commencé, c'est beaucoup dire. Voilà des années que je n'arrive pas à l'écrire, que je me bats contre lui. Ou peut-être contre moi.

— Et si vous vous battiez pour lui ?

— C'est ce qu'il faudrait faire en effet. Je vais peut-être pouvoir, maintenant. Car je ne pense pas qu'on puisse être à la fois journaliste et écrivain. Enfin, moi, je ne peux pas. Dans le journalisme, on n'a pas assez de distance, on n'a pas le temps de mesurer le poids des choses, tu comprends ?

— Je crois, oui.

Elle comprenait parfaitement. Elle comprenait surtout que l'envol des oiseaux servait en vérité à relancer la partie, à creuser la distance nécessaire avec le quotidien, pour cet homme que la prose du monde enchaînait. Elle se promit que ce qu'ils allaient vivre ensemble serait comme le vol des oiseaux.

Elle ne rentra pas à la Retirade cette nuit-là. Au matin, le bracelet de cuivre rouge était comme incrusté dans sa peau.

Elle reprit la route de la Retirade dans le jour qui tardait à se lever, lentement envahie par une paix insensée, luxueuse. Au loin, face à elle, le ciel pâlissait sur l'Aubrac, et de grands froissements de nuit, d'une douceur extrême, glissaient le long de la vitre ouverte. « J'ai tout, se dit-elle : une maison, un homme, un métier, un pays. » Les arbres, autour de la voiture, semblaient s'incliner vers la route, d'or et de sang dans la lueur des phares, si proches, si vivants qu'elle s'arrêta un moment, au départ d'un sentier qui menait dans les bois.

Tout de suite, elle fut prise dans l'étoupe du silence, l'odeur des fumées poussées par le vent, et ce fut comme si elle n'avait jamais quitté ces lieux, comme si rien n'avait existé avant ce jour, cette nuit dans les bras d'un homme capable de comprendre, de sentir tout cela. Elle marcha sur une centaine de mètres, frissonna, revint vers la voiture. Des coqs s'enrouaient, là-bas, dans les fermes, et elle se souvint que c'étaient eux qui la réveillaient, jadis, avant que sa mère ne monte. Alors elle s'enfonçait sous son édredon de plumes avec la même impression de douceur, d'abri sûr qu'elle éprouvait, ce matin, sous le couvert des bois.

Elle repartit avec la certitude qu'elle ne revivrait jamais une aube comme celle-là, dans une telle paix. En arrivant, elle se demanda si Anselme et Marie s'étaient aperçus de son absence. Elle fut soulagée de constater qu'il n'y avait pas de lumière chez eux, puis elle sourit en se disant : « Après tout, je suis grande. » Elle fit sa toilette, passa dans la chambre pour s'habiller, entendit Marie pousser la porte puis s'activer dans la cuisine d'où s'échappa bientôt une bonne odeur de café.

— On ne t'a pas entendue rentrer hier soir, dit-elle en guise d'accueil, quand Constance la rejoignit.

— C'est précisément parce que je ne suis pas rentrée, répondit celle-ci.

— Je n'ai pas fermé l'œil de la nuit. Tu ne voudrais pas me téléphoner, s'il te plaît, quand tu ne rentres pas ?

Elle ajouta, souriante :

— À moins qu'en Espagne on ne connaisse pas le téléphone.

Constance sourit à son tour mais ne répondit pas.

— C'est celui qui fait voler les oiseaux ?

— Non, dit Constance, ce sont les oiseaux qui le font voler.

Marie haussa les épaules, n'insista pas. Constance, ravie d'avoir échappé à un interrogatoire, déjeuna de bon appétit, jetant des coups d'œil satisfaits vers Marie qui, comme chaque matin, se mettait en cuisine.

Quand elle se rendit au bureau, à neuf heures, le cœur et la tête encore près du Méjean, Constance fut frappée par l'air morose et hostile d'Anselme. Un moment, elle craignit que cette mauvaise humeur ne lui fût destinée, mais il l'entraîna sans dire un mot vers la fenêtre et lui désigna un homme d'une quarantaine d'années, grand et sec, qui se tenait planté dans la cour, et qu'elle n'avait pas remarqué en la traversant.

— D'où sort-il, celui-là ? demanda-t-elle.

— Des toilettes.

— Et qu'est-ce qu'il nous veut ?

— Inspecteur du travail, chuchota Anselme, comme s'il craignait que l'autre pût l'entendre.

Constance soupira. La trêve n'aurait pas duré longtemps. Il fallait déjà oublier le Méjean, la nuit de Massobre, et reprendre le combat sans avoir eu le temps de savourer tout cela.

— S'il te plaît, va le chercher, dit-elle, pressée d'engager le fer, tout à coup, contre celui qui osait venir lui voler son bonheur.

Elle savait parfaitement que les installations

de l'usine laissaient à désirer. Pas seulement les machines — vétustes, pour la plupart, et qu'elle s'était promis de remplacer progressivement, dès que le redémarrage de la production aurait donné ses premiers résultats — mais les locaux eux-mêmes, les sanitaires... Ce type n'aurait-il pas pu attendre un peu? Sans doute persuadée que tout finirait avec le père Pagès, l'inspection du travail l'avait laissé tranquille. Elle venait de se réveiller, et ce n'était peut-être pas un hasard...

L'homme salua sèchement. Tout, dans ses gestes, sa façon de parler, de se déplacer, affichait le caractère sacré de sa mission. « Au moins, pensa Constance, celui-là ne me tapera pas sur l'épaule. Ni moi sur la sienne, d'ailleurs. »

Accompagnée d'Anselme qui, de temps en temps, grommelait de vagues explications, elle suivit l'inspecteur dans sa tournée. Si le vestiaire et les toilettes ne lui arrachèrent que des soupirs accablés, l'absence de dispositif anti-incendie le consterna. Ses remarques devinrent quasiment désobligeantes lorsqu'il se pencha sur les machines, tandis que les ouvriers lui tournaient le dos ou passaient d'un établi à l'autre pour éviter d'avoir à répondre à ses questions. Enfin, quand il consentit à regagner le bureau de Constance, ce fut pour assener le coup fatal :

— Je me demande si je ne vais pas être obligé de demander purement et simplement la fermeture de votre outil de production.

— Vous n'allez pas faire ça! dit Constance, effarée.

— Que voulez-vous que je vous dise? Il n'y a rien qui soit aux normes, chez vous. La mise en conformité nécessiterait plus d'un million de francs de travaux. Et encore, je ne parle pas des machines...

— Vous ne me parlez pas non plus des dix ouvriers au chômage, dit Constance, glacée. Ecoutez, monsieur, j'ai investi là-dedans tout ce que je possédais, j'ai hypothéqué ma maison, toute ma vie est là, maintenant...

Devant la mine hostile de l'inspecteur, Constance sentait le sol se dérober sous elle.

— Malheureusement, madame, il y a des lois et des règlements dans notre pays.

— Il y a des hommes, des femmes et des enfants aussi.

L'inspecteur parut réfléchir, puis il soupira et reprit :

— La seule chose que je puisse faire, c'est vous consentir un délai... Disons, trois mois, pas plus. Je reviendrai contrôler l'ensemble des installations à ce moment-là. Vous recevrez un courrier dans les huit jours.

Constance respira mieux, soudain, face à cet étau qui se desserrait. Mal assurée sur ses jambes, pourtant, elle raccompagna l'homme à sa voiture et fut soulagée de constater qu'il ne lui tendait pas la main. Dès que la voiture s'éloigna, elle se précipita dans la maison où Anselme, elle le savait, l'attendait en compagnie de Marie.

— Il faudra en passer par où ils veulent, dit-il quand Constance lui eut rapporté les conclusions de l'inspecteur.

— Je ne peux pas, Anselme! Je n'ai plus d'argent. Tout est parti dans les arriérés de cotisations, les salaires, l'achat de l'acier et du bois. Et je n'aurai plus rien avant les rentrées des premières commandes.

— Il faudra bien, répéta-t-il.

Puis il partit, le dos voûté, mais ce ne fut pas sa silhouette fatiguée qui fit le plus de mal à Constance : ce furent les larmes que Marie tenta vainement de lui cacher en disparaissant dans la cuisine.

Elle se précipita vers le téléphone et appela Antoine au journal. Il était absent — sur le terrain, lui répondit une voix féminine qui acheva de la consterner. Il sembla alors à Constance que le Méjean, Massobre et Antoine n'avaient jamais existé.

12

Constance n'avait pas vu passer les premières semaines de novembre. D'un matin à l'autre elle avait l'impression de ne jamais s'arrêter. Dormait-elle seulement ? Oui, un peu, près d'Antoine — mais ce n'était pas dormir, cela, c'était rêver. Pour tout le monde, novembre c'était des ciels bas, des brumes épaisses et des feuilles qui tombent, pour elle c'était le printemps, surtout lors de ses voyages, matin et soir, vers Massobre et retour, où, dans la solitude de la voiture, elle se sentait en plein accord avec ces bois, ces combes, ces petites routes où l'on croisait des troupeaux, ces ciels qui s'éteignaient ou s'allumaient sur des montagnes et non plus des immeubles, où elle mesurait une fois de plus combien sa vie avait changé. Grâce à elle, mais aussi grâce à Antoine. Elle n'avait jamais aimé un homme avec autant de certitude, de confiance, de jeunesse aussi.

Depuis quelque temps, d'ailleurs, elle ne pensait plus à son âge ou à sa vie de Paris. Dès qu'elle avait une minute de répit, elle pensait à Antoine.

— Où es-tu, petite ? lui demandait Anselme quand son esprit s'évadait, qu'elle n'écoutait plus ce qu'il lui disait.

Comme elle ne répondait pas, il hochait la tête, soupirait — car il était au courant bien sûr, puisque Marie l'était :

— C'est bien le moment, tiens !

En effet, rien n'allait à l'usine où, très vite, il avait été clair qu'ils auraient du mal à tenir les délais. La vétusté des machines ralentissait la production ; certaines, même, avaient dû être arrêtées à la suite du rapport de l'inspecteur du travail. Anselme levait les bras au ciel, jurait, criait, conseillait, se démenait comme un beau diable, et pourtant on n'avait pu honorer qu'une partie des commandes — la moitié — avec un recours forcené aux heures supplémentaires. Tous les ouvriers avaient relevé leurs manches et travaillé comme des damnés, mais ce n'était pas une solution : ils ne tiendraient pas longtemps à ce rythme, et les machines non plus.

L'inspecteur du travail avait laissé à Constance trois mois, pas un jour de plus, pour mettre ses installations en conformité avec les normes en vigueur, et de ce côté-là aussi, il n'y avait pas une seconde à perdre. La banque avait naturellement refusé tout nouveau crédit. Faute d'argent, faute de temps, Constance ne savait plus à quel saint se vouer. Il fallait cependant trouver une solution, et vite.

— Je pars, Antoine, avait-elle dit ce matin-là au moment de rentrer à la Retirade.

— Oui, à ce soir.

— Non, je veux dire : je pars aujourd'hui à Paris.

— L'appartement ?

Elle aimait cette façon qu'il avait de ne s'étonner de rien, de faire confiance à toute chose, de deviner, souvent, sans même poser de questions, comme s'ils se connaissaient depuis toujours.

— Oui, c'est la seule chose à faire. Il faut qu'il soit vendu dans les quinze jours si je veux commencer les travaux dans un mois. Je suis obligée de le brader, mais dans le fond, ce n'est pas un mal : au moins, les ponts seront coupés définitivement. Il me semble que je me sentirai encore mieux.

— Tu reviens quand ?

— Le plus vite possible. Tout de suite, tu sais bien.

Oui, il savait. Pour lui aussi, la vie avait changé. Malgré les difficultés au journal, il prenait les choses avec plus de détachement, comme si l'essentiel était ailleurs désormais : près d'une femme qui l'aidait si bien à vivre.

Elle partit de bonne heure, trouva peu de circulation, arriva à Paris au début de l'après-midi, passa chercher Pierre à son bureau, se rendit avec lui chez leur agent immobilier. En chemin, il lui révéla que le séjour de Vanessa chez lui, aux vacances de Toussaint, s'était mieux passé qu'il ne l'avait prévu. Constance lui confirma qu'elle paraissait moins agressive, un peu moins négative, à ceci près qu'elle ne fichait rien au collège.

— Et l'an prochain ? Qu'allons-nous en faire ? demanda-t-il juste avant d'arriver.

— On verra, dit Constance, qui, pour le moment, avait d'autres soucis en tête.

Il ne vit pas d'inconvénient à ce qu'ils baissent le prix de l'appartement de vingt pour cent, car il voulait déménager de la rue Caulaincourt et comptait sur la part qui lui reviendrait. L'agent immobilier se montra optimiste : à ce prix-là, il trouverait rapidement un acheteur. Constance sortit du bureau un peu rassurée, et elle donna une procuration à Pierre pour qu'il signe les actes sans qu'elle ait à remonter à Paris.

Le soir, après un rapide dîner dans une brasserie en sa compagnie, elle hésita à reprendre la route de nuit : elle était fatiguée. Elle appela Antoine qui lui déconseilla de rentrer. Elle se sentait loin de lui, soudain, et ne parvenait pas à raccrocher.

— Et ce petit vautour ? demanda-t-elle, comme si elle avait deviné qu'il allait le ramener en son absence.

Il ne put lui mentir, et elle eut peur, tout à coup, comme le jour où il lui en avait parlé pour la première fois.

— Promets-moi d'être prudent.

— Ne t'inquiète pas.

Elle se sentit si seule qu'au lieu de chercher un hôtel, elle descendit au parking et reprit la route à la même heure que celle où elle était partie, en juin, le jour où elle avait appris la mort de son père. On était en novembre, hélas, et non plus au début de l'été. La nuit l'enveloppa dès la sortie de Paris, grise et froide. Déçue, elle se mit à rouler très vite, comme si quelqu'un, là-bas, était en danger.

Ce matin-là, Antoine partit à la pointe du jour, ne sachant pas le temps qu'il lui faudrait pour dénicher une aire (la formule l'amusait : il l'avait inventée la veille pour Constance qui n'avait pas trouvé la force de rire). S'il parvenait à en atteindre une, il y déposerait le jeune vautour, en espérant que des adultes accepteraient de le nourrir, puisque les parents s'occupaient de leur enfant (un seul œuf, un seul petit, toujours) après leur envol. Ce n'était pas certain — sauf à trouver la bonne aire, mais il y avait une seule chance sur... vingt ou trente, guère plus. C'était en tout cas la seule solution, maintenant que la fracture était réduite et les risques d'infection éliminés.

Au moins savait-il où il fallait aller, Antoine, dans ce matin clair et sec, où le soleil peinait à percer les grands bancs de brume qui semblaient des voilures de vaisseaux fantômes échoués çà et là. Peu avant Millau, il avait tourné à gauche, pris la route de Meyrueis, et s'était engouffré dans la vallée étroite qui contourne le Méjean par le sud. Il avait roulé un moment le long de la rivière qui, sur sa droite, épousait le contour des collines arides, puis il avait laissé son 4 × 4 sur le belvédère des terrasses, au pied des falaises qui, dans ces gorges de la Jonte, abritent les grands vautours fauves.

Dès qu'il avait commencé à marcher, le soleil avait enfin percé la brume, embrasant les collines, offrant au regard les pans rocheux sur lesquels s'accrochaient quelques arbustes rabougris et là-haut, tout là-haut, le ciel, de ce bleu qui, aux approches de l'hiver, semble durcir, se vitrifier, lustré par le vent. Celui que Constance appelait

« Bébé vautour » avait à présent sept mois, et commençait à peser. Ce n'était plus un oisillon, et Antoine avait dû l'enfermer dans un vieux sac à dos où il s'était débattu, d'abord, avant de se résigner. « Ta dernière cage, petit », avait dit Antoine en refermant soigneusement le sac.

Il avait beaucoup marché dans les environs, un peu plus loin, vers Saint-Pierre-des-Tripiers, un hameau où s'arrêtait la route, à l'extrême sud-ouest du Méjean, près de l'endroit où le plateau bascule dans un gouffre dont on n'aperçoit pas le fond. Si Antoine avait souvent contemplé ces falaises, jamais il n'avait eu l'idée de les escalader : il s'en était seulement approché par le haut, pour tenter, en vain, de découvrir ces fameuses aires d'où jaillissaient les grands vautours. Il n'avait donc pas la moindre expérience de l'escalade, ni, à l'exception de chaussures de montagne, le moindre équipement. « De toute façon, je ne saurais pas m'en servir », avait-il calmement expliqué à Constance. Aussi prit-il le temps, en scrutant la paroi avec ses jumelles, de choisir l'endroit qui lui paraissait le plus facile à atteindre, mais qui, vu d'en bas, suffisait à lui donner des sueurs froides.

Il attendit le milieu de la matinée pour s'assurer que c'était bien là, car il savait que les vautours prennent leur envol seulement lorsqu'ils sont sûrs de profiter des courants d'air ascendants. La journée était d'une clarté superbe, étrangement sonore, comme une nef d'église. La lumière était si violente qu'il ne vit pas les oiseaux s'envoler et ne les devina que quand ils furent au-dessus du Méjean, leurs grandes ailes immobiles, blanches sur le devant, noires sur l'arrière, une collerette pâle autour du cou, tournant lentement, portés par les masses d'air chaud.

Antoine avait repéré une corniche à mi-hauteur de la falaise, qui paraissait accessible par un minuscule sentier, certainement obstrué par endroits, mais c'était déjà bien. En tout cas, il ne pouvait aller plus haut sans équipement. Rien ne prouvait qu'il y avait là une aire, mais au moins le jeune vautour se trouverait-il à portée de regard et de cri des adultes.

Il partit, se collant le plus possible contre le rocher, regrettant que l'endroit fût désert à cette période de l'année. En cas de chute, on mettrait du temps à le trouver, mais il ne tomberait pas car tomber c'était tout perdre, et tout, désormais, c'était d'abord Constance. En d'autres temps, il n'aurait pas détesté de jouer cette partie plus dangereusement encore. Aujourd'hui, était-ce bien nécessaire ? Cet oiseau ne revolerait peut-être jamais ou peut-être les vautours adultes le chasseraient-ils de l'aire et on le retrouverait mort au pied de la falaise. « On se tiendra compagnie », grinça Antoine, s'arrêtant sur une petite plate-forme, d'où la vallée s'offrit à lui dans toute sa splendeur sauvage et primitive. S'il ne distinguait plus la route, il apercevait par endroits les éclairs de la rivière, et, de l'autre côté, les énormes pans de montagne où étaient accrochées des ruines couleur de sable.

Sur l'instant, il se sentit payé de tous ses efforts, puis il se demanda comment il redescendrait. Il n'entendait plus que le vent, et jamais il n'avait ressenti cette impression de violente solitude. Il regarda vers le haut : la corniche se trouvait encore à une trentaine de mètres. Fallait-il continuer ou faire demi-tour ? Il prétendait aimer une femme, il voulait écrire un livre, il croyait tout cela très important et il se retrouvait suspendu entre ciel et terre, un vautour infirme sur le dos ! À quoi jouait-il donc ? Il le savait, en fait : il jouait à savoir. Ou plutôt il ne jouait pas : c'était la seule façon qu'il avait trouvée de mesurer le poids de ce qui demeurait vivant en lui, après tant d'années d'échecs et de renoncements. Il voulait savoir s'il possédait encore autant de force que Constance pour se tenir toujours à sa hauteur. Eh bien, il allait savoir.

Quittant la vallée des yeux, il recommença à grimper, s'écorchant les doigts sur la roche, les muscles des jambes et des bras tétanisés par l'effort. Une pierre céda sous ses pieds, et il dut réaliser un rétablissement périlleux pour ne pas tomber. Il resta un moment le sang aux tempes, le cœur cognant dans ses dents, se traitant de tous les noms, convaincu cependant qu'il irait jusqu'au bout. La peur, pourtant, le fit se rebeller contre cette part de lui-même qui voulait aller plus loin encore : Antoine Linarès ! Plus fort que Prométhée et Sisyphe réunis ! Un con, oui ! Et qui reprenait son ascension, le souffle court, avec cet entêtement que mettent les enfants dans les plus petites choses, quand l'issue de leur jeu en dépend.

Il faillit basculer à trois reprises, évita de penser à Constance. Il ne fallait penser qu'au rocher, y rester collé, regarder où il posait les pieds, et tâter longtemps avant d'assurer la prise des mains. Il eut envie de tourner la tête, devinant dans son dos un éclat de la lumière jamais aperçu, mais il renonça, persuadé qu'il tombe-rait. Et il ne fallait pas tomber. Parce qu'il y avait une femme qui se battait depuis des mois, une femme qui lui avait fait retrouver espoir en lui-même.

Il poussa un soupir de soulagement en attei-gnant la corniche. Il y avait bien une aire, assez vaste même : un bon mètre de diamètre, bâties avec de la mousse, des branches et des brindilles. Quelques plumes prouvaient qu'elle n'était pas abandonnée. Au prix de mille contorsions, il réussit à défaire son sac et à en extraire le vau-tour qu'il déposa au centre de l'aire. Le petit se mit aussitôt à pousser des cris misérables, peut-être des appels aux grands dont l'ombre, par moments, glissait sur la falaise. En temps nor-mal, Antoine lui aurait parlé longuement, comme chaque fois qu'il relâchait un oiseau. « Accroche-toi, mon grand ! » se contenta-t-il de dire, après s'être assuré que le jeune rapace ne chercherait pas à prendre son envol.

Voilà. C'était fait. Il ne restait plus qu'à redes-cendre. Ce ne fut pas chose aisée et, pour tout dire, Antoine ne sut jamais comment il y arriva. Il ne garda aucun souvenir de cette heure durant laquelle il sua toute l'eau de son corps sinon celui, fugitif, d'une sorte de plénitude, d'ivresse aussi, qui l'attira vers le vide à plusieurs reprises. Chaque fois l'image de Constance surgit devant ses yeux pour lui donner les forces nécessaires. Il n'aurait jamais cru sortir vainqueur de ce combat-là, et pourtant il l'avait bel et bien gagné. En bas, il se coucha dans l'herbe rase et demeura un long moment immobile, le cœur battant, le ciel dans les yeux, se demandant s'il était vivant ou s'il était mort. Bientôt, il distingua deux ombres au-dessus de lui : deux vautours adultes qui s'étaient approchés, croyant à un cadavre. D'un bond, il se redressa, fit des grands gestes avec ses bras. Alors les rapaces remontèrent d'un coup d'aile et se posèrent sur la corniche.

Tout au long de son trajet de retour, Constance s'était juré de ne pas parler à Antoine de sa propre angoisse. Dès le début de la matinée, pourtant, après avoir très peu et très mal dormi, elle avait téléphoné à Massobre. C'était chaque fois le vieux José-Luis qui avait répondu. Non, Antoine n'était pas là, mais elle ne devait pas s'inquiéter, le petit savait ce qu'il faisait.

« Le petit... le petit... » Constance, chaque fois, était à la fois agacée et touchée d'entendre José-Luis appeler Antoine ainsi. Elle qui le voyait si grand, si fort, se demandait ce que cela cachait et devinait entre eux des rapports dont elle était exclue. Elle en souffrait, bêtement, se disait-elle, mais elle n'y pouvait rien. Il eût fallu que rien de ce qui concernait Antoine ne lui échappât, elle le voulait tout à elle, elle en avait besoin.

Le petit était rentré vers trois heures, fourbu, avec un drôle de regard, comme s'il revenait de très loin. Il avait déjeuné rapidement puis téléphoné à la Retirade, sachant que Constance s'inquiétait sans doute.

— Tout s'est bien passé, avait-il dit.

Mais il s'était bien gardé, ce soir-là, quand ils s'étaient retrouvés à Massobre, de lui parler des risques qu'il avait réellement pris. Au contraire, il avait cherché à les minimiser, s'attardant surtout sur la beauté sauvage des lieux.

— Tu m'y emmèneras? avait-elle demandé.

Il avait été obligé d'accepter :

— Samedi, si tu veux.

Elle lui avait brièvement raconté ce qui était arrivé à Paris, puis ils étaient allés se coucher, épuisés qu'ils étaient l'un et l'autre par la journée écoulée. Ils se réveillèrent en même temps vers quatre heures du matin, étreints par la même angoisse, comme s'ils avaient vraiment failli se perdre. Elle ne savait pas à quel point, mais lui, si. Ils se prouvèrent jusqu'au matin qu'ils étaient bien vivants, et cherchèrent à se convaincre que rien, jamais, ne les séparerait.

Pendant les deux jours qui suivirent, Constance harcela l'agent immobilier au téléphone, si bien que le vendredi à midi l'appartement était vendu. Elle fit venir aussitôt des artisans pour leur commander des travaux sans même faire dresser des devis : elle n'avait pas le temps. Eux non plus, d'ailleurs, et ils levèrent les bras au ciel quand elle leur parla des délais dans lesquels il faudrait les réaliser. Elle dut plaider une nouvelle fois, convaincre que le destin de la fabrique et donc du village était entre leurs mains, ce qui ne fut pas facile. Elle obtint des promesses concédées du bout des lèvres et sut que cette partie, non plus, n'était pas gagnée d'avance.

Elle retrouva également les mêmes problèmes de fabrication, se renseigna pour créer un site Internet, puis y renonça, adopta la solution plus traditionnelle du catalogue et des modèles pour conquérir de nouveaux détaillants, car il ne fallait pas s'endormir sur les commandes existantes. Son rôle à elle était de toujours voir plus loin, elle le savait. Cela ne l'empêcha pas de plaider sa cause auprès des détaillants qui n'avaient pas encore reçu leurs commandes, de les rassurer, les persuader qu'ils avaient affaire à une entreprise sérieuse, dont les difficultés étaient momentanées.

Le samedi arriva enfin, à son grand soulagement. Elle avait pris goût, en effet, aux longues marches sur le causse qui lui permettaient de décrocher un peu, de faire la part des choses, de se régénérer après les soucis de la semaine. Ce contact avec le monde sensible non seulement réveillait de précieux souvenirs, mais alertait aussi cette part d'elle-même qui avait souffert de ce manque pendant des années. Elle mesurait chaque fois à quel point elle en avait besoin, combien il était nécessaire à sa vie.

Ce samedi-là, cependant, quand ils arrivèrent avec Antoine au pied de la paroi, elle ne put s'empêcher de frémir.

— Tu es complètement fou, murmura-t-elle.

— Mais non, dit-il, ce n'est pas si dangereux. Tu vois cette sorte de chemin ?

— Je ne vois rien du tout. Tu aurais pu tomber cent fois.

— Mais non, répéta Antoine en fouillant du regard les buissons au bas de la falaise.

Il se détendit un peu quand il fut tout à fait certain qu'il n'y avait aucun cadavre d'oiseau. Le jeune vautour était toujours là-haut. C'était du moins probable.

— Viens ! dit-il à Constance en la prenant par le bras. J'ai une bonne nouvelle, mais je ne te la dirai que là-bas.

Elle le suivit, se serrant contre lui, continuant

de se demander pourquoi il avait pris tant de risques. Pour un oiseau, vraiment ? Il lui sembla qu'il y avait une face d'Antoine qu'elle ne connaissait pas et, de nouveau, elle eut peur.

Ils marchèrent en silence jusqu'au belvédère, d'où la vallée apparut scintillante sous le soleil. C'était comme si un ruisseau de lumière coulait à gros bouillons entre les pentes resserrées des collines, dévastant tout sur son passage. Derrière eux, le Méjean émergeait dans le ciel comme l'étrave d'un navire. Quatre vautours tournaient très haut dans le bleu vif.

— J'espère qu'il fera bientôt comme eux, dit Antoine.

— Qui ça ?

— Le mien.

— Oui, bien sûr.

— J'espère aussi que je le retrouverai un jour, puisqu'il n'est plus question d'aller à Montpellier.

Le cœur de Constance bondit dans sa poitrine.

— C'est vrai ?

— Je l'ai appris ce matin. Ils y ont renoncé sans me donner la moindre explication, mais je n'ai pas cherché à en obtenir.

— C'est définitif ? demanda Constance qui n'osait y croire.

— À les entendre, oui.

Pour Constance, soudain, ce fut comme si toute menace, tout danger s'évanouissait. Plus de falaise, plus d'exil, mais ce matin plein de lumière et de paix. Avec Antoine à ses côtés, il lui sembla que les problèmes de la fabrique se régleraient d'eux-mêmes. Et si ce n'était pas le cas, il y aurait toujours le souvenir de ce matin unique, d'une clarté magique, ce premier jour d'une vie sans nuage, et près d'elle, toujours, toute la vie, cet homme qui avait escaladé une falaise pour qu'un oiseau puisse vivre.

13

Le seul véritable regret de Constance, dans sa nouvelle vie, c'était d'être trop occupée pour en savourer les minutes et les heures. Elle se promettait d'y remédier dès que les plus gros problèmes seraient réglés, mais elle se sentait emportée par leur flot, n'en voyait jamais la fin. S'il n'y avait eu les longues marches avec Antoine, elle n'aurait pas réellement renoué avec son univers, sa vraie demeure, s'appliquait-elle à dire, parfois, avec une sorte de jubilation intérieure qui la comblait. Mais ce n'était pas assez. Dès qu'elle avait une minute, elle partait dans le village sur les traces de ce qu'elle avait vécu jadis, et elle en revenait réconfortée, même si ce passé, bel et bien mort, demeurait vivant seulement en elle. La seule chose qu'elle pouvait faire, c'était d'essayer de le rebâtir, et d'abord à la fabrique, puisque la condition de sa propre survie en ces lieux était là.

Aussi s'acharnait-elle à reconstruire, à aller de l'avant, malgré les difficultés qui continuaient de s'amonceler. En novembre, elle était allée sur la tombe de ses parents, et elle n'avait pu s'empêcher de murmurer avec une sorte d'abandon heureux, comme lorsqu'elle était enfant :

— Jamais je n'aurais cru que ce serait aussi dur.

Et pourtant, jamais le moindre regret ne venait l'effleurer. Au contraire. Elle aimait ces matins où ils étaient attablés dans la grande cuisine, Anselme, Marie et elle, devant un bol de café brûlant. Dehors, à présent, décembre semait partout sa gelée blanche qui feutrait la cour et les chemins, aiguisait l'air avec un vent venu des sommets, et c'était si bon d'être là, tous les trois, dans cette pièce chaude, au cœur de l'hiver, tandis qu'un grand feu flambait dans la cheminée. Là, Constance retrouvait vraiment l'abri sûr qu'avait été la Retirade, et la même sensation de bonheur qu'à dix ans la submergeait délicieusement, lui révélait combien le meilleur, toujours, veille à l'intérieur de soi, même si on en croit le foyer éteint. Elle fermait les yeux, tardait à les rouvrir.

— Il faudrait quand même dormir, petite, disait Marie.

— Mais oui, je dors, répondait Constance.

Ils avaient ce genre de conversations, le matin, quand elle rentrait de Massobre, avant qu'elle ne se rende au bureau, et Anselme à l'atelier. C'était comme une sorte de cabinet secret, de conseil d'administration familial.

Ce matin-là, le conseil était en ébullition, car Constance venait de lui annoncer qu'elle envisageait d'embaucher trois ouvriers supplémentaires. Son comptable le lui avait vivement déconseillé — un peu trop vivement à son goût —, mais on n'arrivait toujours pas à satisfaire les commandes, et les choses ne s'arrangeraient pas tant qu'elle ne pourrait acheter de nouvelles machines. Elle songeait donc à embaucher trois jeunes du village, et parmi eux le fils de ses cousins Delheure qui, pourtant, depuis son retour, n'avaient cessé de prédire la fermeture de la fabrique. Anselme était contre, Marie était pour, qui prétendait que c'était le seul moyen d'avoir la paix du côté de la famille.

— Tu trouves normal que ce gamin arrive comme ça, dès qu'ils ont appris que tu embauchais ? demanda Anselme.

— Il a besoin de travail, comme tout le monde, répondit Constance. Il n'est pas responsable de ce que font ses parents.

— Et tu crois que je vais avoir le temps d'apprendre à trois blancs-becs qui n'ont jamais rien fait de leurs dix doigts à fabriquer des couteaux de luxe ?

— Oui, je le crois, répondit Constance en souriant.

Elle n'avait aucune inquiétude de ce côté-là. Transmettre son savoir, pour Anselme, c'était plus que son métier, c'était toute sa vie, sa noblesse. Non, ses véritables craintes étaient ailleurs : c'était que, faute de machines en bon état et de main-d'œuvre, ils ne parviennent pas à forger en quantité suffisante l'acier venu de Thiers. Elle devrait trouver une entreprise capable de travailler l'acier et ils se contenteraient d'assembler les couteaux, le temps que les problèmes soient résolus. Mais de cela, elle n'avait pas encore osé en parler à Anselme.

Le maire et le médecin ne se manifestaient plus. Ils attendaient, sans doute certains de cueillir bientôt le fruit qui allait tomber de l'arbre. Dans la vie du village, elle s'efforçait d'intervenir le moins possible, uniquement lorsqu'elle était sollicitée. Pourtant, le restaurateur, qui avait une grande confiance en elle, l'avait fait nommer, à ses côtés, vice-présidente du syndicat d'initiative, et elle avait compris, mais trop tard, que ce syndicat représentait le noyau dur de l'opposition municipale. Sans réellement le vouloir, elle avait donc jeté une pierre de plus dans le jardin du maire et de son conseil. Y penser lui faisait seulement hausser les épaules : cela faisait partie de la vie quotidienne, alors qu'une seule chose importait vraiment : la fabrique.

Elle était en train de téléphoner à Rodez, ce matin-là, quand elle entendit les cris. Elle raccrocha, se précipita dans l'atelier et elle aperçut aussitôt l'homme étendu qui criait. Quand elle tenta de s'approcher, deux ouvriers l'en empêchèrent. C'est lorsqu'elle vit le sang qu'elle comprit : une main ou un bras avait été happé par une machine. Ce qu'elle redoutait tellement venait d'arriver.

— Ne reste pas là, cria Anselme en l'apercevant. Je m'en occupe.

Mais ce sang, cette blessure qu'elle devinait grave, l'attirait car elle s'en sentait responsable. Ce fut Laurent qui vint la prendre par le bras et l'entraîna dans la cour où Marie, ayant entendu elle aussi, courait vers l'atelier.

— Ce n'est rien, disait Laurent, pâle comme un mort. N'ayez pas peur, ce n'est rien.

Il confia Constance à Marie et regagna la fabrique. Quand elle entendit la sirène des pompiers, Constance s'évanouit.

Elle s'en voulut, par la suite, de ce moment de faiblesse, puis elle se reprit très vite et trouva la force de faire face. D'abord au maire, qui arriva dans le quart d'heure qui suivit, et voulut se faire expliquer les circonstances de l'accident. À quel titre ? Elle n'en savait rien. Cependant elle se sentait tellement coupable qu'elle ne refusa pas de le faire pénétrer dans la fabrique, malgré le regard hostile des ouvriers.

— Ces machines, petite, ces machines ! fit-il en levant les bras au ciel. C'est pas possible, ça !

Elle comprit enfin qu'elle n'aurait jamais dû le faire entrer, et elle l'entraîna au-dehors, puis le quitta. Elle revint vers la fabrique où, en l'absence d'Anselme, parti dans le camion avec les pompiers, les ouvriers s'étaient remis au travail. Ils paraissaient très calmes et l'un d'eux, le plus âgé, qui se prénommait Paul, s'approcha d'elle pour lui dire :

— Ça arrive, vous savez. Malheureusement, ce n'est ni la première ni la dernière fois.

— Pour moi, c'est une fois de trop, dit-elle.

Puis elle vit le sang, de nouveau, que deux ouvriers tentaient de faire disparaître avec un seau d'eau, et elle préféra s'en aller pour ne pas défaillir une nouvelle fois. D'ailleurs, elle savait ce qu'elle devait faire : partir pour l'hôpital de Rodez où avait été conduit le blessé. Là, peut-être, elle serait utile à quelque chose.

Marie ne voulut pas qu'elle s'y rende seule et elle demanda à Laurent d'accompagner Constance. Le jeune homme montra beaucoup d'attentions à son égard. Il fit en sorte de la rassurer lorsqu'elle le questionna sur les circonstances de l'accident, mais elle voulait savoir à tout prix : était-ce la machine qui avait lâché ou la main qui avait été maladroite ? ainsi que l'avait dit Paul au maire.

— Comment savoir? fit Laurent. Il n'y a que lui qui le sait.

Constance se promit de poser la question au blessé et son sentiment de culpabilité s'estompa un peu. Pas pour longtemps, cependant, car, dans la salle d'attente de l'hôpital, se trouvait déjà la femme de l'ouvrier : une petite femme brune qui triturait un mouchoir, des larmes dans les yeux. Laurent, qui la connaissait, la présenta à Constance : elle s'appelait Nathalie Sarnel. Anselme, lui, n'était pas là. Sans doute s'occupait-il des papiers. Constance demanda des nouvelles, la voix mal assurée.

— Je ne sais rien encore, dit l'épouse de l'ouvrier.

Son regard était plein de peur mais aussi de reproche.

— S'il ne peut plus travailler, dit-elle, qu'allons-nous devenir ?

— Ne vous inquiétez pas, dit Constance, je serai là.

— C'est la main droite, vous comprenez.

— Oui, dit Constance qui n'y avait même pas pensé et qui fut en même temps rassurée d'entendre que seule la main était en péril, et non pas le bras.

Anselme, heureusement, revint en expliquant :

— On va l'opérer.

— Ils ne vont pas lui couper la main? fit la jeune femme d'une voix qui transperça Constance.

— Allons! dit Anselme. Voyons, ne dites pas de bêtises.

Constance ne sut pas si sa brusquerie ne cachait pas une vérité inavouable, et soudain il

154

lui sembla qu'elle n'avait pas du tout mesuré les risques que prenaient ceux qui travaillaient pour elle. Le regard de la jeune femme l'accablait tellement qu'elle en fut écrasée, prête à renoncer, à tout arrêter sur-le-champ. Une infirmière entra dans la salle d'attente, donna de brefs renseignements : le blessé partait en salle d'opération. Ça risquait de durer longtemps. On allait tenter de sauver sa main.

— Je peux le voir ?

— Après l'opération, madame, fit l'infirmière d'un ton excédé avant de ressortir.

Constance remarqua que les autres patients présents dans la salle la dévisageaient, et elle ne put supporter ces regards.

— Il y a un téléphone quelque part ? demanda-t-elle.

— Dans le hall, dit Laurent.

Elle sortit, les jambes tremblantes, pour appeler Antoine, mais il n'était pas au journal : il était parti en reportage. Elle demanda où, mais la secrétaire ne le savait pas. Constance but un café à l'appareil mural, rassembla ses forces pour revenir dans la salle d'attente, lorsque Anselme et la femme de l'ouvrier apparurent. Celle-ci pleurait, maintenant, et répétait :

— Il me l'avait dit que cette machine était dangereuse.

— Toutes les machines sont dangereuses, répondit Anselme. Le mieux est de rentrer à Sauvagnac. Je vous donnerai des nouvelles.

D'abord la jeune femme refusa, puis elle finit par se laisser convaincre.

— Toi aussi, dit Anselme à Constance. Tu ne sers à rien ici.

Il y avait comme de la violence dans sa voix et Constance en fut à la fois surprise et blessée. Anselme s'en rendit compte, la prit par l'épaule et l'attira à l'écart :

— Emmène-la, s'il te plaît, et reste avec elle jusqu'à ce que je téléphone. De toute façon, elle ne pourra pas le voir avant ce soir. Il vaut mieux qu'elle s'occupe de ses enfants, ça lui changera les idées.

— C'est si grave ? fit Constance.

— On saura ce soir.

Elle repartit avec la jeune femme et Laurent qui paraissait plus inquiet qu'à l'aller. Constance ne savait quoi dire. Elle ne voyait ni la campagne ni les autres véhicules, conduisait machinalement avec en elle, toujours, ce sentiment d'écrasante culpabilité. « Qu'est-ce que j'ai fait là ? » se demandait-elle, songeant qu'elle ne s'était jamais vraiment souciée de la sécurité de ses ouvriers. Elle découvrait ce matin que, derrière eux, il y avait des familles, des femmes, des enfants, dont elle n'avait pas encore vérifié la présence physique et qui, aujourd'hui, apparaissaient en la personne de cette jeune femme qui ne pleurait plus, maintenant, mais dont le visage semblait porter toute la détresse du monde.

Constance tenta de poser des questions au sujet des enfants, et la femme de l'ouvrier répondit à peine. On devinait à ses silences qu'elle en voulait à Constance, mais qu'elle n'osait parler.

Une fois à Sauvagnac, Constance passa à la Retirade, et elle fit bien : Marie, qui était allée chercher les enfants à l'école, était en train de les faire manger : un garçon et une fille de sept et quatre ans qui, heureusement, ne semblaient pas trop secoués par ce qui s'était passé. Marie avait dû les rassurer. Constance fut soulagée de n'être plus seule et mesura à quel point elle avait des choses à apprendre. Marie parla longuement à la jeune femme et parvint à l'apaiser. Manifestement, ce n'était pas la première fois que des événements pareils survenaient : le métier voulait cela. Marie répondit également à tous ceux, nombreux, qui venaient aux nouvelles, car la sirène des pompiers avait alerté le village et les alentours.

Constance, à deux heures, se força à regagner la fabrique et fut surprise une nouvelle fois du calme des ouvriers qui avaient repris le travail sous la direction de Paul, le contremaître en second.

— Ils font avec, dit celui-ci à Constance. Ils ne vous en veulent pas : ils savent que c'est grâce à vous qu'ils ont du travail, et ce n'est pas rien, par les temps qui courent.

Cette appréciation rasséréna Constance qui donna quelques coups de fil — dont un à Antoine, sans succès — puis revint vers la maison où elle se trouva un instant seule, Marie étant partie avec la femme de l'ouvrier accompagner les enfants à l'école. Elle se demanda comment renouveler les machines le plus vite possible. À cause des travaux de mise en conformité, elle ne le pouvait pas. Ou du moins pas assez vite. Elle réfléchit un long moment sans trouver de solution. « Attendre de parler à Anselme », se dit-elle, et le fait de penser à lui la réconforta. Celui-ci n'avait pas encore téléphoné. C'est pourtant de ce coup de téléphone que s'inquiéta la femme de l'ouvrier en revenant de l'école.

— C'est pas normal que ça dure si longtemps, dit-elle.

— Mais si, fit Marie, ne vous tracassez pas inutilement.

Constance, pas plus que la jeune femme, ne put attendre que sonne le téléphone. Elle décida de repartir pour l'hôpital, emmenant Nathalie, qui était de nouveau très nerveuse. Elles arrivèrent trois quarts d'heure plus tard sans avoir eu la force de prononcer le moindre mot.

Anselme venait juste de voir le chirurgien. Celui-ci avait pu sauver la main du blessé mais il ne pouvait pas promettre que celui-ci en retrouverait un usage normal. Il fallait attendre quelques semaines pour le savoir. Constance prit la jeune femme par le bras et l'accompagna jusqu'à la chambre de son mari. À moitié réveillé, il reconnut pourtant sa femme quand elle se pencha sur lui. Constance sortit dans le couloir où elle retrouva Anselme qui avait la mine sombre et paraissait épuisé. Il soupira, mais ne dit pas un mot.

— Il vaudrait mieux le laisser se reposer, fit une infirmière en entrant dans la chambre. Revenez plus tard, il pourra vous parler.

Nathalie resta encore une ou deux minutes puis se leva et ressortit dans le couloir.

— Je reviendrai demain, dit-elle.

— Je vous conduirai si vous voulez, proposa Constance.

— Ce n'est pas la peine, je peux venir seule.

— Je tiens à parler au chirurgien, fit Constance. Je vous emmènerai.

Ils repartirent tous les trois à Sauvagnac. C'étaient les premiers jours de vrai mauvais temps : le vent et la pluie faisaient tomber les dernières feuilles des arbres. La route humide était dangereuse et Constance s'étonna de ne l'avoir même pas remarqué le matin. Durant le trajet, Anselme parla à Nathalie, usa de toute sa persuasion pour la rassurer.

— Quoi qu'il arrive, ne vous inquiétez pas, dit-il, on ne le laissera pas tomber.

Elle ne répondait pas, murée dans un mutisme où devaient se bousculer les images d'un avenir incertain. À Sauvagnac, Marie s'en fut tenir compagnie à la jeune femme, et Constance se trouva enfin seule avec Anselme dans la cuisine de la Retirade.

— Je veux savoir, dit-elle.

— Qu'est-ce que tu veux savoir ? fit-il, agacé. Tu ne les as pas vues, les machines ? La perceuse qui a lâché a trente ans. Le foret est parti en toupie : Sarnel n'a même pas eu le temps de songer à enlever sa main.

Comme elle le dévisageait, assommée, il ajouta d'une voix plus calme :

— Ça ne date pas d'aujourd'hui, va. On a toujours travaillé comme ça. Il y a toujours eu des accidents et il y en aura toujours.

— Oui, mais moi je ne veux pas, fit-elle en le regardant droit dans les yeux.

— Eh bien, achète des machines neuves et, en attendant qu'elles arrivent, arrête la production.

Elle baissa la tête, soupira, ne trouva rien à dire.

— Ils préfèrent travailler dans ces conditions que d'être chômeurs, va, reprit Anselme.

— Ce n'est pas une raison.

— Non, ce n'est pas une raison.

— Alors ?

— Alors, remplace les machines une par une, à commencer par les perceuses et les polisseuses.

Elle hocha la tête puis demanda :

— Et lui ?

— On verra. De toute façon, on le gardera. On cherchera quelque chose à lui faire faire.

— Parce que tu crois qu'il ne retrouvera pas l'usage de sa main ?

— Je n'en sais rien.

Ils parlèrent encore un long moment avant de regagner la fabrique, où Constance, ce soir-là, resta très tard. Elle avait obtenu par Minitel les prix des différentes machines, et elle les comparait en se demandant comment acquérir ne fût-ce que la première d'entre elles. Plus tard, quand elle réussit enfin à joindre Antoine au téléphone, ce fut pour lui raconter ce qui s'était passé et lui dire qu'elle ne viendrait pas à Massobre cette nuit.

— Je comprends, dit-il, ne t'inquiète pas.

— Je viendrai demain.

— Oui, je sais. À demain. Tâche quand même de dormir un peu.

Une fois seule dans sa chambre, quand passèrent et repassèrent devant ses yeux clos les images de l'ouvrier à terre et du sang répandu autour de lui, elle regretta de n'être pas allée rejoindre Antoine. Au moins, dans ses bras, elle aurait peut-être trouvé le repos dont elle avait besoin.

Une semaine très difficile s'était écoulée, rythmée par les allers-retours à Rodez. Si l'ouvrier se remettait, on ne savait toujours pas s'il retrouverait l'usage de sa main. La convalescence serait longue, très longue. Constance faisait front de toutes parts : elle avait d'abord renoncé aux deux machines les plus anciennes et ralenti le rythme de production, d'autant que les artisans chargés des travaux de mise en conformité gênaient les ouvriers, et elle se battait au téléphone pour convaincre les détaillants de ne pas annuler les commandes. Elle avait dû renoncer à embaucher les trois jeunes du village, dont le fils de ses cousins. Ceux-ci étaient venus à la Retirade pour clamer leur mépris et leur conviction qu'elle ne tiendrait pas six mois de plus. Heureusement, du côté de Vanessa tout allait bien, même si elle ne fichait toujours rien à l'école. Elle attendait avec impatience les vacances de Noël, rentrait à la Retirade le samedi par le car et s'affalait sans un mot devant la télévision. Il n'y avait apparemment pas d'autre projet de fugue à l'horizon.

Constance, reculant toujours le moment de faire forger les lames dans une usine de Rodez, avait ainsi évité un conflit avec Anselme. Antoine, chaque soir, l'aidait de son mieux. Mais il y avait quinze jours qu'elle n'avait pas pu le suivre pour ces longues marches dont elle avait tellement besoin. Enfin, un samedi, elle eut un répit, et lui proposa de l'emmener sur l'Aubrac où ils n'étaient jamais allés ensemble.

— Tu m'as fait découvrir ton domaine, lui dit-elle, à moi de te faire découvrir le mien.

Jusqu'au dernier moment, cependant, elle craignit de ne pouvoir lâcher son téléphone, et ne respira vraiment que lorsqu'ils furent en route vers sa montagne sacrée. Il faisait beau et sec, pas très froid, en ce début d'après-midi de la mi-décembre, même s'il gelait, la nuit, surtout sur ces hauteurs.

Ils prirent le chemin de terre qui menait vers Mailhebiau et marchèrent un moment en silence, profitant de l'air vif, de la couleur très pâle du ciel, de l'espace ouvert, semblait-il, à l'infini devant eux. Comme chaque fois qu'elle se serrait contre Antoine, Constance sentait monter en elle la peur de le perdre. Elle s'étonnait encore, avec une sorte d'émerveillement, de pouvoir le toucher, alors qu'il lui paraissait toujours inaccessible. Parfois, elle se demandait si cet homme était réellement d'ici. Elle se disait qu'il aimait trop les oiseaux, que ses pieds avaient une curieuse façon de se poser sur le sol. Puis, aussitôt, elle se traitait de tous les noms, serrait plus fort son bras, s'appuyait contre ce corps qu'elle connaissait bien maintenant, mais qui, dans sa fermeté, dans sa force, demeurait fragile. « C'est ma tête qui est fragile », se disait-elle avec un rire intérieur qui lui faisait mal.

Quand ils arrivèrent sur la dernière éminence avant le sommet, Constance s'arrêta à l'endroit qu'elle aimait, sur un rocher plat, à l'abri du vent. Elle s'allongea sur le dos, attira Antoine sur elle, et, regardant le ciel, demanda :

— Et l'aigle, comment va-t-il ?

— Mieux. Mais il aura du mal à voler.

Elle se tut un instant, souffla :

— Antoine.

— Oui.

— J'ai peur.

Il se redressa sur les coudes, planta son regard dans le sien, sourit.

— Ne t'en fais pas, dit-il en se méprenant, Sarnel va se remettre.

Elle ne fit rien pour le détromper, murmura seulement :

— Serre-moi fort.

— Je ne fais que ça, dit-il, malicieux, mais je peux faire mieux, si tu veux.

Elle fut sur le point d'accepter mais, au-dessus de lui, elle voyait le ciel, et ce ciel lui parut trop grand, brusquement, trop douloureux pour les yeux, trop vaste pour ne pas s'y perdre. Elle repoussa doucement Antoine et se releva. Elle s'assit alors près de lui au bord du rocher, face aux îlots de sapins qui, loin, là-bas, sur leur gauche, s'agrippaient au flanc des hautes collines. Seuls quelques genévriers et des plaques de rocaille blanche habitaient ce monde où l'on pouvait rester des jours entiers sans apercevoir personne.

— Écoute, dit Constance, tu entends ?

— Oui.

— Tu sais ce que c'est ?

— Une source ?

— Viens, dit-elle.

Et elle l'entraîna vers la combe dont la pente, exposée au nord, était feutrée de rosée blanche. Ils glissèrent, tombèrent, et se retrouvèrent enlacés, à rire comme des fous. Une fois en bas, elle vit beaucoup mieux que la première fois le filet d'eau qui se faufilait entre les rares touffes d'herbe flétries par l'hiver. La source coulait depuis une pierre plate, sous un éboulis et, plus bas, se perdait dans la rocaille.

— Je suis venue là un jour avec mon père, dit gravement Constance, et nous avons pique-niqué ici, à cet endroit... ce devait être en juin, il faisait chaud, et l'eau était si fraîche que je me suis lavé le visage et les bras... C'était bon !

Antoine comprit que ce souvenir lui était précieux et qu'elle avait envie d'en parler.

— Il me semble qu'elle coulait un peu plus fort, reprit Constance.

Antoine la prit par le bras, et ils s'assirent en surplomb, pour bien voir.

— La rocaille de la ravine est descendue, mais l'eau est toujours là, murmura Constance.

Et soudain, elle se souvint des mots qu'avait prononcés son père, ici, au début des temps, quand les jours ne s'enfuyaient pas comme des nuages les jours de grand vent.

— Sais-tu ce qu'il m'a dit ? demanda-t-elle.

Antoine fit un signe négatif de la tête.

— Il m'a dit que dans l'eau des sources il y a une promesse : celle de continuer à couler, toujours, quoi qu'il arrive. Même abandonnée, même recouverte, cette eau coulera sous terre et ressortira quelque part. Elle ne se perdra jamais.

— Il a dit ça, ton père ? fit Antoine.

— Oui.

— Aujourd'hui, tu sais qu'il avait raison.

— Je l'ai toujours su, Antoine. J'avais seulement oublié.

Ils se turent. On entendait très loin des sonnailles dont le chant sonnait clair dans l'air vif. Très haut dans le ciel des oiseaux tournaient, sans qu'on puisse deviner si c'étaient des buses, des milans ou des éperviers.

— Pourquoi ne peut-on jamais recommencer, Antoine ? Pourquoi les choses n'arrivent-elles qu'une fois ? Pourquoi faut-il tout perdre de ce qu'on aime ?

— Ça fait beaucoup de pourquoi, répondit-il doucement.

164

— Moi, je ne veux pas, fit-elle avec une voix d'enfant qui le bouleversa.

Elle se blottit contre lui, répéta de cette même voix butée :

— Je ne veux pas, je ne veux pas.

Il la serra contre lui et sentit qu'il y avait dans cet abandon quelque chose de terriblement douloureux. Pourtant il n'avait pas de mots contre ce qu'elle éprouvait là et qu'il connaissait bien. Il n'avait que les oiseaux : la fuite, l'ailleurs, le rêve.

— Viens, dit-il, viens.

Il l'aida à remonter en la tirant par la main et ils débouchèrent bientôt sur le grand plateau d'où l'on apercevait de sombres crêtes forestières. Il lui sembla qu'elle respirait mieux, et il se mit à lui parler, tout en marchant, des différences entre l'Aubrac et le Méjean; ce n'était pas la lune ici, mais ses abords. C'était plus vert, moins gris malgré l'hiver, moins âpre : davantage habitable. Des hommes, ici, pouvaient survivre, tandis que là-bas... Il s'aperçut qu'elle ne l'écoutait pas, demanda :

— Où es-tu ?

— Je suis là, dit-elle.

— Et à quoi penses-tu ?

Elle pensait que le monde sans lui n'aurait pas été le même, mais elle ne put le lui dire.

— De là-haut on voit l'Aigoual, fit-elle seulement en pressant le pas.

Plus ils montaient et plus le vent soufflait. Ce n'était pas le vent du nord : seulement un petit vent d'est qui sentait encore la feuille et les aiguilles de pin. Une fois au sommet, ils s'arrêtèrent et Constance désigna du doigt, comme son père jadis, les sommets alentour, et d'abord le tricorne de l'Aigoual, au sud-est du Méjean, qui était la ligne de partage des eaux entre la Méditerranée et l'Atlantique. Antoine le savait, mais il écoutait Constance qui parlait comme quelqu'un qui est fier de montrer sa maison.

Ils redescendirent en contournant Mailhebiau par l'ouest, avec le secret désir de se perdre. Ils traversèrent un bois de sapins et, dans un fond ombreux, où déjà se levaient de grandes ombres fraîches, tombèrent sur une grange dont le grenier vomissait un surplus de foin.

— Viens, dit Antoine en l'entraînant à l'intérieur.

— Non, fit-elle, il va faire nuit.

— Tant mieux.

— On aura froid.

— Certainement pas, dit-il en riant.

Le sol était de terre battue et une échelle de meunier conduisait dans le foin, sur lequel ils se couchèrent, enlacés. Constance n'avait jamais senti ainsi le contact de l'herbe sèche sur sa peau. Jamais, en effet, elle n'était allée avec un homme dans une grange. Jamais, renversée vers le ciel, dérivant dans des mondes inconnus, elle n'avait vu crépiter tant d'étoiles.

14

L'hiver était là, et bien là. Comblant les vœux de Constance, la neige s'était mise à tomber à l'approche de Noël, réveillant en elle plein d'échos oubliés. Le matin même, quand elle avait traversé la cour sur le tapis blanc pour se rendre à la fabrique, le bruit de feutre sous ses chaussures lui avait fait penser au chemin de l'école. S'efforçant de n'être aperçue de personne, elle était sortie de chez elle et l'avait pris, ce chemin, comme lorsqu'elle avait dix ans, que la neige craquait sous ses pieds, que les traces de ses pas derrière elle la faisaient se retourner, alors qu'un capuchon blanc grandissait sur la pointe de ses souliers.

Elle était allée jusqu'à la cour de l'école déserte, avait ramassé de la neige et fait une boule qu'elle avait lancée contre le mur, puis, seule au monde, elle en avait lancé d'autres, jusqu'à ce que ses mains se mettent à brûler sous l'effet de l'onglée. « Bien fait pour toi », se dit-elle, et elle revint lentement, les mains dans les poches, cherchant les endroits où la neige était vierge, ne voyant personne, ni ceux qu'elle croisait ni ceux qui la saluaient, respirant la bonne odeur des fumées sortant des cheminées, enfouie dans un passé dont le souvenir l'oppressait légèrement et, par instants, la ravissait.

Elle entra dans la maison pour se réchauffer, surprenant Marie occupée à la cuisine.

— Anselme te cherche, dit-elle. Où étais-tu passée ?

— À l'école.

— À l'école ?

Marie se retourna et, constatant la mine réjouie de Constance, haussa les épaules d'un air faussement excédé.

— Tu ne changeras jamais, toi.

— J'espère bien.

Constance prit le temps de savourer une tasse

de café et se résigna à gagner la fabrique où Anselme, effectivement, l'attendait.

— Alors, tu as osé faire ça! lança-t-il durement, le regard noir, la mine sombre, dès qu'elle entra dans le bureau.

Elle savait très bien de quoi il voulait parler : les lames que, faute de moyens dans sa propre usine, elle faisait forger à Rodez depuis une semaine, venaient d'arriver.

— C'est provisoire, Anselme, tu le sais bien : juste le temps que je puisse renouveler les machines.

— Laisse-moi te dire que tu le regretteras.

Elle voulut plaider, expliquer, mais il se mit à hurler :

— Tu sais ce que nous sommes devenus à cause de toi? Des assembleurs de couteaux, des façonniers, comme ceux qui se piquent d'être du métier en Espagne, en Asie ou ailleurs!

— Ça ne durera pas, Anselme, fit Constance, sous le choc. Je ne peux plus faire autrement. C'est notre crédibilité qui est en jeu auprès des détaillants.

— La crédibilité, c'est la qualité, rugit-il.

— Oui, je sais, soupira-t-elle.

— Alors tiens-en compte, ou on en crèvera.

Il sortit en claquant la porte derrière lui et elle demeura seule, se demandant si elle n'avait pas fait la plus grosse bêtise de sa vie. Pour tenter de débloquer la situation, elle téléphona en Lorraine, où on lui fit la même réponse que les jours précédents : aucune des deux machines commandées ne serait livrée avant février. Excédée, elle téléphona également à quelques détaillants pour les prier d'être patients, mais là non

168

plus elle ne reçut pas un bon accueil. Exaspérée, Constance décida alors d'aller à Rodez chercher Vanessa. C'était en effet les vacances de Noël, et sa fille devait partir le lendemain pour Paris. Constance, cependant, espérait la convaincre de passer Noël avec elle et de rejoindre son père pour le premier de l'an.

Tout en roulant sur la route enneigée, elle choisissait déjà les mots qui persuaderaient Vanessa de rester quelques jours à la Retirade. Les collines, à droite et à gauche de la route, formaient comme d'immenses croupes blanches d'où émergeaient seulement les arbres des sommets. Sur les pentes, au contraire, la neige bosselait les obstacles, arrondissait les maisons dont on n'apercevait plus que les fenêtres où brillaient de chiches lumières. Tout paraissait assoupi, en attente, et Constance retrouvait cette sensation de bien-être et d'abri qu'elle éprouvait, enfant, quand la neige se mettait à tomber. Elle oublia Anselme, s'apaisa. Elle attendait ce Noël comme une trêve dans les soucis qui s'amoncelaient, une possibilité de faire halte, enfin, et de savourer des minutes de paix devant la cheminée, avec sa fille, si possible.

— Tu veux rire! fit celle-ci dès que Constance lui suggéra, pourtant prudemment, de rester quelques jours.

— Je n'ai pas envie de rire. J'ai simplement envie de passer Noël avec toi dans ma maison.

— Oui, c'est ça : dans *ta* maison. Mais ce n'est pas la mienne.

De guerre lasse, Constance n'insista pas. « D'ailleurs c'est peut-être mieux ainsi, se dit-elle. Seule, je pourrai mieux rassembler mes trésors, repartir sur les traces de ceux qui ne sont plus là. » Cette idée, cependant, l'attrista un moment, et elle eut hâte que Vanessa s'en aille, que le temps s'arrête pour deux ou trois jours.

Le lendemain matin, de très bonne heure, elle conduisit sa fille à la gare, se surprit à être heureuse de ce départ et s'en voulut. L'après-midi, elle alla porter des jouets aux enfants de l'ouvrier blessé. Yves Sarnel se trouvait là, sa main toujours bandée, mais il avait bon espoir. Sa femme aussi souriait. « Enfin, se dit Constance en repartant, peut-être finirai-je par apercevoir le bout de ce tunnel. »

Quand elle revint à la Retirade, le clocher de l'église sonnait les « nadalets », comme avant — depuis le jour de la Sainte-Luce, le 13 décembre, exactement. Et chaque fois qu'elle entendait les cloches, Constance se répétait avec un plaisir enfantin le proverbe appris de la bouche de Marie : « À la Sainte-Luce, les jours croissent d'un saut de puce. » Combien de fois les avait-elle entendues, ces sonneries des douze jours précédant Noël ! Marie expliquait qu'ils permettaient de connaître le temps de l'année à venir : il suffisait d'observer le temps d'une journée pour deviner celui du mois de l'année suivante : le 13 correspondait au mois de janvier, le 14 au mois de février, ainsi de suite jusqu'au 24 qui donnait le temps du mois de décembre. Méthode infaillible, prétendait Marie, qui demeurait farouchement attachée à toutes les coutumes de l'ancien temps. Ainsi avait-elle harcelé Anselme pour qu'il lui ramène la souche de chêne qui permettrait de tenir le feu jusqu'à ce qu'elle revienne de la messe de minuit.

Constance regretta de ne pouvoir y aller, à cette messe où la conduisait sa mère, jadis, mais ce regret ne dura pas face à la perspective de passer la soirée près d'Antoine. En effet, il avait été convenu avec Marie qu'elle passerait le soir de Noël avec lui et le jour de Noël à la Retirade, puisque Antoine travaillait. Constance se changea en toute hâte, ce soir-là, avant de partir à Massobre.

— Sois prudente sur la route, dit Marie.

— J'ai fait monter des pneus neige, répondit Constance.

Elle embrassa Marie et partit, heureuse de profiter enfin de ces fêtes qu'elle avait tellement attendues.

La route, effectivement, était blanche. Constance roulait doucement entre les grands arbres prosternés sous le poids d'une couche dont certains se délestaient brusquement, se redressant comme des fantômes surgis de la nuit. Elle aimait se rendre à Massobre car elle avait l'impression de mériter ces instants protégés, de s'éloigner des difficultés quotidiennes de la Retirade. Plusieurs fois Antoine lui avait proposé de venir chez elle, mais elle préférait aller vers lui. C'était comme une preuve de sa liberté, et une manière, aussi, de le découvrir dans son domaine, de mieux le connaître.

Ce soir-là, il lui sembla pénétrer dans un monde ouaté, d'une extrême douceur, où elle allait se réfugier définitivement. Elle songea aux promeneurs égarés, morts de froid, qu'on trouvait encore dans les campagnes, parfois, pendant les hivers rigoureux. Elle se souvint d'une marche avec son père, un après-midi de Noël, le long de la rivière, et de sa main chaude dans laquelle elle avait glissé sa main d'enfant. Sa solitude, alors, lui parut insupportable et elle accéléra malgré les dangers de la route.

Bientôt les lumières de Massobre surgirent au flanc de la colline et elle respira mieux. La nuit parut s'ouvrir quand elle aperçut devant elle la maison d'Antoine. Ce fut José-Luis qui lui ouvrit, et elle l'embrassa pour la première fois.

— Que tu sens bon, fit-il.

Et il lui sembla très ému.

Elle le suivit jusqu'à la salle à manger où le couvert était déjà mis. Elle apportait du foie gras et du champagne. Antoine s'était chargé des huîtres et de la bûche de Noël. C'était touchant, la manière dont il avait essayé de décorer la maison, avec quelques guirlandes, des feuilles de houx et un petit sapin, près de la cheminée où brillaient quelques boules de couleur. On sentait qu'il n'avait pas l'habitude, mais qu'il avait tout fait pour embellir la salle à manger.

Comme il avait ouvert les huîtres, ils s'installèrent à table, commençant par une coupe de champagne qui fit pétiller les yeux de José-Luis. Constance ne résista pas au besoin de parler de la réaction d'Anselme au sujet des lames, et de la solitude dans laquelle elle se trouvait aujourd'hui à la fabrique.

— Tu as eu raison, à condition que ce soit provisoire, dit Antoine.

— Dès que les machines seront là, on recommencera à forger, assura Constance.

— Alors ne t'inquiète pas.

— Je ne m'inquiète pas vraiment, mais je n'aurais jamais cru que ce serait si difficile.

172

Elle ajouta, songeuse :

— Je ne regrette rien, sinon ne pas avoir le temps de vivre réellement.

— Je l'espère bien, sans quoi je me sentirais coupable.

— C'est vrai, ça, que tu es coupable, fit Constance. Qui est venu m'agresser dans ma cour ?

— Jc ne me souviens pas.

Ils rirent, changèrent de sujet de conversation. Antoine parla des rapaces que l'on voit sur les fils électriques en hiver le long des routes — le seul endroit où ils peuvent trouver de la nourriture —, de l'aigle botté qui tardait à se remettre, du journal, où la situation s'était un peu améliorée, du Méjean sous la neige.

— Ce doit être fantastique, dit Constance.

— Si elle ne fond pas, nous irons, je te le promets... À condition de pouvoir y monter.

— J'en rêve.

José-Luis, qui mangeait peu et se sentait fatigué, les quitta rapidement pour se coucher. Constance, de nouveau, l'embrassa. Il gagna sa chambre à petits pas, le dos voûté, traînant les pieds. Quand il eut refermé la porte, Antoine soupira :

— Il est complètement usé. Je crois qu'il ne verra pas le prochain Noël.

Constance n'en fut pas vraiment étonnée.

— Est-ce qu'il se soigne, au moins ? demanda-t-elle.

— Ces hommes-là ne se soignent pas, fit Antoine. Ils sont habitués à souffrir en silence.

Et, avec un sourire attristé, il versa du champagne dans le verre de Constance.

Elle le fixa longuement, le trouva beau dans sa chemise noire qui faisait ressortir l'éclat de ses yeux rendus brillants par le champagne, demanda :

— Qui êtes-vous, monsieur ?

Il cilla, se troubla, répondit :

— Je ne sais pas. Et vous, savez-vous qui vous êtes ?

— Oui, une femme qui a trouvé un grand oiseau blessé...

Ils mangèrent de la bûche, et burent encore du champagne, beaucoup de champagne.

— Et ce livre ? fit Constance.

Il soupira, avoua :

— Je ne peux pas.

Il demeura un instant silencieux, reprit :

— Sans doute y a-t-il des lieux propices pour écrire. Massobre n'en est pas un. Il y aurait peut-être le Méjean, mais il appartient aux oiseaux.

— Alors ?

— Alors je ne sais pas... Quelquefois je me dis que je suis un exilé qui regarde vers le lieu d'où il vient, comme s'il existait quelque part un foyer capable d'entretenir le feu de la mémoire. Tu sais : un lieu où l'on a l'impression que l'on sait les choses depuis toujours, un vrai lieu, quoi.

— Semblable à la Retirade ?

— Peut-être.

Constance se sentit glacée. Il le devina, car il murmura :

— Tu es là, toi, et c'est déjà beaucoup. Tu as su ranimer les flammes.

— Et ce feu-là, demanda-t-elle, il ne s'éteindra pas ?

— Si tu souffles sur les braises, jamais.

174

— Eh bien, regarde !

Elle se leva, s'approcha de la cheminée, prit le soufflet, l'actionna, et les flammes, de nouveau, jaillirent.

— Je vais m'en acheter un, dit-elle.

— Un quoi ?

— Un soufflet. Un *buffadou*, comme dit Marie.

— Ce n'est pas la peine, va. Le souffle de ta bouche me suffit.

Elle le regarda, bouleversée. Il avait des mots, parfois des expressions, qui l'emportaient au-delà du réel, lui faisaient mesurer à quel point il était singulier. Tandis qu'elle remettait du bois dans la cheminée, il passa dans la cuisine, puis il revint en disant :

— Viens voir.

Elle le suivit, découvrit qu'il avait ouvert le volet roulant de la baie vitrée qui donnait sur la terrasse.

— Regarde, il neige, dit-il en apportant deux chaises devant la baie.

Ils s'assirent côte à côte et Constance lui prit la main. Les flocons dansaient dans la nuit qui, malgré les nuages, était étrangement claire. Loin, là-bas, derrière le rideau de duvet blanc, une lueur au-dessus de la vallée semblait clignoter comme pour signifier quelque chose.

— Qu'est-ce que c'est ? demanda Constance.

— Je ne sais pas. Ce n'est pas la première fois que je la vois. On dirait que ça suit la rivière : une sorte de réverbération d'une lumière dans l'eau. Laquelle, je ne sais pas.

— Elle vient des villages ?

— Il n'y a que des hameaux ou des fermes isolées, murmura Antoine.

Constance se tut. Elle songea qu'il y avait des années qu'elle n'avait pas pris le temps de regarder tomber la neige, des années qu'elle avait oublié la magie des flocons dans la nuit de Noël. De temps en temps ils tombaient plus dru, puis, de nouveau, ils s'espaçaient, atterrissant délicatement sur la terrasse. En avait-elle rêvé, enfant, de cette neige de Noël! Pourquoi avait-il fallu oublier tout cela? Elle faillit poser la question à Antoine mais craignit de rompre le charme. Ce n'était rien, pas grand-chose, et c'était tout ce qui comptait soudain, cette neige qui tombait sur le monde comme pour l'adoucir, arrêter le temps, préserver les vivants de toute souffrance. On eût dit qu'il s'agissait là d'une consolation ultime : la blancheur contre les ténèbres, la douceur contre la violence des chagrins à venir, la beauté contre la douleur de l'éphémère.

Antoine et Constance restèrent près de deux heures devant la baie vitrée, cette nuit-là, parlant ou demeurant silencieux pour mieux goûter la paix de la nuit, puis ils finirent par aller dormir sur le tapis, devant la cheminée, au milieu des coussins que les dernières braises éclairèrent longtemps avant de s'éteindre.

Le lendemain matin, Constance ne se réveilla pas avant dix heures. Quand elle tendit la main à côté d'elle, elle ne trouva que le vide. Elle ouvrit les yeux, et ce fut pour découvrir Antoine assis sur le divan, qui la regardait.

— Tu es là? fit-elle.
— Bien sûr que je suis là.
— Et ton père? dit-elle en se couvrant de ses habits épars.

— Il est dans l'atelier.

— Tu me laisses me lever ?

Elle gagna la salle de bains, puis elle déjeuna rapidement avec Antoine qui était pressé : un reportage urgent à Sévérac.

— Jamais je n'oublierai cette nuit, lui dit-elle au moment de se séparer.

— Tu peux l'oublier, fit-il, il y en aura d'autres.

Il lui sembla qu'il y avait une fêlure dans la voix d'Antoine, mais elle n'en fut pas sûre. Il lui promit de l'emmener sur le Méjean dès que la route serait dégagée. Ils avaient le temps : là-haut, la neige ne fondait pas facilement. Puis ils partirent l'un derrière l'autre, s'amusant à croiser leurs regards dans le rétroviseur d'Antoine. Seuls dans cette neige que le froid de la nuit avait pétri-fiée, ils firent durer le plaisir en roulant lente-ment, s'imaginant l'un et l'autre être les premiers habitants d'un monde neuf né avec le jour.

La Retirade était en effervescence quand Cons-tance y arriva. Marie, en effet, entendait faire revivre les festins d'autrefois. Déjà, depuis le début du mois, elle avait sacrifié des canards et des oies, préparé des confits, choisi avec soin tous les ingrédients de ce repas qui était censé faire plaisir à Constance en lui rappelant ceux d'avant, quand toute la famille était réunie dans la salle à manger de la Retirade. Elle n'avait lésiné sur rien, Marie, ce jour-là : pâté de foie de canard, abattis au riz, poule farcie, et ces fameuses « pétites », sa spécialité — panse de brebis, viande de jambon, de lard, ail et persil cousus dans un boyau fin — qui devait mijoter de longues heures dans une toupine.

— Comment veux-tu que nous mangions tout ça ? fit Anselme.

— Je pensais que Laurent resterait avec nous, dit Marie. Et de toute façon, c'est Noël.

Quand ils crurent en avoir terminé, Constance et Anselme durent encore faire honneur aux pruneaux à la crème et aux neules, ces sortes d'oublies en forme de cornet que Marie avait remises d'autorité au goût du jour. Après quoi, Anselme ayant regagné la petite maison et Marie s'étant mise à la vaisselle, Constance s'allongea sur le divan face à la cheminée. Ici aussi Marie avait fait des merveilles : la salle à manger était pavoisée de houx, de guirlandes brillantes, et un sapin savamment décoré jetait des feux intermittents à droite de la cheminée.

Constance, qui se sentait envahie par un bien-être fastueux, s'assoupit un moment. C'était aussi pour ça qu'elle était revenue, elle le savait : pour ces quelques secondes, ces quelques minutes que sa vie à Paris lui avait dérobées, des instants qui apparemment ne comptaient guère mais dans lesquels s'éveillait une sorte de murmure d'orchestre, venu de très loin, qui faisait vibrer une corde plus profonde que la conscience : peut-être le sens caché des choses, de l'existence même.

Cette corde se mit à vibrer intensément quand Marie s'approcha et lui dit :

— Devine ce qu'il y a là-dedans.

— Je ne sais pas.

Marie plongea sa main dans la poche de papier, sortit une sorte de fruit marron, de forme ronde.

— Des nèfles.

— Des nèfles ! fit Constance. Je croyais que ça n'existait plus.

— On en trouve encore quelques-unes.

Déjà, les jours précédents, en mangeant des dattes, Constance avait revécu des sensations endormies, d'une grande douceur, mais quand le suc de la première nèfle coula dans sa bouche, ce fut comme si la musique oubliée se remettait à jouer, très loin, d'une extrême netteté pourtant, la faisant aussitôt passer du côté de ce versant dont elle découvrait l'accès, parfois, trop rarement, et où la lumière du jour n'était plus la même. Elle avait oublié tout cela à Paris. Là-bas, ce qui comptait c'était le temps. Ce qu'elle cherchait, elle, c'était à retrouver cette éternité des choses qui seule, par instants, pouvait vraiment la rendre heureuse. Elle s'aperçut qu'elle pleurait quand elle découvrit le regard étonné de Marie.

— Allons! ma fille. Si j'avais su...

Comment expliquer l'inexplicable ? Constance préféra invoquer des raisons plus banales : la fatigue, l'absence de Vanessa, et l'émotion lui fit prononcer des mots qu'elle n'avait pas sentis présents dans sa bouche :

— Si seulement je pouvais le retrouver, lui expliquer, savoir ce qu'il est devenu.

— De qui parles-tu ?

— De l'enfant que j'ai abandonné. C'est ici qu'il devrait être aujourd'hui. Là, près de moi. À manger des dattes et des nèfles, à regarder briller ce sapin, à poser sa tête sur mes genoux.

— Sauf qu'il doit avoir vingt ans. Tu l'oublies ?

— Non, je n'oublie rien, figure-toi, c'est là le problème : je ne l'ai jamais oublié.

Marie demeura silencieuse un instant, puis murmura :

— Si vraiment tu y tiens, tu peux peut-être essayer de le retrouver.

179

— Tu sais bien que c'est impossible.

— Tout est possible, dit Marie, mais il faut vraiment le vouloir : tu es bien placée pour le savoir.

Elle ajouta, après une hésitation :

— Tu comprends maintenant ce que ta propre mère a pu ressentir, pendant toutes ces années sans toi ?

— Je t'en prie, fit Constance, pas ça, pas aujourd'hui.

Marie hocha la tête, reprit :

— Arrête de manger ces nèfles, tu vas te rendre malade.

Constance reposa le sac, puis :

— Quelquefois, j'ai envie de lui écrire ces lettres que je n'ai jamais commencées. Je me dis que peut-être il n'est pas trop tard.

Elle soupira, ajouta d'une voix blessée :

— Les siennes, je les lisais toutes avant de les jeter, et j'en avais besoin.

— Allez, fit Marie qui regrettait d'avoir abordé le sujet, je vais te préparer du café, ça te remettra peut-être les idées en place.

Constance ferma les yeux, cherchant à s'assoupir, à ne plus penser. Elle était sur le point d'y parvenir quand Marie revint dans la salle à manger en disant :

— Tiens ! Ça va te réveiller.

Constance se redressa à regret, savoura le café en silence, épiée par Marie.

— Il est bon ?

— Bien sûr qu'il est bon, voyons, c'est ton café.

Marie, rassurée, s'assit sur le divan et sourit. Elles discutèrent un moment, puis Constance, tout à fait réveillée maintenant, eut envie d'aller marcher dans la neige.

— Tu me suis ? demanda-t-elle.

— Avec ce froid ? Tu n'y penses pas !

— Tant pis pour toi.

Elle s'habilla, chaussa ses bottes et sortit. Dans la cour, elle croisa Laurent qui arrivait sur sa mobylette et elle entendit Marie lui crier par la fenêtre :

— Je te rappelle que tu dînes avec nous, ce soir.

— Mais oui, mais oui.

Constance sourit, prit à gauche au portail en direction du causse et non pas du village. Les voitures avaient laissé deux ornières sales dans la neige qui, sur les bas-côtés, tapissait les talus sans avoir été souillée. Plus Constance montait et plus le vent soufflait, mais elle n'en avait cure. Au contraire, ce vent très froid lui faisait du bien, aiguisait les bruits et les sons. Dès qu'elle le put, elle quitta la route et prit un chemin de terre qui s'en allait vers le haut de la colline. C'était irréel de marcher ainsi dans la neige fraîche après tant d'années vécues loin d'ici. Elle eut l'impression que ses pas en ces lieux venaient creuser un sillon, poser une empreinte indispensable à quelque chose, mais à quoi ? À la certitude de ne s'être pas trompée ? Non, cela elle le savait parfaitement. Alors ? Au besoin de se persuader qu'à la fabrique les choses allaient s'arranger ? Peut-être, sinon elle perdrait tout : l'usine de son père mais aussi la Retirade, et cette vie qu'elle avait choisie. À cette idée, elle marcha plus vite, comme pour fuir un ennemi lancé à ses trousses.

Une fois en haut, pourtant, elle s'arrêta et se retourna : en bas, le village blanc, serré autour du clocher, était tapi dans le silence, immobile, éternel, lui sembla-t-il. Elle respira mieux tout à coup, et le contempla longuement, certaine, à présent, que rien de grave ne pouvait lui arriver dans son domaine. Elle repartit, marcha un moment sur la butte, puis, apaisée, redescendit lentement, avec des frissons, vers le foyer chaud de la Retirade dont la cheminée fumait dans le soir tombant.

15

En un peu plus d'un mois, elle eut le temps d'oublier ce jour de Noël et celui qui les avait conduits, Antoine et elle, sur le Méjean, pour une marche inoubliable dans un paradis blanc. Très vite, en effet, ce qu'Anselme avait prédit était arrivé — le premier coup de téléphone était parvenu à l'usine le 10 janvier, exactement : un détaillant de Libourne, mécontent de la qualité des lames, renvoyait les couteaux. À partir de ce jour, les coups de téléphone s'étaient succédé, tous aussi catastrophiques.

— Que peut-on faire ? avait demandé Constance, pitoyable, à Anselme.

Celui-ci n'avait pas eu le cœur de l'accabler.

— Arrête tout. Et à l'avenir, écoute-moi.

Elle avait donc pris la décision de stopper la production, mais s'était rapidement rendu compte qu'il était trop tard : le mal était fait. Dès lors, elle avait dû se battre, c'est-à-dire reprendre son bâton de pèlerin et repartir sur les routes, malgré l'hiver, les heures de solitude, les longues plaidoiries souvent inutiles devant les détaillants, la distance qui la séparait de la Retirade et d'Antoine. Elle rentrait de ces voyages épuisée, démoralisée surtout, harcelait de fax l'usine de Lorraine qui fabriquait les machines qu'elle attendait en vain.

Début février, comme on lui annonçait un nouveau retard de livraison, elle affréta un camion et partit pour Metz avec Anselme, qui conduisait. Ce voyage-là lui parut moins pénible que les autres, car elle n'était plus seule pour se battre. Trois jours plus tard ils étaient de retour, et ils installaient les outils nécessaires au travail des lames. Dans le même temps, les travaux de mise en conformité s'achevaient, et la production reprenait dans de meilleures conditions.

Constance, cependant, découvrit que le mal était encore plus profond qu'elle ne l'avait imaginé quand les commandes s'écroulèrent et que son comptable vint l'aviser du fait que, si la situation s'éternisait, il ne pourrait plus faire face aux échéances.

— Ça va s'arranger, dit-elle, je repars en campagne.

Elle repartit donc, de nouveaux couteaux en main, pour s'apercevoir que le contact avec les détaillants n'était plus le même. Elle constata surtout que la concurrence s'était réveillée et qu'elle devait revoir ses prix à la baisse. Mais comment faire ? C'était impossible. La seule solution était de prospecter dans tout le pays pour étendre sa surface de vente. Elle envisagea un moment d'engager un représentant, mais le comptable leva les bras au ciel et n'eut pas de mal à l'en dissuader. Elle décida alors de repartir en démarchage trois jours par semaine, jusqu'à ce que la situation s'améliore.

Loin de Sauvagnac, loin d'Antoine, elle tenait le coup en rêvant au samedi qui viendrait, à ces quelques heures dérobées à son travail, mais jamais, jamais, le moindre regret ne vint l'effleurer : elle se battait non seulement pour l'usine, mais pour la Retirade, pour Anselme, pour Marie, pour tous ceux qui travaillaient avec elle, pour sa nouvelle vie. Elle se battait pour ne pas repartir à Paris, pour garder Antoine, pour revivre des Noëls comme celui qui avait passé, pour ne pas perdre ce qu'elle avait reconquis après tant d'années.

Elle se battait tellement qu'elle présumait de ses forces, roulant de nuit, souvent, pour gagner du temps, certes, et surtout pour échapper à la solitude des hôtels. Une nuit, elle s'endormit au volant, fut réveillée par un coup de klaxon furieux et évita de justesse l'accident.

La semaine suivante, à la mi-février, en rentrant à Sauvagnac, un vendredi soir, quelle ne fut pas sa stupeur de trouver Pierre qui l'attendait. Elle crut d'abord qu'il ne faisait que passer, mais il demanda à rester le week-end et elle dut annuler le rendez-vous du lendemain avec Antoine, un rendez-vous auquel elle avait pourtant songé toute la semaine.

Après le repas du soir partagé avec Anselme et Marie, Pierre consentit enfin à avouer ce qui l'avait conduit en Aveyron : le pauvre était déprimé. Le travail ne marchait pas, Charlotte ne voulait plus de lui, et il envisageait de quitter Paris, non pas pour s'installer en Aveyron, mais pour monter une affaire immobilière à Ibiza.

— À Ibiza? fit Constance, sans pouvoir dissimuler son scepticisme.

— Oui, parfaitement. Tu comprends, là-bas...

— Et Vanessa? demanda-t-elle.

— Et moi? Qui se soucie de moi?

Constance était trop épuisée pour discuter. Elle soupira, incapable de faire face, ce soir-là, à ses arguments spécieux qu'elle connaissait trop bien. Elle comprit qu'elle n'était pas au bout de ses peines quand Pierre ajouta :

— Je pensais que peut-être tu pourrais m'aider.

— Eh bien, tu t'es trompé!

Il prit son air de chien battu, murmura :

— Tu ne m'as jamais aimé.

— Écoute, Pierre, fit-elle, furieuse, je suis fatiguée, je n'ai pas d'argent, et je ne t'ai jamais aimé. Maintenant, je n'ai plus qu'une seule envie : me coucher. Si tu veux, je te montre ta chambre.

Il préféra allumer la télévision et lui reprocha de l'abandonner. Au milieu de la nuit, pourtant, alors qu'elle dormait profondément, une présence la réveilla. Elle faillit crier, reconnut Pierre, assis sur le bord du lit, qui glissait une main sous la couverture. Elle s'emporta, le reconduisit jusqu'à sa chambre, ferma la sienne à clef.

Le lendemain, alors que Constance pensait au rendez-vous manqué avec Antoine, Vanessa arriva de Rodez et se montra folle de joie en découvrant son père. Constance, qui avait, malgré tout, espéré un moment rejoindre Antoine, en fut pour ses frais : il ne fut pas question de quitter la maison, sinon pour aller au restaurant, au grand désespoir de Marie. Là, Constance comprit qu'à Paris sa fille, pendant les vacances, faisait tout ce qu'elle voulait, sortait le jour et la nuit. Elle n'en fut pas vraiment surprise, mais cette connivence entre Pierre et Vanessa lui donna l'impression d'une grande solitude. Pierre, heureusement, ne parla pas d'Ibiza devant sa fille. Quand il lui proposa de partir pour Millau faire des courses, Constance ne trouva pas la force de les suivre.

— Je roule toute la semaine, s'excusa-t-elle.

Ils n'insistèrent pas et elle eut l'impression qu'ils n'étaient pas fâchés de se retrouver seuls.

Pendant leur absence, elle téléphona à Antoine qui lui parut soucieux. On lui avait apporté un circaète jean-le-blanc — un rapace mangeur de serpents — gravement blessé par un coup de fusil, qu'il ne sauverait certainement pas. Elle lui dit qu'elle était désolée de cela, et surtout de ne pouvoir le rejoindre, alors qu'elle avait attendu ce moment toute la semaine.

— Je suis toujours près de toi, tu le sais bien, dit-il.

— Oui, Antoine, je sais.

Pourtant il y avait une distance dans sa voix, comme si quelque chose le préoccupait. Elle raccrocha, encore plus mal qu'avant son coup de téléphone. Elle se dit qu'après ce week-end gâché, elle ne pourrait repartir sur les routes sans l'avoir revu, puis elle se résigna, furieuse, à attendre le retour de Vanessa et de Pierre qui ne rentrèrent qu'à six heures du soir.

Pierre ne quitta la Retirade que le lundi matin et proposa de déposer Vanessa à Rodez. Entre-temps, il était revenu à la charge, offrant à

186

Constance de l'associer à son affaire : la construction et la promotion d'un ensemble immobilier pour touristes branchés. Elle refusa, bien sûr, et elle dut une fois de plus écouter ses discours sur son prétendu égoïsme et la manière qu'elle avait de mener sa vie sans se soucier de ses proches.

— Tu nous as déstabilisés, ta fille et moi, conclut-il avec une véritable indignation.

— Ça fait vingt ans que tu me déstabilises, toi, répliqua-t-elle. Alors s'il te plaît, ne reviens jamais ici.

Il la regarda comme si elle le poignardait et reprit cet air de victime qu'elle ne supportait pas. Devant Vanessa, Constance fit en sorte cependant de contenir sa colère, mais elle fut vraiment soulagée quand la voiture de sport rouge dont Pierre lui avait, la veille, vanté les qualités dans la cour, disparut à l'angle du portail.

C'est vrai qu'il était préoccupé, Antoine, mais pas du tout pour les raisons que Constance avait imaginées. Quand elle lui avait téléphoné, il revenait de Rodez, où il était allé voir le spécialiste qui avait examiné José-Luis la semaine précédente, afin de connaître le résultat des examens médicaux qui s'étaient révélés nécessaires. Le verdict avait été sans appel : le vieil Espagnol n'avait pas plus d'un an à vivre.

— C'est à vous de voir s'il faut lui dire ou pas, avait soupiré le médecin. Quant à moi, ça ne me paraît pas indispensable.

— On ne peut pas tenter une opération ?

— Ça ne servirait à rien. Mais vous savez, à cet

âge-là, il y a des organismes qui résistent plus longtemps.

Antoine n'avait pas eu la force de poser d'autres questions. Il était reparti, se demandant s'il fallait parler à son père, l'empêcher de fumer ses cigarettes, et il n'avait pas trouvé de réponse. Quand il était arrivé à Massobre, José-Luis était dans l'atelier. C'est à ce moment-là que Constance avait téléphoné. Comme il ne savait quoi dire, Antoine avait parlé du circaète, mais il était certain que sa voix avait trahi ce qu'il voulait cacher.

Puis il était allé dans l'atelier, avait regardé son père penché sur l'établi : il limait une pièce de serrure, sans doute pour la volière, et il respirait mal, comme à son habitude. José-Luis ne l'avait pas entendu arriver. Antoine s'était éclairci la gorge et son père, lentement, s'était tourné vers lui. Il n'y avait pas de peur, dans ce regard, seulement une telle confiance qu'Antoine en avait été bouleversé.

— Alors ? avait demandé José-Luis. Qu'est-ce qu'il dit, l'homme ?

— Rien, avait répondu Antoine.

Puis il avait ajouté :

— Bronchite, comme toujours.

Le regard de José-Luis s'était durci. Il avait murmuré :

— Les autres, peut-être, mais pas toi, petit.

Fouillé par le regard sombre, Antoine avait cillé, et quelque chose de précieux, de vivant et de tendre avait vibré en lui.

— Qu'est-ce que ça change ? avait-il dit.

— Rien. Mais toi, petit, tu ne dois pas changer.

Au seuil de la mort, le vieil Espagnol ne pensait

qu'à son fils. Peu lui importait son sort : la seule chose qu'il voulait, c'était que leurs rapports ne changent pas. Il souhaitait que son fils demeure le même, tel qu'il l'aimait. Antoine avait été obligé de sortir de l'atelier pour ne pas montrer l'émotion trop forte qui l'avait submergé, ne plus voir le vieil homme courbé sur son établi comme il se penchait, l'été, sur ses poireaux ou ses tomates.

Ils en avaient reparlé le soir à table, tous les deux, face à face. À la fin du repas, José-Luis avait demandé doucement :

— Combien ?

— Combien quoi ?

— Combien de temps ?

Antoine s'était efforcé de ne pas détourner son regard, avait murmuré :

— Un an.

José-Luis avait baissé la tête, puis il avait dit tout bas, si bas qu'Antoine avait à peine entendu :

— C'est bien comme ça.

Rien de plus. José-Luis était parti se coucher de bonne heure, comme à son habitude, laissant Antoine avec la pensée douloureuse et terriblement présente que la seule chose qui aurait été vraiment belle eût été d'accompagner son père là où la maladie allait le mener, de le suivre jusqu'au bout. Parce qu'il était finalement inimaginable de continuer de vivre après un tel abandon : ne pas tenir le bras de son père quand il en aurait le plus besoin, quand la peur serait là et qu'il chercherait le bras ou la main, qu'il n'y aurait plus rien qu'un grand seuil inconnu vers lequel à deux, peut-être, il serait plus facile de marcher.

Antoine avait beau tenter de n'y plus penser, ce soir-là, il n'avait pu réussir à se défaire de l'image d'une main qui battait dans l'ombre et ne rencontrait que le vide. Il quitta son bureau devant lequel il était assis sans pouvoir travailler, passa dans l'atelier où il avait installé le circaète, dans une petite cage, après l'avoir soigné. Il n'avait pas eu le temps de l'emmener à Millau, mais il avait pratiqué les premiers soins : posé une attelle sur l'aile, enlevé le plus de plombs possible. Celui-là aussi était perdu, Antoine en était sûr. À supposer que son aile se ressoude, il avait pris trop de plombs dans le corps et il mourrait de saturnisme, car on ne pouvait pas les extraire tous. Ni Antoine, ni personne.

L'oiseau, une sorte de petit aigle avec une grosse tête de busard et des yeux jaunes, était appuyé du côté droit de la cage, légèrement penché vers l'avant comme s'il n'avait plus la force de maîtriser l'équilibre de son corps. Antoine pensa qu'il ne passerait pas la nuit. Il s'assit sur un tabouret à côté de la cage, se mit à lui parler :

— Toi aussi tu voudrais redevenir comme avant, hein ? C'est impossible, mon pauvre.

Le rapace avait tourné la tête vers lui, ouvert grands ses yeux jaunes, écouté Antoine. Celui-ci parlait, parlait, et il ne savait plus s'il parlait à l'oiseau ou à son père. Il lui disait tous ces mots qu'il n'avait jamais prononcés — ceux qu'on ne prononce jamais et qui, seuls, pourtant, secourraient la main qui cherche dans l'ombre, vainement.

À la fin, Antoine ouvrit la cage, et, sans même enfiler ses gants, il prit le rapace qui ne se défendit pas.

— Ça va te soulager, lui dit-il.

Il lui fit une piqûre, lui parla encore un peu, le remit dans sa cage. L'oiseau ferma les yeux. Antoine attendit quelques minutes, puis il alla se coucher, non dans sa chambre, mais sur le divan. Il se releva à plusieurs reprises, cette nuit-là, à la fois pour aller dans l'atelier et pour s'arrêter un instant, au retour, devant la porte de son père.

Le matin, quand il se leva, il était persuadé que le rapace serait mort. Mais non : il avait les yeux ouverts et se tenait ferme sur ses pattes. Antoine découpa de la viande et la lui donna. Ce n'était pas exactement ce dont se nourrissait ce rapace mangeur de serpents, mais il prit quand même la viande en lanières tendue par Antoine et il l'avala goulûment.

À peine avait-il terminé qu'Antoine entendit son père dans la cuisine et le rejoignit. Le vieil homme souriait. Antoine s'installa face à lui pour boire son café. Pour la première fois depuis long-temps, José-Luis se mit à parler de l'Espagne.

Enfin ils s'étaient retrouvés pour une longue marche, un samedi après-midi de la fin février. Le temps avait molli. Le vent ne soufflait plus du nord mais du sud-ouest, et l'on avait l'impression, déjà, qu'il n'y avait jamais eu d'hiver. Si Constance était fatiguée par ses périples inces-sants, elle avait accepté sans hésiter de parcourir le coin du Méjean qu'elle ne connaissait pas, et dont Antoine lui avait vanté la beauté étrange.

— Tu verras, avait-il dit, il y a deux hameaux abandonnés : la Bégude Blanche et le Fretma. Tout le monde est parti mais les maisons sont encore debout, habitables. Il suffirait de les nettoyer et de les meubler.

Dans la voiture, Constance n'avait pu s'empêcher de lui parler de ses difficultés avec les détaillants, de l'énergie qu'elle dépensait sur les routes, et des commandes qui, malgré tout, ne repartaient pas, alors qu'on avait maintenant les moyens de bien travailler. Il l'avait rassurée de son mieux, sans trouver la force de parler de son père.

Là-haut, sur le plateau, malgré le soleil, il y avait encore des nielles de neige dans les coins d'ombre exposés au nord, au creux des dépressions et au revers des talus. Le Méjean semblait une grande paume de main nue ouverte sous le vent, où seuls les cals gris des rochers avaient résisté à l'hiver, comme ils résistaient depuis toujours. Antoine avait dépassé Drigas, continué sur la route étroite jusqu'à Nivoliers, un village gris d'où toute vie semblait absente, puis il avait pris un petit chemin qui montait vers une carrière abandonnée.

Ils avaient laissé là le 4 × 4, étaient partis dans une grande étendue lunaire qui basculait à son sommet vers une terre moins aride. D'ailleurs, on apercevait au loin des promontoires de sapins d'un vert très sombre, qui se dressaient comme des proues de navires vers le ciel. Ils gagnèrent un chemin raviné qui les hissa vers une éminence ronde d'où ils descendirent dans une combe envahie par des pins d'Autriche, ils marchèrent un long moment en silence, puis Antoine tendit la main vers la droite en disant :

— Regarde !

Dans un creux, blottis à proximité d'un point

d'eau encerclé par des alisiers et des noisetiers, des corps de bâtiment couverts de lauzes semblaient dormir là depuis la nuit des temps. Des coursives voûtées les reliaient les uns aux autres, et le tout, à moitié écroulé, formait comme une île perdue dans l'océan des monts dont les vagues grises roulaient à perte de vue.

Antoine prit la main de Constance et l'entraîna vers le bâtiment principal, l'aida à monter les marches de pierre polies par les ans, poussa la porte et pénétra dans une pièce sombre au fond de laquelle il y avait une cheminée basse. Des traces de foyer éteint témoignaient de présences passagères.

— Aujourd'hui, c'est un abri pour les promeneurs de grande randonnée, dit Antoine. Avant, c'était une halte pour les colporteurs du Méjean. Des hommes et des femmes ont vécu ici pendant des siècles.

Constance se demandait pourquoi il l'avait emmenée là. Elle ressentait une sensation étrange à se trouver seule avec Antoine en ces lieux que tant d'êtres avaient habités avant de les abandonner. Pourquoi ? Pour qui ? Pour aller où ?

— On croit que la vie est ailleurs, toujours, dit Antoine. Ne peut-on être heureux n'importe où ?

— Même ici ? demanda-t-elle.

— Mais oui, regarde.

Sur les murs, des inscriptions laissées par des voyageurs apparaissaient, maintenant, à mesure que les yeux de Constance s'habituaient à la pénombre. L'un d'eux avait passé tout un été là, un autre trois jours. Il y avait partout des initiales et des dates. C'était curieux, cette impression de se trouver dans un lieu désert, mais peuplé de présences invisibles venues là pour voisiner avec une permanence séculaire, qui défiait le temps.

— Nous aussi, dit Antoine.

Il se mit à graver sur le crépi ses initiales, et il semblait si heureux que Constance se demanda s'il ne l'avait pas emmenée là uniquement dans ce but. Elle fit de même, puis Antoine entoura les lettres d'un cercle qui les isola des autres inscriptions. Il la prit dans ses bras, lui dit :

— C'est ici qu'il faudrait vivre.

— Si loin de tout ?

— Rien que nous, le ciel et les oiseaux.

Il réfléchit un instant, ajouta :

— Il y a de l'eau, une cheminée, des murs et un toit. Est-ce que tu pourrais vivre ici avec moi ?

Elle se troubla, ne sachant s'il était sincère ou s'il voulait la mettre à l'épreuve. Mais elle connaissait ce besoin d'absolu qui le poussait à ne fréquenter que des hauteurs difficilement accessibles, tout ce qui le rapprochait du ciel et des oiseaux.

— Oui, je pourrais, mais pas comme ça, pas si vite.

Il sourit, la serra contre lui une nouvelle fois, l'entraîna dehors sans un mot. Il la conduisit vers la fontaine, près de laquelle ils s'assirent sur deux pierres qui n'étaient pas là par hasard. D'autres, avant eux, s'étaient assis à cet endroit pour écouter l'eau, le bruissement des feuillages, ou regarder tomber la nuit.

— On est bien, à l'abri du vent, dit Antoine. Nous irons au Fretma un autre jour.

— Oui, dit-elle, mais elle ne cessait de penser à

sa réponse quand Antoine l'avait interrogée sur la possibilité de vivre ici avec elle, et elle s'en voulait de n'avoir pas été assez forte pour accepter sans la moindre réserve.

Elle sentait contre elle le bras d'Antoine, le bracelet de cuivre rouge, se demandait si elle ne les avait pas perdus il y avait quelques instants, et cette idée lui paraissait insupportable. Elle ne pourrait pas vivre sans lui, elle le savait. Cependant, par moments il lui semblait qu'il lui échappait, qu'il n'était pas d'ici, et alors son cœur s'affolait, une angoisse montait en elle, qu'elle ne pouvait combattre.

Pourtant Antoine paraissait heureux, souriait. Il leva la tête et lui désigna de la main un grand vol qui égratignait le bleu du ciel :

— Les oies sauvages remontent déjà, dit-il, l'hiver est fini.

Elle leva la tête elle aussi, regarda disparaître les oiseaux à l'horizon, en éprouva comme un regret.

— On ne les voit plus, dit Antoine, et pourtant elles continuent de vivre quelque part, loin de nous. On peut toujours penser qu'elles reviendront. Du moins certaines.

Il ne faisait pas froid. On entendait la terre se remettre à vivre, grésiller, se débarrasser des souillures de la saison froide. Constance s'allongea, attira Antoine sur elle, ouvrit grands les yeux sur le ciel d'un bleu épais, chaleureux, dans lequel passaient toutes les promesses du printemps qui approchait. Elle le serra très fort, à briser ses os, murmura :

— Si je te perdais...

Elle ne put achever car il l'avait bâillonnée de

sa bouche. Elle se laissa emporter comme les oiseaux par le vent, simplement heureuse de le sentir contre elle, en elle, unis dans un voyage qui les menait toujours plus loin.

16

Depuis une semaine, il ne s'était pas arrêté de pleuvoir. C'était la grande débâcle de l'hiver, un essorement inlassable du ciel qui se déversait sur les causses et dans les vallées avec une violence très inhabituelle, gonflant les eaux des ruisseaux et des rivières. Sauvagnac était en émoi car la Serre avait débordé jusqu'à la promenade, inondant les maisons les plus basses et la mégisserie du maire qui se trouvait au bord de l'eau, en aval. Les efforts déployés, ceux des pompiers comme ceux de la population appelée en renfort, avaient été vains.

Lorsque Constance rentra, le vendredi soir, c'est à peine si elle reconnut le village bas, tant il était souillé par les eaux et la boue. D'abord elle ne s'y attarda pas, car elle voulait à tout prix parler à Anselme, mais, quand elle l'eut rejoint, celui-ci, oubliant leurs propres difficultés, sembla ne se soucier que des dégâts des eaux. Constance avait cependant beaucoup de mal à trouver de nouveaux clients. On aurait dit qu'ils s'étaient tous passé le mot, et elle mesurait combien est fragile la réputation d'une entreprise. C'est de cela qu'elle voulait entretenir Anselme qui, maintenant qu'il avait obtenu gain de cause, forgeant ses lames et montant ses couteaux comme il le souhaitait, réagissait à la manière du père Pagès : la qualité suffisait pour vendre.

— Pourtant, je n'y arrive plus, dit Constance.

— Fallait pas forger des lames ailleurs que chez nous.

Fort de ses convictions, il se montra rassurant :

— Ça va repartir, ne t'en fais pas.

— Quand ça repartira, il sera trop tard.

Anselme soupira, demanda :

— Tu crois pas que Delpeuch est plus à plaindre que nous ?

Constance faillit s'étrangler :

— Le maire ? À plaindre ? Tu te moques de moi ?

— Ça risque de l'achever, dit Anselme. Crois-moi, il n'avait pas besoin de ça.

— Et nous ? Sais-tu que j'ai eu le comptable chaque jour au téléphone cette semaine ?

— Je m'en doute.

— Tu sais alors que les traites des machines tombent en même temps que les salaires, et que je ne pourrai sans doute pas faire face aux échéances de la fin du mois ?

— Oui, admit Anselme, je sais tout ça, mais je te parle du village, moi. Ce qui est mauvais pour le village est mauvais pour nous : si la mégisserie ferme, nous aussi nous fermerons un jour.

— Qu'est-ce que tu es en train de me dire ?

— Qu'il faut l'aider.

— Qui ça ? Le maire ?

— Le maire et le village.

— Et comment, s'il te plaît ?

— En envoyant des ouvriers pour le nettoiement.

— Tu plaisantes?

— Non.

— Jamais! dit Constance. Je n'enverrai jamais l'un de mes ouvriers aider ce type qui a failli me faire tout perdre.

— Tu as le temps de réfléchir jusqu'à lundi, lança Anselme en la quittant.

Furieuse, Constance s'en alla à la Retirade pour s'indigner devant Marie de ce que lui avait dit Anselme, mais, contrairement à ce qu'elle croyait, elle ne trouva pas une oreille attentive.

— Pourquoi est-il installé si près de la rivière, aussi? fit-elle alors, avec une mauvaise foi évidente.

— Tu sais bien qu'il faut beaucoup d'eau pour traiter les peaux. Toutes les mégisseries, chez nous, sont au bord des rivières.

Ce qui exaspérait le plus Constance, c'était de constater à quel point on semblait autour d'elle porter plus d'attention aux problèmes du maire qu'aux siens. Et pourtant, le lendemain matin, elle avait rendez-vous à la banque, à Rodez, pour tenter d'obtenir un découvert important. Elle mangea à peine, monta dans sa chambre, dormit très mal, s'appliquant dans un mauvais rêve à développer ses arguments devant un banquier qui ne l'écoutait pas, ne voulait rien entendre de ses explications et prononçait du même coup la faillite de l'entreprise Pagès.

Le lendemain matin, quand elle se leva, il pleuvait encore. Elle téléphona à Antoine, et ils convinrent de se retrouver à Massobre l'après-midi.

— Souhaite-moi bonne chance, dit-elle.

— Ne t'inquiète pas, tout ira bien. Ils ne te

198

lâcheront pas, puisqu'ils ont une hypothèque sur la Retirade.

Elle partit réconfortée, arriva très confiante chez M. Bonnafous dont le sourire, cependant, ne lui plut guère.

— Alors, ma petite dame, fit-il, ça ne va pas?

— Ne m'appelez pas ma petite dame, fit Constance, glacée, mais madame Pagès, c'est compris?

Ça commençait très mal. Le banquier, vexé, prit une distance hautaine qui acheva d'excéder Constance.

— Je ne vous demande pas l'aumône, dit-elle, mais un découvert avec des agios.

— Et le mois prochain, ce sera quoi?

— Le mois prochain on verra. D'ici là, les choses se seront arrangées.

— Vous pouvez me dire comment?

— Avec de nouvelles commandes.

— Il faut que j'en réfère à la caisse régionale.

— Référez-en, monsieur, je vous en prie.

— Si vous voulez m'attendre à côté pendant que je téléphone.

Constance faillit l'insulter, se retint au dernier moment, patienta pendant vingt minutes dans le hall d'entrée, soupçonnant Bonnafous de la faire lanterner pour l'humilier davantage. Enfin il rouvrit sa porte et l'invita à entrer de nouveau.

— C'est entendu, dit-il, mais la limite est fixée à cinq cent mille francs, et les agios à 8 %.

— Vous vous moquez de moi? Je me suis renseignée, figurez-vous. Ce taux-là, c'est pour ceux qui n'ont pas de garantie. Moi je vous ai consenti une hypothèque, je vous le rappelle.

— Je n'y peux rien, fit le banquier, toujours

aussi hostile : c'est la décision de la caisse régionale.

— Eh bien, je vais prendre rendez-vous avec le directeur.

— Vous pouvez toujours essayer.

— Non seulement j'essaierai, mais je l'obtiendrai, ce rendez-vous, croyez-moi.

— Ce n'est pas un rendez-vous qui réglera vos problèmes, grinça Bonnafous. Je sais par expérience que quand on commence à fonctionner avec des agios, ça se termine toujours mal.

— Je me passerai de votre avis, si vous voulez bien.

Constance ne supportait plus de le voir sanglé dans ses costumes trois-pièces, de ressentir sa suffisance, ce besoin qu'il avait d'afficher une supériorité injustifiée, d'agir d'une manière qui lui rappelait trop les rapports de force auxquels elle était confrontée à Paris.

Elle le planta là, claqua la porte derrière elle, furieuse mais soulagée, au fond, d'avoir obtenu l'essentiel. Sur la route du retour, il pleuvait toujours. C'est à peine si elle apercevait les collines dont les si belles couleurs de l'automne avaient depuis longtemps disparu. Tout était gris, sans relief, sans couleur, et elle allait devoir repartir sur les routes le mercredi suivant. Elle frissonna, eut très froid, tout à coup, puis elle pensa à Antoine et à l'après-midi qui l'attendait devant la cheminée de Massobre en sa compagnie. Alors seulement elle parvint à sourire.

Quand elle y arriva vers trois heures, Antoine n'était pas encore là. Ce fut José-Luis qui ouvrit la porte et qui la conduisit jusqu'au salon où, effectivement, une bûche flambait dans la cheminée. Elle s'en approcha, s'assit tout près, sur un fauteuil, tendit les pieds vers les flammes.

— Tu as froid, ma fille ? demanda José-Luis.

Lui aussi, comme Marie, l'appelait « ma fille », avec dans sa voix à lui une sorte d'adoration si humble qu'elle en était chaque fois bouleversée.

Il ajouta, aussitôt, sans attendre sa réponse :

— Je vais remettre du bois.

— Merci, dit Constance, heureuse de se trouver là, avec ce vieil homme si simple, si fragile, aussi, dont le sourire valait tous les bonheurs du monde.

Elle le regarda attiser les flammes et savamment disposer ces longues bûches de chêne qui sentaient si bon. Puis il se redressa, lui fit face et, humblement, de nouveau, demanda :

— Je peux m'asseoir ?

— Bien sûr, dit Constance. Voyons, José, vous êtes chez vous, ici.

Le vieil homme s'assit, la regarda un moment en silence et elle eut l'impression qu'il voulait lui confier quelque chose, mais n'osait pas.

— Ça va, José ? lui demanda-t-elle.

— Oui, ça va, répondit-il d'une voix qu'il voulait ferme et qui ne l'était pas vraiment.

Puis il ajouta, aussitôt, plus bas :

— Faudra bien t'occuper du petit.

D'abord elle ne comprit pas ce qu'il voulait dire, puis elle devina dans ses mots un aveu d'une extrême gravité.

— Il est grand, le petit, dit-elle en souriant.

— Bientôt, je ne serai plus là.

— Allons ! José, qu'est-ce que vous dites ?

— Je suis vieux, fit-il en haussant les épaules.

Il soupira, ajouta :

— Faudra rester avec lui, eh! C'est un bon petit, tu sais.

— Bien sûr, fit Constance, émue par ces quelques mots prononcés avec une pudeur infinie et derrière lesquels, elle en était sûre, à présent, se cachait une vérité indicible.

Elle se demanda si Antoine savait, mais n'eut pas le temps de s'interroger davantage, car le moteur d'une voiture se fit entendre devant la maison et José-Luis se leva en disant :

— Le voilà.

Il disparut dans l'atelier au moment où Antoine pénétrait dans le salon.

— Excuse-moi, dit-il, mais j'ai été retardé par un accident. Avec ce temps, les routes sont tellement mauvaises.

Comme il n'était pas question d'aller marcher, ils s'installèrent sur le divan, Antoine assis, Constance allongée, la tête sur ses genoux.

— Il t'a parlé? demanda Antoine aussitôt.

— Qui ça?

— Mon père.

— Il me tenait compagnie, dit Constance. Il ne se confie guère, tu sais bien.

Antoine n'insista pas, préféra lui demander comment s'était passé son rendez-vous à la banque. Elle lui raconta son entrevue avec Bonnafous, et surtout les difficultés qu'elle rencontrait avec les détaillants lors de chacun de ses voyages.

— Qu'en dit Anselme?

— Il dit que ça va s'arranger, que la qualité fait vendre, qu'il faut être patient.

— Je crois qu'il a raison.

— Il prétend aussi, Anselme, qu'il faudrait envoyer nos ouvriers pour aider le maire à nettoyer sa mégisserie. C'est une drôle d'idée, tu ne trouves pas ?

— Non, je ne trouve pas. Ce serait une bonne occasion de te montrer solidaire du village, parce que tu vis un peu trop à l'écart.

Constance sursauta, s'assit, demanda :

— Moi ? À l'écart ?

— Tu ne participes à rien, tu vis dans un isolement qui ne t'attire pas que des sympathies.

— Tu sais bien que je n'ai pas le temps.

— Mais oui, je sais. Ce n'est pas un reproche, c'est seulement un constat.

Constance était sur le point de plaider sa cause quand José-Luis apparut et fit signe à Antoine de le rejoindre. Celui-ci prit la main de Constance, l'invita à les suivre. Sans un mot, José-Luis les précéda vers la terrasse où se trouvait la volière, s'arrêta devant la porte, montra quelque chose du bras. Antoine ouvrit la porte, ramassa un oiseau mort dont la tête pendait lamentablement, puis il ressortit.

— C'est le circaète, dit-il à Constance.

Elle remarqua que ses mains tremblaient, admira les belles plumes marron soulignées par des petites plages blanches qui allaient s'élargissant vers le poitrail.

— Je l'ai soigné comme je l'ai pu. Il est mort à cause de la nourriture : il ne mange que des serpents ou des lézards.

Antoine ajouta, après un soupir :

— De toute façon, il serait mort de saturnisme.

Ce qui étonnait le plus Constance, c'était ce

besoin de justification qui émanait de lui. Il ne parvenait pas à lâcher le rapace, caressait les plumes, passait ses doigts sous elles, grattait le sommet du crâne, étirait les ailes, comme si la vie, encore, pouvait renaître dans ce corps qui demeurait si beau. Ce fut José-Luis qui le lui enleva des mains en disant :

— Je vais m'en occuper.

Constance et Antoine entrèrent dans la maison et, de nouveau, une fois sur le divan, elle posa la tête sur ses genoux.

— C'est vraiment difficile de ne pas pouvoir les sauver, murmura Antoine. Même quand ils sont vieux, comme celui-là.

Il se mit à parler des rapaces pendant un long moment, de leurs mœurs, de leur nidification, de leurs cris, de leurs maladies, de la manière qu'ils avaient de souffrir en silence, et Constance eut la conviction qu'il pensait à son père. Elle lui en voulut un peu de n'être pas capable de se confier à elle, puis elle songea que c'était sans doute parce qu'il ne voulait partager que le meilleur. Elle comprit qu'il ne lui en parlerait jamais, regretta de l'avoir entretenu de ses soucis, et elle se demanda si elle le méritait vraiment.

Comme s'il avait lu dans ses pensées, il la prit par la main et l'emmena dans sa chambre où ils demeurèrent, blottis l'un contre l'autre, jusqu'au soir. Le contact de la peau chaude d'Antoine avait fait oublier à Constance ce qui existait ailleurs que dans cette pièce blanchie à la chaux, d'un extrême dénuement, où il faisait si bon vivre et aimer. Là, Constance se sentait invincible. Encore étonnée d'avoir cet homme tout à elle, elle se demandait comment elle avait pu vivre avant lui.

— À quoi penses-tu? fit Antoine.

— Je me demandais comment j'ai fait pour vivre avant toi.

— Tu as fait semblant de vivre, comme tout le monde.

— Et toi?

— Moi, je n'existais pas.

Elle se souleva sur un coude pour savoir s'il plaisantait, s'il y avait un sourire sur ses lèvres. Mais non : il paraissait grave, le regard dirigé vers la fenêtre, fixement.

— Alors il n'y aura jamais d'après? fit-elle.

Il tourna la tête vers elle, et dit doucement :

— Quoi qu'il arrive, il n'y aura pas d'après. Nous volerons toujours l'un près de l'autre, comme des oiseaux.

Le lundi matin, Constance donna à Anselme l'autorisation d'envoyer quatre ouvriers chez le maire, à condition qu'il les accompagne. Comme elle avait décidé de repartir le mercredi, elle passa la journée à organiser sa tournée, à prendre des rendez-vous avec les détaillants, à réserver des chambres d'hôtel, à consulter des cartes. Pourtant, dès le début de l'après-midi, elle se sentit mal et dut se coucher, brûlante de fièvre. Marie voulut appeler le médecin, mais Constance refusa.

— Geneste, ici, dans ma maison? Certainement pas. Ne t'inquiète pas. Ça ira mieux demain.

Elle ajouta, avant de se glisser dans son lit :

— Je suis sûre que tu connais un remède de grand-mère qui sera plus efficace que tous les médicaments de la terre.

— Compte sur moi, dit Marie. Demain, tu seras sur pied.

Elle versa dans un bol de lait bouillant dix gouttes de teinture d'iode puis y trempa le tisonnier rougi. Elle porta le bol à Constance qui tremblait comme une feuille, la fit boire malgré ses grimaces et lui recommanda de bien se couvrir pour suer.

— Un remède qui remettrait debout un cheval mort, dit Marie.

Le lendemain, cependant, Constance ne put se lever. Elle dut appeler le médecin de Sévérac, un homme d'une quarantaine d'années qui diagnostiqua une très forte grippe, prescrivit une longue liste de médicaments et décréta un arrêt de travail de huit jours.

— Huit jours ? s'insurgea Constance, vous n'y pensez pas : il faut que je parte demain.

— Si vous partez demain vous n'irez pas loin, répondit-il en rédigeant son ordonnance.

Puis, méthodique et glacé, il rangea sa sacoche, prit son chèque, salua et partit sans autre commentaire.

— Décidément, ils se ressemblent tous, dit plus tard Constance à Marie.

Elle tenta de sourire mais elle n'y parvint pas, tant elle se sentait mal. Alors, tout à coup, elle n'eut plus envie de lutter, de partir sur les routes, de quitter cette chambre. Elle eut envie de s'abandonner, de faire une pause, de se laisser aller comme jadis dans la tendresse de son père et de sa mère quand elle était malade, qu'ils se succédaient près de son lit, que les heures ne passaient plus et qu'elle s'imaginait que rien ne la priverait jamais de cette tendresse, de ce refuge.

— On n'a plus d'édredon ? demanda-t-elle à Marie quand celle-ci lui porta ses médicaments.

— Si. Il doit être dans l'armoire.

— C'est le mien ?

— Oui, je crois.

Constance le reconnut sans peine, cet édredon rouge qui l'avait protégée de tout ce qui était menaçant dans le monde de son enfance, et, en fermant les yeux, quand Marie descendit, elle crut que c'étaient les pas de sa mère qu'elle entendait. Il y eut alors en elle un ébranlement si profond qu'elle eut la sensation d'avoir huit ans, qu'elle sentit des parfums de vanille, de grog au rhum, de cataplasme à la moutarde, de pastilles Valda, de sirop, la panoplie des remèdes utilisés par sa mère — et par Marie, déjà — pour la guérir, alors que son plus grand désir était de ne jamais guérir, de rester là blottie, et d'être aimée, soignée, de croire que rien de tout cela ne finirait.

Pendant l'après-midi, elle demanda à Marie si elle possédait toujours une bouillotte.

— Va en acheter une, s'il te plaît, dit-elle quand celle-ci lui eut répondu qu'elle n'en avait plus.

— Toi, alors, vraiment ! soupira Marie qui s'exécuta pourtant avec plaisir, comme si les caprices de Constance n'étaient qu'une reconnaissance un peu tardive du monde dans lequel elle vivait, elle, depuis toujours.

La bouillotte qu'elle rapporta n'était ni en céramique ni en métal, mais en une sorte de caoutchouc vert, avec un bouchon vissant comme trente ans auparavant. Ce détail suffit à Constance pour passer le reste de l'après-midi dans une quiétude qui était au-delà du bonheur, la bouillotte serrée contre elle, cherchant les traces et s'approchant à le frôler de ce qui avait été et ne serait plus jamais. Dans cette quête éperdue et merveilleuse, par moments un éclair de lucidité la faisait se moquer d'elle : « Un psychiatre parlerait de régression », se disait-elle. Mais, très vite, elle repartait dans ces territoires qu'elle connaissait de mieux en mieux, maintenant, et dont la lumière était plus chaude qu'à l'intérieur de sa propre conscience. Au diable les psychiatres ! Cette lumière-là, elle le savait, elle en était sûre, était de celles qui traversaient l'espace et le temps : une lumière qui l'accompagnait depuis toujours et pour toujours.

Une fois la fièvre tombée, elle eut du mal à se lever. Elle s'installa dans le salon, se rassasia de vin chaud aux pommes, de tisanes, de beignets, de douceurs. Marie ne la quittait pas. Constance le savait, elle devrait repartir, mais elle s'accordait encore un répit. C'était bon comme une chute dans de la ouate, comme si elle se redécouvrait, ou plutôt redécouvrait un pan oublié de sa vie, le plus beau, le plus indispensable au vrai bonheur.

Antoine vint le vendredi, se montra désolé de ne pas aller marcher le lendemain. C'était la première fois qu'il entrait à la Retirade, puisqu'ils se retrouvaient d'ordinaire à Massobre. Ils passèrent ensemble la fin de l'après-midi à discuter de tout et de rien. Constance évita de parler de José-Luis et du livre à écrire. Antoine lui dit qu'on lui avait apporté un faucon crécerelle blessé : celui-là, il le sauverait.

— Et l'aigle ? demanda Constance.

— Je vais le donner au centre de soins de Millau. Ce serait trop risqué de le relâcher.

— Non, s'il te plaît, garde-le, dit-elle. Je suis sûre qu'il revolera.

— Je ne pourrai pas le garder éternellement.

— Jusqu'aux beaux jours, d'accord?

Antoine avait accepté, puis il était parti en promettant de revenir dès que possible, et Constance avait replongé dans le domaine sacré de son enfance, fouillant tous ses recoins, plus émue chaque fois des souvenirs qui montaient vers elle en vagues tièdes et parfumées, sachant pourtant qu'elle devrait en sortir, recommencer à se battre, dès le lundi suivant.

Le samedi matin, alors qu'elle faisait des comptes dans la cuisine en présence de Marie, on sonna à la porte. C'était le maire, Sylvain Delpeuch, qui demandait à lui parler. Elle le reçut dans la salle à manger et, à sa grande surprise, elle trouva un homme différent, abattu, humble, méconnaissable. Il venait la remercier de lui avoir envoyé ses ouvriers. Elle n'eut pas le cœur de lui faire payer en paroles sa conduite des premiers mois, quand il ne cessait de la menacer.

— Je ne sais pas si je pourrai redémarrer, dit-il.

— Vous êtes assuré, je suppose.

— Oh! les assurances, ça ne fait pas tout.

Puis il demanda, après un soupir :

— Et toi, comment ça va?

— C'est difficile, mais je me bats.

— Oui, il faut te battre, dit-il. Si nous mettions tous les deux la clef sous la porte, c'en serait fini de Sauvagnac.

Il sembla sincère à Constance, et elle le raccompagna jusqu'à sa voiture. C'était la première fois qu'elle sortait depuis une semaine. Il y avait une telle douceur dans l'air, le printemps paraissait si proche qu'elle se sentit toute neuve, soudain, après ce repos forcé de huit jours. Alors elle eut hâte de reprendre le combat.

17

Il durait depuis un mois, ce combat, et l'issue en demeurait toujours aussi incertaine. Pourtant, en cette fin du mois de mars, Constance avait envie de croire en l'avenir, de se réjouir sans arrière-pensée de ces pétillements de lumière, de ces parfums éclos sur les collines, de ces caresses de vent qui venaient la surprendre jusque dans les rues des villes qu'elle visitait. À Sauvagnac, le printemps c'était autre chose : une suavité nouvelle dans l'air, moins de silence sur le causse lustré par le vent, des oiseaux partout occupés, des frémissements d'herbe dans les prés et les champs de la vallée et, dans le ciel, de grandes plages de nuages fins comme du sable blanc.

Mais comment s'y attarder quand le quotidien vous presse et dévore votre temps ? La situation de la fabrique ne s'était pas améliorée, au contraire. Les commandes ne repartaient toujours pas, et tout semblait filer entre les doigts de Constance qui commençait à désespérer. Seul point positif dans ce noir tableau : l'inspecteur du travail avait donné son feu vert. Toutes les installations étaient conformes désormais, d'autant que Constance, marquée par l'accident de son ouvrier, qui n'avait toujours pas repris le travail, avait remplacé la machine défectueuse. À quel prix, cependant! Les traites s'accumulaient, et la banque menaçait de supprimer l'autorisation de découvert si elle ne prenait pas la décision qui s'imposait.

— Laquelle? avait demandé Constance au directeur de la caisse régionale qui lui avait enfin accordé le rendez-vous sollicité plusieurs semaines auparavant.

— Il faut dégraisser, madame.

— Dégraisser?

— Licencier. Ne faites pas semblant de ne pas comprendre.

— Jamais! avait-elle répondu, assommée par ce coup qu'elle n'avait pas vu venir, et qui résonnait douloureusement dans son corps.

— Très vite, madame, avait repris le directeur, imperturbable, sans quoi vous courez à la catastrophe.

— Je vais réfléchir, avait-elle concédé pour éviter de braquer l'homme qui tenait son sort entre ses mains. Laissez-moi un peu de temps.

— Dans trois mois, il sera trop tard.

— Je vous ai consenti des garanties énormes, dit-elle. La Retirade vaut au moins...

— Pas grand-chose, madame, si vos dettes continuent de grandir à la vitesse où elles croissent aujourd'hui. Soyez raisonnable, écoutez-moi, j'ai l'habitude. Débarrassez-vous de trois ou quatre ouvriers et vous verrez que tout ira mieux.

Elle en avait pleuré, pas dans le bureau du directeur, bien sûr, mais seule, sur le chemin de

Mailhebiau où elle était allée puiser des forces pour faire face. La seule idée de mettre à la porte trois ouvriers lui donnait une véritable nausée et avivait un sentiment de culpabilité qui, depuis quelques semaines, ne faisait que croître. Elle seule avait commis des erreurs, elle seule était donc responsable de ce qui se passait. Anselme et Marie avaient beau essayer de la réconforter, elle avait le sentiment qu'ils ne mesuraient pas la gravité de la situation, n'ayant jamais assumé la responsabilité financière de l'entreprise. Antoine, lui, l'aidait de son mieux, cherchait pour elle des appuis à droite et à gauche, mais il n'était pas le mieux placé pour obtenir des rendez-vous qui, d'ailleurs, ne débouchaient que sur de vagues promesses.

Les longues marches avec lui, devenues rares tellement elle était débordée, ne lui procuraient plus l'énergie et le recul nécessaires pour appréhender les difficultés. Elle souffrait encore plus de ne pas le voir aussi souvent qu'elle le souhaitait et cherchait du secours dans les lieux où se trouvaient ses vraies racines, sur le chemin de Mailhebiau le plus souvent. Là, elle s'appliquait à poser ses pas dans ceux de son père, descendait à la source, respirait les odeurs douces de l'Aubrac qui, en cette saison, se gonflait d'une opulence de verdure, engrossé par la fonte des neiges, secoué dans des débâcles d'eau et de vent qui réveillaient la terre endormie, retroussaient les branches des sapins, faisaient ronronner dans les hameaux perdus le canon des fontaines, ensemençaient les friches corrompues par l'hiver.

Tout recommençait, ici, comme elle-même avait recommencé. Seule cette idée lui mettait du baume au cœur. Après le froid, après le déclin, venait la nouvelle saison. Il en serait de même pour elle, puisqu'elle était d'ici, intimement, qu'elle ressemblait à ce pays, qu'elle pensait, luttait, vivait comme lui.

Sitôt redescendue, pourtant, le flot des problèmes la submergeait de nouveau. Elle téléphonait à Antoine qui s'appliquait à l'apaiser :

— Tiens le coup. Accroche-toi. Je suis là.

— Tu viendras dans la journée ?

Il venait, passait une heure à la Retirade, lui parlait des personnes qu'il avait contactées à la chambre de commerce de Rodez, des démarches à entreprendre auprès d'autres banques que le Crédit du Midi, de tout autre chose que ce qui les avait rapprochés. Ils en souffraient l'un et l'autre mais se gardaient bien de le montrer.

Une fois qu'il était reparti, Constance ne pouvait rester seule. Elle discutait avec Marie, avec Anselme, mais ce n'était plus suffisant. Un après-midi, elle descendit dans le village, marcha un moment sur la promenade, puis se rendit à la vieille école dont la cour déserte, chaque fois, la faisait respirer plus vite, l'oppressait, mais, en même temps, réveillait une fibre secrète qui la réconciliait avec le monde extérieur. Rien, pourtant, ce jour-là, ne vint à son secours, et elle rebroussa chemin sans même avoir jeté derrière la vitre de la salle de classe ce regard qui, d'ordinaire, malgré la douleur, lui donnait vraiment le sentiment d'exister.

Le soir, vers sept heures, alors qu'elle venait d'essuyer quelques larmes de rage en reposant le téléphone et qu'elle s'apprêtait à quitter le bureau, on frappa à la porte. C'était Laurent qui, intimidé, mal à l'aise, demandait à lui parler. Elle le fit asseoir, observa un instant les cheveux blonds, le front haut, les yeux clairs, et se sentit transpercée par ce regard, qui, pourtant, n'était pas très assuré.

— Que veux-tu? demanda-t-elle.

Il sourit, murmura :

— Ça va?

— Oui, ça va, fit-elle, étonnée, et toi? Tu as besoin de quelque chose?

Elle se troubla en pensant qu'il s'était rendu compte qu'elle avait pleuré.

— Non, dit-il.

— Alors qu'est-ce que tu veux? demanda-t-elle, agacée.

Il hésita, puis il dit calmement, comme s'il avait préparé ses mots :

— Je suis le dernier qui ait été embauché à l'usine, alors si vous voulez, je peux partir.

Cette évidence, qu'elle n'avait pas envisagée, la foudroya. Elle fit face du mieux qu'elle put et répondit :

— Il n'en est pas question. D'ailleurs, personne ne partira d'ici. Il ne faut pas croire ce que tu entends ici ou là. Je trouverai une solution, comme je l'ai toujours fait.

Il parut surpris et, en même temps, rassuré. Elle sentit qu'il la croyait, qu'il avait confiance en elle.

— Merci, Laurent, dit-elle. Je suis sûre que nous ne nous quitterons jamais.

Elle ajouta, plus bas :

— Si, du moins, tu le veux.

Il hocha la tête, se leva, sourit, referma la porte derrière lui. Une fois seule, il sembla curieusement à Constance qu'elle avait franchi un cap. Si elle ne réussissait pas, jamais elle n'oserait affronter de nouveau ce regard dans lequel elle avait aperçu des papillons de lumière qui l'avaient réchauffée jusqu'au cœur.

Seul sur le Méjean, Antoine venait de relâcher le faucon crécerelle qu'il avait soigné. L'oiseau avait pris son envol sans difficulté et, comme chaque fois, Antoine en avait été soulagé, réconcilié avec lui-même. C'était d'ailleurs une consolation qu'il était venu chercher là, sans Constance qui n'avait pu se libérer, alors qu'elle en aurait eu tant besoin.

Il descendit lentement dans la grande combe où il l'avait embrassée pour la première fois, s'assit sur une roche à l'abri du vent. Autour de lui, les pierres craquaient sous les premiers rayons chauds du soleil, les chardons et les lotiers sauvages se redressaient presque à vue d'œil, et le ciel, là-dessus, pesait toujours étrangement, paraissait plus proche que pendant la saison froide — si proche qu'Antoine, en levant la tête, avait l'impression d'appartenir davantage au bleu de sa voûte qu'au socle sur lequel il était assis. Il songea que c'était un peu la même sensation qu'il avait déjà éprouvée, les soirs d'été, quand, allongé sur le dos, il ouvrait brusquement les yeux sur les étoiles et partait à la dérive entre les galaxies.

Pourtant, aujourd'hui, il avait beau faire, le Méjean lui demeurait étranger. Trop de questions, de soucis encombraient son esprit. Le faucon envolé, l'absence de Constance à ses côtés l'empêchait de larguer les amarres comme il en avait l'habitude, pour ces voyages au-delà de la pesanteur quotidienne qui lui étaient devenus tellement nécessaires. Il s'en voulait, en fait, d'avoir incité Constance à reprendre la fabrique et de la voir se débattre dans les pires difficultés sans lui être d'aucune aide efficace. Il s'en voulait aussi de n'être d'aucun secours à son père qui déclinait chaque jour davantage. Il s'en voulait à lui-même, enfin, de ne pas écrire ces pages sur la guerre d'Espagne qui, lui semblait-il, auraient justifié une vie en train de s'éteindre, tragiquement minuscule, quand elle avait brassé de si grands desseins.

Chaque soir, José-Luis en parlait, de l'Espagne, comme s'il profitait du peu de temps qu'il lui restait pour transmettre à son fils ce qu'il avait vécu, ce en quoi il avait cru, son fol espoir d'alors, ce combat si douloureusement perdu. Antoine savait ce qu'il aurait dû faire : le ramener en Espagne avant qu'il ne meure, vivre près de lui ses derniers jours, l'accompagner jusqu'au bout du voyage. Mais il y avait Constance et il ne voulait pas l'abandonner. Il avait besoin d'elle, de l'entendre, de la voir, de la toucher, chaque jour. Les deux êtres qu'il aimait le plus au monde étaient tous les deux en péril et il ne pouvait aider l'un sans trahir l'autre.

Il soupira, se leva et regarda au loin le bois de sapins dont le vert sombre tranchait sur la rocaille grise. Sans songer vraiment à ce qu'il faisait, il se mit en route dans cette direction, comme si cette île verte représentait le port dont il avait besoin pour prendre une décision. Il avançait rapidement vers les sapins, seul au monde, perdu dans l'immensité du causse, levant de temps en temps la tête vers le ciel où il n'y avait pas d'oiseaux. Pourtant, les vautours n'étaient pas loin, sans doute occupés sur les aires à leurs amours de printemps.

Plus il avançait et plus les sapins semblaient reculer. C'est que la distance, sur cette étendue sans repères, était très difficile à évaluer. Il comprit qu'il n'arriverait nulle part à marcher de la sorte, qu'il n'y avait pas d'issue sur ces terres, aujourd'hui, pas plus que dans le ciel. Ceux qui avaient besoin de lui étaient ailleurs. Il fit demi-tour, s'étonna de se trouver si loin du 4 × 4 dont il apercevait vaguement la forme sombre là-bas. Sur sa droite, à l'horizon, une sorte de trouée dans les pins était la voie d'accès au Fretma où il aurait dû aller avec Constance, comme il le lui avait promis. Mais tout cela lui parut dérisoire, et il marcha plus vite vers sa voiture pour rejoindre ceux qui, sans doute, l'attendaient.

Constance avait promis de venir à Massobre ce soir. Ou, plutôt, c'était lui qui le lui avait fait promettre. Viendrait-elle seulement ? Depuis quelques jours — quelques nuits —, elle semblait le fuir. Il ne lui en voulait pourtant pas : elle avait décidé de lui donner le meilleur et de garder pour elle ses soucis. Il ne l'en espérait que davantage, persuadé qu'il lui ferait oublier les difficultés en l'enveloppant dans ses bras, comme elle le lui demandait parfois, ajoutant avec une voix qui le bouleversait : « Serre-moi fort. » Il la serrait, la caressait, l'aimait, mais il y avait désormais en elle le poids des jours, leurs contingences étroites qui l'empêchaient de le rejoindre. Constance n'allait pas bien, et lui non plus.

Antoine monta dans son 4 × 4, démarra rageusement, rejoignit la grande route, tourna à gauche et descendit vers les gorges du Tarn qui dormait en bas dans une buée bleue. C'est à peine s'il les voyait, pourtant, tellement il était pressé de rentrer à Massobre, avec, présente en lui, insistante, obsédante, l'impression d'un abandon vis-à-vis de ceux qui lui étaient chers. Il franchit le Tarn dont le niveau des eaux n'avait guère baissé depuis les dernières pluies, remonta très vite — trop vite car il faillit, dans un virage, basculer dans le gouffre — vers Massobre. Dès qu'il eut arrêté le 4 × 4, il se précipita à l'intérieur, comme si son père se trouvait en danger. Antoine fut soulagé de l'apercevoir dans le petit carré de jardin où il essayait de bêcher pour semer, comme à son habitude, ces poireaux et ces tomates qui désespéraient son fils.

Le vieil homme se retourna, s'appuya sur la bêche. Il haletait. Les traits de son visage s'étaient creusés.

— Qu'est-ce que tu fais ? demanda Antoine.

— Le jardin.

José-Luis avait du mal à se tenir debout. Antoine vint le prendre par le bras, le conduisit à l'intérieur, le fit asseoir.

— Je trouverai quelqu'un pour bêcher, tu pourras semer quand même.

— Je peux plus rien faire, alors ? soupira José-Luis.

Antoine détourna son regard, répondit doucement :

— Tu peux t'occuper des oiseaux et tu pourras semer, je viens de te le dire.

Son père se tassa sur sa chaise, soupira une nouvelle fois, reprit :

— Je l'ai bêchée, la terre, à Teruel, petit.

— Oui, dit Antoine, je sais.

Il s'assit face à José-Luis pour l'écouter. Il n'y avait désormais rien d'autre à faire que l'écouter, ce qu'Antoine fit jusqu'au soir, consciencieusement, oubliant Constance. Elle téléphona vers sept heures, dit qu'elle ne viendrait pas à Massobre car elle avait rendez-vous — un dîner — avec le président de la chambre des métiers de Rodez.

— Après, il sera tard pour faire la route.

— Ne t'en fais pas, dit Antoine. Je passerai demain. Je t'embrasse. Je suis là.

— Merci, Antoine. Moi aussi je t'embrasse.

Il lui sembla qu'elle voulait ajouter quelque chose, puis elle raccrocha, et il se demanda toute la soirée ce qu'elle n'avait pu lui dire.

Quand son père fut couché, Antoine entra dans son bureau, tenta de mettre sur le papier ce que le vieil homme lui avait raconté en fin d'après-midi, mais il ne put aller au bout et alla se coucher après avoir brûlé un feuillet dans la cheminée.

Il fut réveillé en sursaut vers une heure du matin, par le moteur d'une voiture qui se garait devant la maison. Il se leva pour ouvrir, reconnut Constance qui tremblait, les yeux pleins de larmes.

— Qu'est-ce qu'il y a ? demanda-t-il. Que s'est-il passé ?

— Rien, dit-elle, rien. Je suis fatiguée, c'est tout.

Son bras lui entoura les épaules, il la mena vers le divan, l'aida à s'allonger, la recouvrit d'une couverture et prépara du café. Quand il revint elle souriait, d'un pauvre sourire qui lui fit mal. Il la redressa et elle but son café, parut s'apaiser.

— Alors?

— Je voudrais vendre, tout arrêter, dit-elle, je n'en peux plus.

Il ne répondit pas, s'assit près d'elle, lui prit la main.

— Cette usine nous dévore. On ne se voit plus. Ce n'est pas ça que je veux. Ce que je veux, c'est toi. Vivre avec toi. Ne pas te quitter. Jamais.

Il garda le silence un instant, puis il dit doucement :

— C'est quelque chose que nous faisons à deux, depuis le début. Rappelle-toi.

— Aujourd'hui, je ne veux plus, souffla-t-elle.

— Encore un peu, dit-il. Trois mois. Deux mois. Sinon un jour tu auras des regrets, et nous le vivrons l'un et l'autre comme un échec.

Elle tourna la tête vers lui, demanda :

— Tu le crois vraiment? Je n'aurai pas la force de tenir trois mois de plus.

— Si, tu l'auras.

Il ajouta en souriant, prenant son visage entre ses mains :

— Tu sais bien que tu es beaucoup plus forte que ça.

— Mais est-ce que ça en vaut la peine, Antoine?

— Ça vaudra la peine, bientôt.

Cette nuit-là, Antoine parla longtemps, longtemps, la tête de Constance appuyée contre lui, les doigts dans ses cheveux. Quand il s'arrêta enfin, vers trois heures du matin, il s'aperçut qu'elle s'était endormie.

Pendant les jours qui suivirent, elle tenta de rassembler autour d'elle ceux qu'elle aimait et sur lesquels elle pouvait compter. À commencer par Mme Rieux, son institutrice, qui, comme Antoine, trouva des mots qui lui firent du bien :

— Tu es toujours allée au bout de ce que tu voulais. Tu réussiras, j'en suis sûre.

Elle se rendit sur la tombe de ses parents, leur parla, puisa à ce « contact » un peu d'énergie. Dans la fraîcheur des tombes que ne parvenait pas à réchauffer le premier vrai soleil, il lui sembla qu'elle n'était pas venue suffisamment se recueillir ici, qu'elle avait laissé se défaire un lien et trop tardivement renoué une corde vitale fragilisée par le temps. Cette idée jouait en elle à la façon d'une pensée secourable qui autorisait un espoir, pour peu qu'elle reprît plus souvent ce chemin oublié.

À sa grande surprise, elle trouva aussi de l'aide auprès de Vanessa, qui lui dit un dimanche soir, tandis qu'elle la ramenait à Rodez :

— C'est toi qui m'as appris récemment qu'il fallait toujours faire ce qu'on avait envie.

— Et si je n'y arrive pas ? Si je perds tout ? demanda Constance.

— Est-ce que tu m'as perdue, moi, malgré tes persécutions ?

Vanessa ajouta, mutine :

— Et ton Antoine, qui m'empêche de te voir le samedi ? Je te comprends, remarque : il est beau gosse... Est-ce que tu vas le perdre ? Non. Crois-moi. Ce ne sont pas quelques bouseux qui vont te faire couler. Je te connais bien, moi, ma petite maman.

Ces mots, qu'elle n'espérait plus, donnèrent à

Constance un regain d'énergie pendant quelques jours.

Au village, elle sentait un soutien de la part des commerçants qui savaient combien la fabrique était importante pour eux : les restaurateurs, les patrons de la Maison de la Presse où elle passait chaque matin acheter son journal, ceux du café, d'autres encore, qui ne témoignaient plus d'hostilité envers elle, comme si, tout à coup, ils avaient compris que le péril dans lequel se trouvait l'entreprise de Constance, ajouté à celui de la mégisserie du maire, mettait tragiquement en cause la survie de Sauvagnac.

Contrairement à ce qu'elle avait pensé, elle avait trouvé une oreille attentive auprès de la chambre des métiers de Rodez qui s'était montrée solidaire, et n'avait mesuré ni ses conseils, ni ses interventions. Antoine avait raison : il ne fallait pas se battre seule, mais compter sur la solidarité d'une profession, des responsables d'une région qui avaient appris à faire corps pour défendre sa vie économique, son tissu social, son existence même. Constance en avait été heureusement surprise et secrètement réconfortée.

Pourtant, rien ne bougeait : les commandes demeuraient toujours aussi rares et la situation financière ne cessait de s'aggraver. Un matin, elle se sentit si lasse qu'elle faillit lâcher prise, consentir au licenciement. Elle sortit des dossiers du tiroir où ils étaient classés et se mit à les feuilleter. À part Laurent, de qui pouvait-elle se séparer ? Des hommes les plus âgés ? Des célibataires ? Elle se souvint que derrière ces feuillets, ces photos, il y avait des familles, des existences fidèles et laborieuses, des vies entières qu'elle allait briser. Elle rangea les dossiers, se précipita à la Retirade, où, réfugiée dans sa salle de bains, elle vomit douloureusement. Marie, qui faisait le ménage dans sa propre maison, ne l'avait pas entendue, et Constance put sécher ses larmes, se remaquiller, repartir au bureau et se composer ce masque dur qui était censé rassurer les ouvriers, mais qui l'épuisait.

Le même jour, en début d'après-midi, Anselme poussa sa porte et s'assit face à elle, la mine sombre. Qu'allait-il lui annoncer? Elle fut sur le point de l'empêcher de parler, mais elle n'en eut pas la force. Il s'éclaircit la gorge, demanda :

— Tu sais que les ormes sont malades de la graphiose depuis quelques années?

— Je sais, dit-elle avec agacement.

— Ils ont mis au point un hybride qui y résiste, mais il faudra du temps avant que les nouveaux arbres parviennent à maturité.

— Et alors? fit-elle avec irritation. Cesse de tourner autour du pot. De toute façon, la coupe est pleine.

— Alors, fit Anselme, accablé, on ne trouve plus de loupe d'orme pour les manches. Il n'y en a plus nulle part.

— Ce qui signifie? demanda-t-elle, ne comprenant toujours pas où il voulait en venir.

— Il va falloir trouver autre chose.

Bizarrement, cette phrase ne parut pas négative à Constance. Il lui sembla même qu'il y avait là une piste qu'elle devait suivre, qui pouvait la mener quelque part. Elle demanda aussitôt.

— Quoi, par exemple?

— Quelque chose qui y ressemble; qui soit d'ici, au moins.

223

— Et qu'avons-nous ici ?

— Des petits chênes, mais leur bois est trop grossier, trop compact.

— Quoi d'autre, encore, sur les causses ?

Anselme réfléchit un moment, puis :

— Du genévrier.

Constance connaissait bien ce petit arbre qu'elle rencontrait souvent pendant ses promenades, et dont Marie utilisait les boules bleues pour préparer de la liqueur.

— Qu'est-ce que ça donne, comme bois ?

— C'est pas mal. Rustique, mais quand même assez fin, avec un grain agréable au toucher.

— Tu me feras voir demain, dit Constance, j'ai besoin de réfléchir. Et renseigne-toi pour me donner une idée du prix.

— C'est moins cher que l'orme, ne t'inquiète pas, fit Anselme avant de disparaître, l'air toujours aussi sombre.

Ce soir-là, Constance mangea à peine, revint dans son bureau pour mettre au point ses études de coûts. Elle travaillait depuis dix minutes quand on frappa à la porte. C'était Laurent, qui, inquiet, venait aux nouvelles.

— C'est si grave que ça ? demanda-t-il en restant debout, mal à l'aise, dansant d'un pied sur l'autre.

C'était la deuxième fois qu'il venait la trouver ainsi, en peu de temps, le soir, et elle s'en étonna.

— Tu te soucies de quoi, exactement ? demanda-t-elle d'un ton plutôt vif qu'elle regretta aussitôt.

Et, comme il paraissait décontenancé :

— Quoi qu'il arrive, tu es jeune, tu trouveras toujours du travail dans le métier. S'il le faut, je m'en occuperai.

— Ce n'est pas pour moi que je m'inquiète, répondit-il après un instant de réflexion. C'est pour vous.

— Pour moi ? Et pourquoi donc ?

— Je vois la peine que vous prenez, depuis le début, à faire vivre cette fabrique.

— C'est normal, Laurent. Je l'ai voulu.

Il y eut un instant de silence, pendant lequel ils semblèrent s'interroger du regard.

— Je voulais simplement vous dire que vous n'étiez pas seule.

— Merci, dit Constance. Merci, Laurent.

Il sourit, refusa cette fois le contact du regard et sortit sans ajouter un mot.

Plus tard, pendant la nuit, tandis qu'elle cherchait vainement le sommeil, cette visite l'intrigua, puis elle l'oublia, continua de réfléchir, d'échafauder des plans. Ce qui était évident, si les choses ne voulaient pas changer, c'était qu'elle devrait les faire bouger elle-même : habiller autrement les couteaux, y compris les couteaux de luxe ; garder la même qualité, mais les « packager » différemment, de manière que les détaillants n'aient pas la même vision de ce qu'elle leur présenterait ; sans doute aussi ne plus les présenter elle-même mais embaucher quelqu'un pour le faire à sa place, même si ça devait coûter cher.

Le lendemain matin, de très bonne heure, elle téléphona à Antoine qui fut heureux de la sentir de nouveau offensive et se déclara persuadé qu'elle était sur la bonne voie. Ensuite elle retint Anselme dans la cuisine et lui dit qu'ils remplaceraient également le palissandre des couteaux de luxe.

— Ah, bon ! fit-il, à peine étonné.

— Ce n'est pas tout, ajouta-t-elle : tu m'as parlé de chêne, hier : eh bien, nous allons forger un ressort en forme de feuille de chêne : la solidité, quoi. L'image forte, celle qui joue dans l'inconscient des acheteurs. Laurent la dessinera. Maintenant, pour remplacer le palissandre, je t'écoute.

Ils finirent par tomber d'accord sur la nacre. On pouvait s'en procurer assez facilement car il existait à Thiers un importateur qui la faisait venir de Tahiti où elle était extraite des coquillages. Image de solidité, changement d'apparence, sentiment de nouveauté, qualité de fabrication. Elle s'appuierait sur ces quatre axes. Toute la matinée elle négocia les prix de la nacre, affina ses coûts, aboutit à peu près au même résultat que pour les anciens couteaux. Restait à trouver quelqu'un pour les vendre à sa place, car non seulement elle était épuisée par ses périples sur les routes, mais elle se sentait disqualifiée, depuis les lames défectueuses, auprès des détaillants.

Sitôt qu'elle eut déjeuné, elle partit à Rodez exposer son plan au président de la chambre des métiers et lui demander s'il ne connaissait pas un représentant spécialisé dans ce secteur de vente. Il lui expliqua qu'il n'y en avait guère — les meilleurs travaillaient pour le laguiole ou les fabricants de Thiers — et lui démontra que ce n'était pas un bon choix : la plupart étaient des agents multicartes qui favorisaient les plus gros fabricants. Il existait peut-être une autre solution : un grossiste installé à Clermont-Ferrand et qui desservait sept cents points de vente. Mais il était très à cheval sur la qualité, très difficile à convaincre, et il exigeait une commission qui apparaissait souvent rédhibitoire.

Constance ne put attendre davantage. Elle avait retrouvé toutes ses capacités d'action, toute son énergie. Elle partit aussitôt pour Clermont-Ferrand, roula très vite, comme à son habitude, arriva vers quatre heures, après avoir forgé ses arguments tout au long du trajet. La discussion fut âpre avec un homme qui connaissait bien son métier et qui tenait à sa réputation. Son expérience de la vente fut précieuse à Constance, qui arracha un accord au terme d'une discussion qui dura deux heures, tout en concédant le moins de commission possible — elle avait calculé en chemin jusqu'où elle pouvait aller. Elle repartit vidée, épuisée par cette folle journée, consciente d'avoir joué toutes ses cartes, mais confiante comme elle ne l'avait jamais été depuis longtemps.

Elle s'arrêta sur une aire de repos pour téléphoner à Marie afin qu'elle ne s'inquiète pas : elle ne rentrerait pas ce soir, elle passerait la nuit à Massobre. Elle reconnut l'aire de repos où elle avait dormi lors de son retour à Sauvagnac, à l'occasion de la mort de son père, il y avait presque un an. Elle trouva dans cette coïncidence un présage favorable : c'était comme un nouveau départ, comme si tout était de nouveau possible. Elle arriva à Massobre alors que la nuit commençait à envelopper le toit des maisons dans un velours d'un bleu très sombre, se précipita dans les bras d'Antoine qui lisait sur le divan et qui sut sécher les quelques larmes de fatigue que Constance, malgré ses efforts, ne parvint pas à lui cacher.

18

Non, Constance ne s'était pas trompée dans ses décisions. Elle le vérifia dès le mois suivant, une fois les prototypes fournis au grossiste : les commandes, en moins de quinze jours, avaient redécollé. À la mi-mai, la fabrique tournait de nouveau à plein, avec une situation assainie : les quatre principales machines étaient neuves, la production nouvelle et de qualité. Constance entrait souvent dans l'atelier pour regarder fonctionner les marteaux automatiques de la forge, s'aveuglait à l'éclat de l'acier porté au rouge, puisait là des certitudes qui n'étaient jamais déçues. À la fin du mois de mai, même si la situation financière demeurait instable, elle était certaine d'avoir gagné la partie.

Par un coup de téléphone, elle apprit que Pierre avait renoncé à partir à Ibiza, comme il avait renoncé à changer quoi que ce soit dans sa vie depuis vingt ans. C'était Constance qui avait toujours tout pris en charge, y compris leur divorce. « Tu comprends, lui avait-il expliqué à Constance, les Espagnols sont des gens du Sud : ils ne sont pas fiables, c'est difficile de travailler avec eux. » Satisfaite de savoir que Vanessa continuerait à passer ses vacances à Paris, Constance n'avait pas fait le moindre commentaire. Pour la rentrée prochaine, elle verrait en temps voulu.

Pendant ces mois si difficiles, elle avait compris qu'une de ses erreurs avait été de s'isoler, de vivre à l'écart des organes officiels de sa profession mais également du village, comme le lui avait démontré Antoine. Aussi, dès qu'elle avait eu quelques heures de répit, elle avait pris l'initiative de résoudre un problème que personne, ni le maire, ni Crozade, le restaurateur, n'avait pu régler : trouver un successeur au couple de boulangers, M. et Mme Canteloube, qui partaient à la retraite. Si la boulangerie fermait, ce serait une catastrophe pour Sauvagnac, nul ne l'ignorait. Or, cela faisait un an que les boulangers avaient dépassé la limite d'âge et personne n'avait pu apporter de solution. Constance eut l'idée de s'adresser à la chambre patronale des minotiers qui, eux, afin de vendre leur farine, avaient tout intérêt à ce que les fonds de boulangerie ne s'éteignent pas. Le résultat n'avait pas tardé : un mois plus tard, les minotiers envoyaient un jeune couple qui s'installerait à la place des vieux Canteloube au début de l'été.

Forte de ses succès, Constance mesurait à quel point le regard des gens du village avait changé vis-à-vis d'elle. Celui du maire, comme celui de Geneste, le médecin, qu'elle avait croisé plusieurs fois et qui lui avait souri. En questionnant Marie, elle comprit pourquoi son père, à l'époque, s'était montré si hostile à la voir « fréquenter » ce jeune homme. Cela datait de la guerre, bien sûr, comme beaucoup des inimitiés ou des règlements de comptes que l'on constatait encore dans les villages, trente ans après.

Marie lui raconta qu'en juin 44, lorsque les Allemands étaient remontés vers la Normandie, après le Débarquement, les maquis avaient perdu beaucoup d'hommes au cours des accrochages qui s'étaient ensuivis. Henri Pagès faisait partie de celui qui, sur les hauteurs de l'Aubrac, avait été vendu aux Allemands par Charles Geneste, alors responsable de la milice locale. Il en avait réchappé de justesse, mais son témoignage avait été capital, à la Libération, dans la condamnation du père Geneste. Constance soupçonnait une histoire de ce genre, mais son père ne lui en avait jamais parlé ouvertement. Avec le recul, cela ne l'étonnait pas : Henri Pagès se refusait à évoquer cette période de sa vie.

Quoi qu'il en soit, ce n'était pas le problème de Constance aujourd'hui. Sa seule préoccupation était de régler ses comptes une bonne fois pour toutes avec Jean-Pierre Geneste. Le passé était le passé. Ce qu'elle ne voulait plus, à l'avenir, c'était redouter de croiser sa route, se sentir coupable alors qu'elle ne l'était pas. Plusieurs fois déjà, elle avait aperçu sa voiture dans son rétroviseur et compris qu'il cherchait à l'approcher.

Un soir où elle se rendait à Massobre, l'apercevant de nouveau, elle se rangea sur le bas-côté de la route et ne fut pas surprise de le voir se garer derrière elle. Elle descendit, s'appuya contre sa voiture, l'attendit. Il avait changé, beaucoup grossi, même si c'était le même regard couleur de châtaigne, un peu fuyant, le même front haut, les mêmes cheveux noirs.

— Toujours aussi belle, dit-il en se penchant pour l'embrasser.

Elle le repoussa vivement et déclara d'une voix froide :

— En tout cas, toi, tu as changé. Tu as beaucoup vieilli.

Il accusa le coup, sourit, demanda doucement :

— Tu ne crois pas que c'est plutôt moi qui devrais t'en vouloir ?

— De quoi? fit-elle. D'avoir disparu de ta vie après t'avoir surpris bien occupé avec une fille alors que je faisais le mur, malgré mon père, pour te rejoindre?

Il pâlit, se troubla, protesta.

— Tu veux que je te rappelle son nom? Elle tient aujourd'hui le café avec son mari. Celle-là aussi, tu l'as trahie.

Comme il ne trouvait rien à répondre, elle ajouta :

— Il faudrait aussi que je te remercie de m'avoir mis tant de bâtons dans les roues, avec le maire, quand vous vouliez monter cette maison de retraite qui va assurer votre fortune?

— Écoute, Constance, dit-il, on a trouvé un autre terrain.

— Je m'en fous. C'est toi qui vas m'écouter : s'il y a un seul coupable dans notre histoire, c'est toi, ce n'est pas moi. Mais je m'en félicite aujourd'hui, sans quoi je n'aurais jamais pu vivre ce que j'ai vécu, y compris au village depuis mon retour. À l'avenir, moins je te verrai, mieux je me porterai. Au revoir.

Elle le planta là, remonta dans sa voiture, et démarra avec l'exquise sensation d'avoir soldé des arriérés qui auraient pu, à l'avenir, gâcher le bonheur qu'elle se promettait. Elle était heureuse, surtout, d'avoir été assez forte pour taire ce qui n'appartenait qu'à elle, ce que personne ne saurait jamais : cet homme était le père de son enfant, cet enfant qu'elle avait abandonné à cause de lui. Délivrée, lui semblait-il, de tout ce qui avait empoisonné sa vie, elle roulait vers Antoine, dans l'éclat lumineux des feuillages que le soleil couchant poudrait de lumière d'or.

Dans ce printemps triomphant, ils avaient enfin trouvé le temps de faire cette marche vers le Fretma qu'ils avaient projetée depuis longtemps. Ils s'étaient rejoints en début d'après-midi, ce samedi-là, sous un soleil qui annonçait déjà la saison chaude, le vent ayant tourné au sud. Les pentes du canyon du Tarn étaient couvertes de fleurs blanches qui dessinaient des îlots ronds parmi les feuilles nouvelles, tandis qu'en haut, sur le rebord du Méjean, les conifères, d'un vert profond, soulignaient la pâleur étrange du ciel.

Une fois sur le plateau, ils traversèrent rapidement les bois de chênes et de sapins qui s'ouvrirent bientôt sur le grand causse désert. Devant eux, il n'y avait plus que le ciel à perte de vue.

— Avec cette chaleur, ils doivent être en vol, dit Antoine.

Il parlait des vautours, bien sûr, et Constance ne fut pas étonnée quand, à l'embranchement de la route de Drigas, il continua tout droit en direction de Meyrueis. Ils roulèrent encore cinq minutes puis s'arrêtèrent au sommet d'une côte, dans un chemin bordé de maigres genévriers.

— Regarde, dit Antoine, en tendant le bras dans la direction de la vallée de la Jonte, ils sont là.

Ils descendirent de voiture et observèrent dans le lointain non pas deux, mais quatre vautours qui planaient très haut, presque sans bouger, portés par les masses d'air ascendantes.

— S'ils sont là, c'est que tout va mieux, dit Constance. Ils nous protègent.

Antoine se tourna vers elle, sourit, ne dit mot.

Ils regardèrent un moment les grands oiseaux puis, du ciel plein les yeux, ils repartirent en sens inverse et tournèrent vers Drigas, où l'on n'apercevait jamais personne dans les ruelles, comme si la vie, ici, n'était possible que tapie, pour ne pas être emportée dans le ciel par le vent. À Nivoliers, c'était la même chose. Chaque fois, Constance se demandait de quoi et comment vivaient les gens dans ces maisons sans la moindre miséricorde. Il devait en falloir, ici, du courage, de la force, pour affronter ces solitudes où l'on ne rencontre que soi-même, coincé entre un socle de pierre et un ciel également implacables. Constance tourna la tête vers la lunette arrière du 4 × 4, cherchant une trace de vie humaine, mais nul n'apparut dans les ruelles étroites.

Antoine prit à droite pour remonter vers la carrière et se garer, puis ils partirent à pied, comme la première fois, quand ils étaient allés jusqu'au hameau de la Bégude Blanche. Une fois parvenus de l'autre côté de la première butte, au lieu de tourner dans sa direction, ils empruntèrent entre les sapins une grande faille qui les hissa de plusieurs centaines de mètres, jusqu'à un plateau dévoré par des langues étroites de pins d'Autriche.

Un chemin de terre aux ornières profondes partait vers la gauche dans l'espace désert, semblant ne mener nulle part. Après avoir repris leur souffle à l'ombre des pins, ils se remirent en marche, l'un près de l'autre, étonnés, au fur et à mesure qu'ils avançaient, de rencontrer maintenant tant de verdure.

Une demi-heure plus tard, après avoir suivi le

chemin escorté sur sa droite par un mur de très grosses pierres semblable à ceux de l'Aubrac, ce fut une île verte qui apparut au détour du chemin : une sorte d'immense doline, où toutes les eaux des alentours se déversaient, formant comme un jardin d'herbe et de fleurs jaunes et blanches. Au milieu, là-bas, émergeaient trois ou quatre bâtiments en ruine, sans toit, terriblement vivants encore, ils le comprirent en s'approchant puis en s'asseyant sur les marches de la maison principale, polies par des milliers de pas.

— Comment imaginer ce coin de paradis, ici, si haut, si loin dans la montagne ? demanda Antoine.

— Tu m'avais dit que le Méjean, c'était la lune, s'étonna Constance.

— C'est la lune avec deux ou trois îles vertes sur la face cachée.

Antoine ajouta, songeur :

— Les derniers habitants sont partis vers la ville en 1946. Depuis, c'est mort. Et sans doute, eux aussi sont morts.

Il se leva.

— Viens voir plus haut, comme c'est beau.

Ils suivirent le chemin qui continuait en direction d'une lavogne pleine d'eau, un ancien réservoir pour les moutons, s'y attardèrent puis montèrent vers la butte pelée d'où l'on apercevait les sommets des alentours.

— Tu vois, là-bas, de l'autre côté des pins, c'est l'Aubrac, chez toi.

— Et ici ? demanda Constance. C'est chez qui ?

— Chez nous.

— Loin de tout ?

— Oui, c'est ça, loin de tout, rien que nous. Ailleurs, toujours.

Ils regardèrent un long moment, dans les lointains, les crêtes dépouillées qui se fondaient délicatement dans le ciel toujours aussi pâle, puis ils retournèrent vers le Fretma et s'allongèrent dans l'herbe haute parmi les fleurs. Antoine montra un milan royal qui planait très haut, juste au-dessus de leurs têtes, et semblait les observer. Ils s'assoupirent dans le parfum profond de l'herbe et se réveillèrent en même temps. Alors Antoine dit doucement, très bas, si bas qu'elle l'entendit à peine :

— Je vais partir, Constance.

Elle eut froid, tout à coup, si froid qu'elle ne put prononcer le moindre mot.

— Je vais ramener mon père là-bas, en Espagne, pour qu'il y vive ses derniers jours.

Elle eut envie de se dresser, de crier, de dire non, mais ce ne furent pas les mots qu'elle attendait qui sortirent de sa bouche, au contraire.

— Oui, dit-elle, étonnée par sa propre voix.

— C'est là-bas que je pourrai l'écrire, ce livre, reprit Antoine.

— Oui, répéta-t-elle.

Une question lui brûlait les lèvres : « Tu reviendras ? » mais elle puisa en elle suffisamment de force pour ne pas la poser. Il ne fallait pas. Antoine avait décidé de faire ce qu'elle n'avait su faire, elle, c'est-à-dire accompagner son père jusqu'à la fin. Il avait aussi besoin de revenir, comme elle, vers ses sources, sa vérité. Elle n'avait pas le droit de le retenir.

Comme elle tremblait malgré la chaleur, elle se leva et fit quelques pas dans l'herbe qui caressait ses jambes nues. Il vint vers elle, la prit dans ses bras, murmura :

235

— Je voulais te le dire depuis longtemps mais, avec ce que tu vivais à la fabrique, je n'ai pas pu.

Il ajouta, dans un souffle :

— Je pars dans huit jours.

— Oui, fit-elle, une nouvelle fois, incapable de trouver d'autres mots.

Elle respira à fond, releva la tête pour qu'il l'embrasse. Elle ferma les yeux, et elle ne sut plus où elle était, oubliant un instant ce qui venait de se passer. La douleur se réveilla dès qu'elle rouvrit les yeux, et elle eut dans le regard une lueur affolée, qu'elle tenta en vain de lui dissimuler.

— Viens, dit-il.

Il avait compris que ce qu'ils auraient ajouté à présent n'aurait servi qu'à les faire souffrir davantage, qu'il valait mieux redescendre. Tout le long du chemin du retour, Constance se battit contre elle-même pour ne pas lui demander de rester, de ne pas l'abandonner, lui expliquer qu'elle ne pouvait pas vivre sans lui. Mais que lui aurait-elle dit qu'il ne savait déjà ? Il lui prit le bras et elle ne le lui refusa pas. Pourquoi, d'ailleurs, l'aurait-elle fait ? Elle n'aperçut rien de ce qui l'avait enchantée en montant. Elle avait beau tenter de s'habituer à l'idée de ne plus le sentir à portée de regard, de parole, de main, mais elle ne l'imaginait même pas. Pourquoi ne me parle-t-il pas ? se demandait-elle. Antoine essayait, vraiment, de toutes ses forces, mais chaque mot lui paraissait blessant, après ceux qu'il avait prononcés là-haut.

— C'est peu, huit jours, fit-elle brusquement, en s'arrêtant, comme si cette seule évidence était insupportable.

— C'est vrai, mais quinze jours ou un mois

auraient été plus terribles à vivre, tu ne crois pas ?

Constance hocha la tête, sans répondre.

— C'est pour cette raison que j'ai attendu le dernier moment pour te le dire, fit Antoine avec une voix qu'elle eut du mal à reconnaître.

Arrivés au sentier de la Bégude Blanche, elle demanda encore :

— De quoi allez-vous vivre, là-bas ?

— La sœur de mon père habite seule dans sa maison. On n'aura pas de loyer à payer. Pour le reste, j'ai quelques économies et je chercherai des piges dans un journal, le temps qu'il faudra.

— Et ici, ton journal ?

— J'ai pris un congé sans solde.

Elle comprit qu'il avait pensé à tout. Ils remontèrent lentement vers la carrière d'où l'on apercevait les feux du soir au-dessus d'une forêt de sapins. En cette fin de mois de mai, l'air était d'une douceur extrême, chaudronné par moments de vagues plus chaudes qu'apportait le vent du sud. Assoupies au milieu, les croupes raclées jusqu'à l'os du Méjean, que rosissait le soleil couchant, se succédaient vers l'horizon comme des planètes en train de s'éteindre. C'était pourtant un sentiment de paix qui dominait dans ce soir tombant, comme la sensation d'un événement qui s'était déjà produit, qui ne menaçait plus.

Ils s'appuyèrent contre le 4 × 4, et Constance trouva la force de sourire, mais peu de temps, si peu de temps qu'Antoine ouvrit la portière et la fit monter pour ne plus voir son visage défait.

Sur le chemin du retour, il lui dit qu'il avait emmené ses oiseaux au centre de soins de Millau, sauf l'aigle botté.

— Je te le donnerai avant de partir. Tu le relâcheras si tu veux, puisque tu crois qu'il va voler.

Elle remercia d'un signe de tête. Des images, des mots se mêlaient dans son esprit, d'où émergeait l'idée d'une perte atroce qu'elle se refusait à apprivoiser. Elle regardait défiler les arbres le long de la route, les comptait pour ne pas avoir à penser. Un peu avant Massobre, tandis que la nuit commençait à tomber, Antoine demanda :

— Comment veux-tu que nous fassions ? Ne plus nous voir avant le départ ou passer le plus de temps possible ensemble ?

Elle se tourna vers lui, et dit doucement :

— Ensemble, bien sûr.

C'était beaucoup plus difficile que l'un et l'autre ne l'avaient imaginé. Tous deux, pourtant, s'appliquaient à faire de ces heures qui leur restaient des moments heureux dont ils se souviendraient, mais souvent leurs voix, leurs regards les trahissaient. Finalement, Constance regrettait de n'avoir pas trouvé une lettre qui lui aurait expliqué un départ qui avait déjà eu lieu. Ç'aurait été plus facile. En fait, ce qu'ils constataient, sans oser se l'avouer, c'était qu'ils avaient présumé de leurs forces.

Chaque matin, Constance repartait vers la Retirade, tentait d'oublier dans le travail l'ombre froide qui la cernait. Mais elle ne pouvait accorder d'importance ni aux choses ni aux événements dérisoires du quotidien. En d'autres temps, sans doute, elle aurait été flattée de voir le maire venir faire amende honorable, et lui apprendre que le conseil municipal avait acheté un autre terrain que celui de la Retirade, à l'autre extrémité du village, pour construire la fameuse maison de retraite. En ces circonstances, non. Il resta une demi-heure dans le bureau de Constance, et c'est à peine si elle l'écouta.

— Je crois que je vais m'en sortir, dit-il en lui serrant la main devant sa voiture.

— Tant mieux, fit-elle, c'est bien pour Sauvagnac.

— Tu sais, dit-il encore, si tu veux, je te réserve une place au conseil pour les prochaines élections.

— On verra.

Elle était à mille lieues de ces choses-là et gardait présente à son esprit une seule préoccupation : Antoine. Même les bonnes nouvelles venues de chez le grossiste ne parvenaient pas à la faire sourire. Comme elle sentait qu'elle allait fléchir, elle saisit une perche que lui tendit la chambre des métiers en l'invitant à participer à un concours international pour un couteau de grand luxe destiné au Proche-Orient. Elle fit venir Anselme et Laurent pour leur expliquer le projet, leur demanda de lui en reparler le lendemain, après l'avoir étudié.

Dès qu'elle remonta dans la voiture pour se rendre à Massobre, elle mesura cependant à quel point la perche était fragile. Tout lui paraissait désert, inutile, d'une tristesse accablante, et elle comprit qu'elle ne tiendrait pas le choc, qu'elle finirait par craquer. Pourtant, elle s'efforça de se montrer plus gaie cet après-midi-là, en compagnie d'Antoine, et durant la soirée. La nuit aussi fut très belle, chaude, pleine de caresses et de mots murmurés, mais le matin elle quitta Antoine vite, très vite, comme si elle fuyait.

Une fois à Sauvagnac, elle déjeuna avec Marie et lui annonça qu'elle allait partir pour une brève tournée de détaillants dans le Bordelais.

— Je croyais que c'était fini, s'étonna Marie.

— C'est la dernière fois, répondit Constance. Un petit problème à régler à Libourne, c'est tout.

— Alors, je te prépare un sac ?

— Avec le minimum.

Anselme et Laurent furent également très étonnés de cette tournée, mais ils ne le manifestèrent pas car ils étaient passionnés par le projet de couteau pour le Proche-Orient. Laurent avait dessiné dans la nuit un très beau prototype à mitre recourbée en crochet, fleurie d'un écusson sur lequel était gravée l'image d'un faucon, lame en forme de huit très effilée. Anselme suggéra d'utiliser de l'acier de Damas et un manche en bois du désert de l'Arizona.

— C'est d'accord, fit Constance, je m'occuperai du dossier dès mon retour.

Elle hésita pourtant toute la matinée à partir, cherchant des prétextes, même les plus futiles, se réfugiant une fois de plus dans sa chambre, là où se trouvaient ses plus précieux trésors, pour savoir ce qu'elle devait faire vraiment. Peu avant midi, à la pensée de la souffrance qui l'attendait à Massobre, elle parvint à monter dans sa voiture et à partir, prenant la direction de Rodez. De là, elle gagnerait Toulouse, puis Bordeaux, par l'autoroute. Comme elle ne voyait plus rien, elle actionna ses essuie-glace, et elle s'aperçut qu'il ne pleuvait que dans ses yeux. Elle continua cependant, roulant lentement, se demandant si elle n'allait pas faire demi-tour. Elle s'efforça de ne plus penser à Antoine, mais à José-Luis, qui était sans doute heureux, mais ce ne fut qu'un bref soulagement.

Dès lors, elle se mit à rouler plus vite, beaucoup plus vite, se fit peur, et, enfin, ralentit. Comme elle avait faim, elle s'arrêta dans un restaurant de village, et elle déjeuna seule dans une grande salle déserte, sur une nappe à carreaux d'un rouge vif qui lui donna froid jusqu'au cœur. Elle se hâta d'en finir, paya, s'enfuit, se dit dans la voiture qu'elle avait franchi le cap le plus difficile : à l'heure qu'il était et en ne la voyant pas arriver, Antoine avait sûrement compris. Peut-être avait-il même téléphoné à la Retirade, et Constance était certaine qu'en entendant Marie lui annoncer qu'elle était partie en tournée, il avait su déchiffrer le message secret. Constance n'avait plus de raison de faire demi-tour, maintenant.

Vers le milieu de l'après-midi, elle s'arrêta à Agen, entre Toulouse et Bordeaux, visita un détaillant qui se montra surpris de la voir alors qu'il avait reçu un représentant de son grossiste une semaine auparavant. Elle bredouilla quelques mots et repartit. Elle n'alla pas jusqu'à Bordeaux, mais sortit de l'autoroute à Langon et prit à droite en direction de Libourne — pourquoi Libourne ? Elle aurait été incapable de le dire, sinon qu'il lui semblait se souvenir que le premier coup de téléphone, lors de l'épisode des lames défectueuses, venait de là. Elle chercha un hôtel et, pour ne pas être tentée de téléphoner, elle prit un somnifère et se coucha de bonne heure.

Le lendemain matin, elle se réveilla tard à cause du somnifère puis elle se rendit chez le détaillant qui, lui aussi, se montra surpris de sa visite et même vaguement hostile. En sortant, elle se demanda ce qu'elle faisait là, dans cette ville inconnue, seule, sans repères, sans personne à qui parler, et elle marcha un moment le long des quais de l'Isle. Alors, soudain, ce fut trop : cette absence, cette distance entre Antoine et elle lui firent si mal qu'elle courut jusqu'à sa voiture, bousculant des promeneurs au passage, ouvrit nerveusement la portière, et démarra rageusement, comme si sa vie en dépendait. Ensuite, elle n'eut plus qu'une hâte : rouler, rouler vite pour rattraper Antoine, le retenir, ne plus souffrir comme elle souffrait, physiquement même, à présent, avec une sorte d'oppression dans la poitrine qui l'empêchait de respirer.

Tout lui était égal, même les risques qu'elle prenait en roulant si vite, même les coups de klaxon furieux qu'elle provoquait, même cette Constance qu'elle trahissait : la seule dont elle pût être fière, la vraie. C'était une autre qui conduisait maintenant, une Constance à laquelle une seule chose importait : garder Antoine, coûte que coûte.

Elle arriva à Massobre au milieu de l'après-midi, trouva la porte close. Elle traversa le jardin, constata que la volière était vide. Elle repartit, roula vers Sauvagnac avec en elle un fol espoir. Mais la première chose qu'elle aperçut en arrivant, sur la terrasse de la petite maison d'Anselme et de Marie, fut une cage grillagée où elle reconnut aussitôt l'aigle botté. Elle sut alors qu'Antoine l'avait comprise et qu'elle était désormais seule au monde.

19

Trois jours s'étaient écoulés. Constance remarquait à peine les douceurs de juin, qui, un an plus tôt, l'avaient si bien aidée à faire face à la mort de son père. Il y avait la lumière des matins, les parfums de foin coupé, les martinets dans le ciel vert, les soupirs des nuits par la fenêtre ouverte, une somme de sensations qui, en d'autres temps, l'eût pacifiée. Pourtant, elle ne vivait plus, écoutait sans entendre, regardait sans voir, inquiétait beaucoup Anselme et Marie. Elle ne sortait même plus, malgré les remarques d'Anselme qui demandait en parlant de l'aigle :

— Tu vas nous en débarrasser quand, de ta bestiole ?

— Demain, promis.

— Il vaudrait mieux. Au moins, ça te fera prendre l'air.

À l'atelier, il s'agaçait des « absences » de Constance, de son manque d'enthousiasme alors que les affaires allaient bien, désormais : les commandes ne fléchissaient pas, au contraire, le couteau du Proche-Orient prenait forme, les machines ne cassaient plus, et les hommes travaillaient dans la confiance et dans la bonne humeur. Marie, pour sa part, s'inquiétait encore plus qu'Anselme. Elle ne reconnaissait plus celle qui était revenue il y avait un an, avec tant d'espoir, tant de force. Aussi, un dimanche après-midi, alors que Constance avait une fois de plus refusé de sortir, elle finit par exploser :

— Enfin ! Tu ne vas pas te rendre malade ! Il va bien revenir, ton Antoine !

— Je ne le lui ai pas demandé, fit Constance.

— Ah bon !

Comment expliquer qu'elle l'avait laissé partir parce qu'elle l'aimait ? Qui pouvait comprendre ça ? Même elle, par moments, s'interrogeait : avait-elle mesuré la gravité de ce qu'elle avait accepté ? N'avait-elle pas renoncé à ses chances d'être vraiment heureuse ici, dans son domaine ?

— Jamais je ne me suis sentie aussi seule, murmura-t-elle.

— C'est gentil pour nous, fit Marie.

— Tu sais très bien ce que je veux dire.

— Oui, ma fille, fit Marie, venant s'asseoir face à Constance, avec un sourire énigmatique.

Elle ajouta, prenant ses mains dans les siennes :

— D'autant que tu as un fils.

— C'est pas drôle, fit Constance en retirant ses mains.

— C'est pas drôle, murmura Marie, mais c'est vrai.

Puis tout bas, dans un souffle :

— Il est là.

Constance crut que le monde se mettait à tanguer autour d'elle. Son cœur devint fou, tandis qu'elle demandait d'une voix où se mêlaient l'incrédulité et la colère :

— Qu'est-ce que tu me racontes ? Tu es devenue folle ?

— La vérité, ma fille, répondit calmement Marie. Ton fils est là : c'est Laurent.

Il y eut un long moment de silence, puis Constance bredouilla, avec toujours de la colère dans la voix :

— C'est pas vrai.

— Si, c'est vrai. D'ailleurs, c'est une histoire très simple. Quand tu as accouché sous X à l'hôpital, ma sœur Jeanne y travaillait. Elle t'a reconnue sans peine, parce qu'elle t'avait vue plusieurs fois, ici, quand tu étais petite. Avec son mari, ils ne pouvaient pas avoir d'enfant, alors elle a fait ce qu'il fallait pour adopter le tien.

Marie soupira, ajouta :

— Son mari est mort il y a longtemps, et elle depuis deux ans, comme je te l'ai dit. Mais avant de mourir, elle a dit la vérité sur sa naissance à Laurent, et à moi aussi. C'est Laurent qui a voulu venir travailler ici, sans doute pour essayer de t'apercevoir, de te connaître. Ton père, lui, n'a jamais rien su.

Il y eut un silence effrayant, durant lequel Constance entendit cogner son cœur jusque dans ses tempes.

— Pourquoi ne m'as-tu rien dit ? gémit-elle.

— Laurent ne le voulait pas.

— Mais pourquoi ?

— Je suppose qu'il voulait savoir qui tu étais, si tu méritais d'être sa mère.

— Non, fit Constance, non...

— Si, dit Marie.

Constance se tut. À plusieurs reprises, elle avait croisé dans le regard du jeune homme une lueur qui lui rappelait quelque chose. Il avait les cheveux blonds, comme elle, mais pas les mêmes yeux. Les siens étaient verts, ceux de Laurent d'un gris très clair, mais certaines attitudes n'étaient pourtant pas inconnues à Constance : c'étaient celles de son propre père, Henri Pagès. Comment était-il possible qu'elle n'eût pas deviné ? Elle s'en voulait soudain, se sentait encore plus coupable.

— Pourquoi aujourd'hui ? demanda-t-elle, toujours aussi incrédule.

— C'est lui qui l'a décidé. Sans doute t'a-t-il vue trop malheureuse, ces derniers temps.

— Ce n'est pas possible, dit encore Constance, non, ce n'est pas possible.

— Tu n'as qu'à l'interroger. Il est dans la petite maison, là-bas. Il t'attend.

— Non. Non, je ne peux pas. Pas comme ça.

— Je peux aller le chercher, si tu veux.

— Je t'en supplie, pas tout de suite.

Elle se demandait, en fait, si elle n'allait pas tomber en chemin. Elle s'essuya les yeux, tenta de sourire, esquissa seulement une grimace.

— Je ne pourrai pas, fit-elle avec une pauvre voix, et pourtant j'attends ça depuis vingt ans.

Elle se leva, s'en fut examiner son visage dans la glace située au fond de la salle à manger, se trouva laide à mourir. Comme ses jambes ne la portaient pas, elle revint s'asseoir, incapable de prononcer un mot, de prendre la moindre initiative.

— Lui aussi, ça fait vingt ans qu'il attend, fit Marie. Il vaudrait mieux que ce soit toi qui ailles vers lui.

Constance hocha la tête, déglutit péniblement, murmura :

— Encore une minute, s'il te plaît.

Puis elle ajouta :

— Je ne pourrai pas lui parler.

— Il vaudrait mieux, pourtant...

— Mais qu'est-ce que je vais pouvoir lui dire ?

— Peut-être que tu es contente qu'il soit ton fils.

Marie se leva, versa à Constance de la liqueur de genièvre dans un verre.

— Bois, dit-elle.

Constance but, s'essuya les yeux de nouveau, demanda :

— Il m'en veut beaucoup ?

Marie eut un geste des épaules vaguement agacé.

— Il n'y a que lui qui te le dira. Moi, je ne peux plus rien pour toi, ma fille. J'ai fait ce que je devais faire.

Et, comme Constance ne bougeait pas, elle reprit d'une voix douce :

— Ne le fais pas attendre trop longtemps.

Constance se leva, alla dans la salle de bains, sécha ses yeux, se remaquilla, se coiffa, puis, après un ultime regard vers Marie, elle sortit et referma la porte derrière elle.

Au milieu de la cour, Constance leva les yeux vers le ciel, s'aveugla, chancela. Elle pensa à ce jour où elle était brusquement sortie de la fabrique et où elle avait rencontré Antoine pour la première fois. Elle se sentit très mal, s'appuya contre le mur, songea que peut-être Laurent la guettait derrière les vitres, respira à fond, franchit les quelques mètres qui la séparaient de la porte, avec l'impression que son cœur allait se rompre. Elle frappa deux coups, entendit une voix qui disait d'entrer, mais elle ne la reconnut pas. Elle poussa la porte, pénétra à l'intérieur, s'arrêta aussitôt, incapable de faire un pas de plus.

Quand il la vit, il se leva, mais la table de la cuisine les séparait. Les yeux noyés, c'est à peine si elle le distinguait, pourtant si près d'elle, maintenant, alors qu'elle l'avait cru si loin.

— Je suppose, dit-elle dans un souffle, que personne ne sait ce qu'il faut dire dans ces cas-là.

— Non, fit-il. Pas moi, en tout cas.

Elle eut un pauvre sourire, reprit d'une voix presque inaudible :

— Je voudrais bien m'approcher de toi, mais je ne sais pas si j'en ai le droit.

Et elle ajouta, comme si, une fois de plus, elle se sentait écrasée par sa culpabilité :

— Est-ce que je peux ?

Sans dire un mot, il contourna la table, s'arrêta face à elle, hésita, puis la prit dans ses bras. Elle s'aperçut alors qu'il était plus grand qu'elle et, elle ne sut pourquoi, cette constatation la bouleversa davantage. Ils restèrent ainsi un long moment immobiles, sans parler, puis elle murmura sans relever la tête :

— Dire que j'avais tout ça, moi, et que je ne le savais pas.

Et, angoissée, tout à coup, par son silence :

— Pourquoi ne dis-tu rien ?

— Parce que je t'ai parlé pendant vingt ans et qu'aujourd'hui je n'ai plus de mots.

Il ajouta, plus bas, après un silence :

— D'ailleurs je t'ai déjà tout dit, un soir, dans le bureau de la fabrique.

Elle ne comprit pas, releva enfin la tête, l'interrogea du regard :

— Ce soir-là, je t'ai dit que tu n'étais pas seule.

— Mon Dieu ! fit Constance.

— Mais tu étais trop préoccupée, à ce moment-là.

Il y eut un long silence que l'un et l'autre eurent du mal à briser.

— Qu'est-ce que nous allons faire ? demanda-t-elle.

— Je ne sais pas, dit-il. Peut-être pourrions-nous commencer par marcher ensemble ?

— Allons-y, fit-elle, sans être certaine d'en avoir la force.

Il la prit par le bras et ils sortirent. Au portail, ils tournèrent à gauche pour suivre la route qui montait vers le causse, empruntèrent le côté droit qui était à l'ombre.

— J'ai failli te rejoindre, ici, à Noël, dit Laurent, quand tu marchais dans la neige. Tu semblais si seule.

— Ç'aurait vraiment été formidable.

— Je t'ai observée d'en bas, reprit-il. Si tu n'étais pas redescendue, je serais monté vers toi.

— Sois sûr que si seulement j'avais pu le deviner, je me serais laissée tomber dans la neige.

Ils marchèrent en silence jusqu'au sommet, puis ils s'assirent, l'un contre l'autre, au pied d'un vieux chêne. Le soir venait, ternissant l'éclat du jour, adoucissant l'air et faisant frissonner les feuilles du chêne. On entendait, très loin, des appels dans les fermes et le cri des hirondelles qui se poursuivaient en rondes folles.

— Pourquoi avoir attendu si longtemps ? demanda doucement Constance. Cela fait un an que je suis revenue.

Elle regretta aussitôt d'avoir posé cette question, car elle savait que la réponse lui ferait mal.

— Quand on a été rejeté une fois, on craint d'être rejeté une deuxième. C'est le genre de chose dont on peut mourir.

Elle se sentit transpercée, ne sut que dire, mais il poursuivit :

— J'ai pris le temps de t'observer, et j'ai compris qu'il n'y aurait pas de deuxième fois.

Elle se tourna vers lui, sourit.

— Depuis quelques jours, reprit Laurent, tu paraissais si malheureuse que j'ai demandé à Marie de te dire la vérité. Y a-t-il là quelque chose que tu ne puisses comprendre ?

— Rien du tout, dit Constance.

Ils se turent. Au loin, tout en bas, les toits de Sauvagnac se teintaient de rouge. L'angélus sonnait dans un clocher lointain, vers Séverac.

— Et mon père ? demanda brusquement Laurent.

Constance tressaillit. Elle eut un mouvement de panique, puis elle pensa que c'était une question bien naturelle.

— Je te le dirai bientôt, répondit-elle. Pas aujourd'hui, s'il te plaît. Laisse-moi un peu de temps.

Il hocha la tête, se leva et lui tendit la main. Ils partirent vers la friche déserte, le long du chemin de terre qui semblait guider leurs pas. Laurent lui demanda ce que c'était que cet aigle dans une cage devant la porte de la petite maison, et elle le lui expliqua.

— Il faudrait que je le relâche dès demain. Tu m'aideras ?

— D'accord, dit-il, tu peux compter sur moi.

— Il faudra se lever très tôt, ajouta-t-elle, et mettre des gants pour se protéger des serres.

— J'ai tout ce qu'il faut.

Ils marchèrent encore un moment l'un près de l'autre, et Constance pensa soudain à Vanessa. Comment allait-elle annoncer à sa fille qu'elle avait un frère ? Décidément, tout allait trop vite, aujourd'hui. Elle renonça à confier ses craintes à Laurent, se dit finalement que peut-être ce serait l'occasion, le moyen de la retenir. Vanessa s'était en effet étonnée plusieurs fois de la présence de ce jeune homme à la Retirade, mais elle n'en avait pas paru irritée, seulement intriguée. Elle le jugeait plutôt sympathique. Peut-être y avait-il là une clef pour l'avenir. Constance se sentit apaisée, tout à coup, tandis qu'ils retournaient vers la maison, accompagnés par les murmures du soir.

Le lendemain, l'aube les surprit quand ils débouchèrent sur le grand causse, à la hauteur du hameau de la Parade. Constance, qui conduisait, traversa l'immensité déserte, tourna à gauche vers Drigas et s'arrêta à l'endroit où Antoine avait l'habitude de garer son 4 × 4. Ensuite, ils se dirigèrent vers l'éminence nue, Laurent portant la cage. Une fois là-haut, ils regardèrent un moment le ciel virer du rose au bleu au-dessus de la ligne d'horizon, écoutèrent le silence qu'un cri, semblait-il, eût brisé comme du cristal.

— Il faut toujours les relâcher le matin, afin qu'ils aient le temps de trouver un refuge, dit Constance.

Le grand causse paraissait un monde en train de naître, émergeant d'un lac de brume. On entendait au loin des sonnailles de moutons mais on ne les voyait pas. Ils avaient l'impression de se tenir sous une immense cloche de verre où les sons et la lumière étaient d'une autre nature, plus fragiles, mieux perceptibles que ceux d'en bas.

— Essayons, dit-elle.

Laurent enfila ses gants, ouvrit la cage, prit l'aigle dans ses mains, le posa sur celle de

Constance qui était protégée par un gant. Il n'était pas lourd : pas plus qu'une buse commune. Constance pensa très fort à Antoine, leva le bras. L'oiseau, surpris, battit des ailes, mais ne s'envola pas. Elle lui parla comme elle l'avait entendu faire à Antoine. De nouveau, elle fit un mouvement brusque du bras et l'aigle décolla, d'abord lentement, en hésitant, puis, comme étonné, il s'envola vraiment et commença de monter vers le ciel. Constance levait la tête et le regardait. Elle fit quelques pas en avant, comme si elle désirait le suivre. Il tourna un instant au-dessus d'eux, paraissant hésiter, et il vola plus loin, très loin. Au bout de quelques minutes, il disparut derrière une écharpe de brume que faisait lever la chaleur naissante du jour et ne reparut pas.

Constance se retourna vers son fils et dit :

— Il est parti vers le sud-ouest.

— Oui ?

— Vers l'Espagne. Enfin, je crois... Je veux dire : j'espère.

— Viens, dit doucement Laurent.

Elle ne pouvait pourtant s'éloigner de ce lieu qui, pour elle, était habité. Elle ne bougeait pas, elle tremblait.

— Antoine m'a parlé un jour des oiseaux qui s'en vont, dit-elle d'une voix faible. Ils disparaissent au loin, mais ils continuent de vivre quelque part, sans qu'on les voie. Il y en a qui reviennent, parfois... C'est vrai, n'est-ce pas ?

— Bien sûr ! fit Laurent. Ils reviennent toujours.

Il la prit par le bras, l'entraîna vers la voiture.

Elle se laissa aller contre son épaule et il lui sembla qu'il y avait là une promesse de vie nouvelle. Bientôt, peut-être. Pourvu qu'il y eût toujours des oiseaux dans le ciel.

DU MÊME AUTEUR

Aux Éditions Albin Michel :

LES VIGNES DE SAINTE-COLOMBE :
1. Les Vignes de Sainte-Colombe, 1996
2. La Lumière des collines, 1997
(Prix des Maisons de la Presse, 1997)

BONHEURS D'ENFANCE, 1996

Aux Éditions Robert Laffont :

LES CAILLOUX BLEUS, 1984

LES MENTHES SAUVAGES, 1985
(Prix Eugène-Le-Roy, 1985)

LES CHEMINS D'ÉTOILES, 1987

LES AMANDIERS FLEURISSAIENT ROUGE, 1988

LA RIVIÈRE ESPÉRANCE :
1. La Rivière Espérance, 1990
(Prix La Vie-Terre de France, 1990)
2. Le Royaume du fleuve, 1991
(Prix littéraire du Rotary international, 1991)
3. L'Âme de la vallée, 1993

L'ENFANT DES TERRES BLONDES, 1994

Aux Éditions Seghers :

(Collection Mémoire Vive)

ANTONIN, PAYSAN DU CAUSSE, 1986

MARIE DES BREBIS, 1989

ADELINE EN PÉRIGORD, 1992

Albums

LE LOT QUE J'AIME
(Éditions des Trois Épis, Brive, 1994)

DORDOGNE,
VOIR COULER ENSEMBLE ET LES EAUX ET LES JOURS
(Éditions Robert Laffont, 1995)

Composition réalisée par EURONUMÉRIQUE

IMPRIMÉ EN FRANCE PAR BRODARD ET TAUPIN
La Flèche (Sarthe).
N° d'imprimeur : 4743D – Dépôt légal Édit. 209-02/2000
LIBRAIRIE GÉNÉRALE FRANÇAISE - 43, quai de Grenelle - 75015 Paris.
ISBN : 2 - 253 - 14810 - 5

❖ 31/4810/3